le baiser du diable

J'AI LU

Barbara Cartland est une romancière anglaise dont la réputation n'est plus à faire.

Près de trois cents romans variés et passionnants mêlent aventures et amours.

Les Éditions J'ai Lu *en ont déjà publié plus de quarante que vous retrouverez dans le catalogue gratuit disponible chez tous les libraires.*

Désormais les Éditions J'ai Lu *publient également* Les romans préférés de Barbara Cartland, *un choix des livres qui ont enchanté sa jeunesse.*

BARBARA CARTLAND

le baiser du diable

traduit de l'anglais par Jean Muray

Éditions J'ai Lu

Ce roman a paru sous le titre original :

THE KISS OF THE DEVIL

1

– Je déteste les hommes.

– Quelle blague!

– Non, c'est vrai : ils sont tous les mêmes, ils courent tous après moi et après mon argent.

Jimmy Donaldson rit si fort que son cheval, effrayé, fit un écart.

– Quel cynisme, à vingt et un ans! s'exclama-t-il enfin.

– Si dire la vérité ou avoir un peu de bon sens sont des signes de cynisme, alors je suis enchantée d'être cynique, répliqua Skye, tandis que, d'un coup de cravache sur son cheval, elle s'élançait en avant.

Jimmy comprit qu'il avait offensé sa jeune cousine, mais vraiment elle était trop jolie avec son petit nez relevé, son visage ovale et ses cheveux blonds qui bouclaient avec exubérance; la seule idée qu'elle eût été créée pour autre chose que le bonheur de la gent masculine semblait ridicule. Pourtant, Jimmy la connaissait assez pour savoir qu'elle ne plaisantait pas et, maîtrisant sa gaieté, il la poursuivit.

Il la rattrapa comme elle atteignait le haut de la colline et, de là, ils découvrirent une vue magnifique sur l'une des larges vallées fertiles qui faisaient du

Mariposa l'un des plus beaux pays que Jimmy eût jamais rencontrés au cours de sa longue carrière diplomatique. D'âpres rochers s'élevaient au loin et leur couleur de rouille se détachait sur le bleu intense du ciel. A leurs pieds foisonnait une luxuriante végétation semi-tropicale, étoilée d'une profusion de fleurs où voletaient des papillons de toutes formes et de toutes couleurs. La beauté du site était vraiment très grande et il entendit Skye pousser un soupir.

– N'est-ce pas extraordinaire? dit-elle d'une voix frémissante. C'est exactement cela que j'attendais.

Elle avait oublié son indignation. En regardant ses lèvres entrouvertes et ses yeux brillants, Jimmy se demanda, encore une fois, comment elle réussissait ainsi à l'étonner dix fois par jour.

– N'est-ce pas un pays merveilleux, Jimmy? insista-t-elle.

– Merveilleux, mais pas plus que ses voisins, l'Uruguay à gauche, le Sud brésilien à droite. Comme je te l'ai dit, il est de meilleurs endroits pour admirer le paysage en toute sécurité.

– Vous parlez comme une vieille dame! grommela Skye.

– Une remarque de ce genre m'aurait fait sans doute enrager à vingt-cinq ans, répliqua Jimmy avec philosophie; mais, à cinquante-cinq, je n'ai pas lieu de m'en formaliser. Je reconnais que le Mariposa est fort beau, mais, ceci dit, laisse-moi te prier une fois de plus de venir au Chili avec moi : tu pourras y admirer un paysage tout aussi magnifique.

– Oh! Jimmy, laissez-moi tranquille! s'écria la jeune fille. Vous connaissez ma réponse. Vous m'avez déjà assez ennuyée avec vos objections à mes projets et rien de ce que vous pourrez me dire maintenant ne me fera changer d'idée. Il y a des années que je désirais venir au Mariposa; maintenant que j'y suis, une armée de cousins grognons ne m'empêcherait pas d'explorer le pays.

– Ma chère enfant, tu ne sais pas quelles difficultés t'attendent, protesta Jimmy. De plus, il n'y a plus rien à voir ici que tu n'aies déjà vu.

– Mais je n'ai rien vu! s'écria Skye. Vous ne pensez pas que je me contenterai de regarder les voitures américaines qui parcourent les rues de Jacara, tout de même?

– Mais, sacrebleu! qu'y a-t-il d'autre à regarder? Jacara est la seule ville du pays, si l'on peut appeler cela une ville, et le reste du Mariposa est semblable à ce que tu vois ici : des fleurs, des papillons et des rochers.

– Je ne sais pas ce que grand-mère vous aurait répondu, dit Skye en souriant. Elle m'a raconté sur le Mariposa des histoires très passionnantes.

– Les choses ont changé depuis que ta grand-mère vivait ici.

– Oui, elles se sont améliorées : mes grands-parents avaient toujours peur d'être massacrés par les Indiens. Une flèche empoisonnée dans le dos, voilà ce qu'on attendait dans ce temps-là.

– Une balle dans la tête ne donne pas un résultat tellement différent.

– Qu'inventez-vous là? Est-ce parce qu'il y a eu une révolution ici, l'année dernière?

– Il y a toujours une révolution qui couve au Mariposa, expliqua Jimmy patiemment, c'est pour cela que le pays est si peu évolué. D'après ce que j'ai entendu dire, le dictateur actuel ne détient qu'une autorité précaire sur le peuple.

– De sorte que la fusillade peut commencer n'importe quand! acheva Skye, ironique. Mais pourquoi tirerait-on sur moi? J'apporte de l'argent au pays. Vous avez vu quelle réception on nous a faite quand le yacht est arrivé dans le port? De bons gros dollars américains, Jimmy... Pensez donc! Personne ne serait assez fou pour tuer la poule aux œufs d'or.

– Si je pouvais rester avec toi, ce serait différent, mais tu sais bien que je dois partir ce soir pour Valparaiso.

– Je sais et, bien que je sois désolée de vous quitter, je me réjouis de voir le pays à ma guise. Est-ce très égoïste et ingrat?

Elle le regardait entre ses longs cils pour voir s'il était vraiment mécontent, puis elle rit et lui tendit la main.

– Cher Jimmy, vous avez été si gentil et si patient. Mais vous savez que j'ai la ferme intention de faire ce qui me plaît. Alors, vous perdez votre temps en discutant avec moi.

– J'ai peur que tu ne finisses toujours par n'en faire qu'à ta tête, grommela Jimmy.

– Pas tout à fait. Par exemple, il m'a fallu attendre mes vingt et un ans pour venir au Mariposa. J'en parle depuis des années, mais cette seule idée faisait bondir tante Hilda. Elle croit que tout habitant des deux Amériques est un sauvage.

– Hilda est une femme raisonnable, dit Jimmy, je l'aime beaucoup.

– Moi aussi, mais avouez qu'elle manque d'imagination. Bien différente de ma grand-mère américaine. Celle-là, vous l'auriez adorée!

– Je me le demande. Par certains côtés, je suis très anglais, tu sais. Je désapprouve les jeunes personnes trop riches et écervelées qui veulent courir le monde toutes seules.

– Ainsi parlaient mes amis, mes ancêtres et ascendants anglais, dit Skye en riant. Quand vous prenez ce ton, Jimmy, je pense avec joie que je suis à moitié américaine.

– Il n'empêche que tu regretteras un jour de ne pas m'avoir écouté.

Il avait de bonnes raisons d'être inquiet, se dit-il en observant la jeune fille. Avec sa beauté blanche, rose et dorée, elle pouvait tourner la tête à n'importe quel homme et il avait remarqué les regards audacieux que son corps mince, doucement incurvé, provoquait chez les sombres Mariposiens dont le sang espagnol bouillonnait dans leurs veines.

Les chevaux avaient atteint le haut de la colline. Jimmy se retourna et vit que les deux jeunes Mariposiens qui leur servaient de guides discutaient en observant l'horizon. L'un d'eux les rejoignit au petit galop.

– Qu'y a-t-il? demanda Jimmy en espagnol.

– Excusez-moi, señor, dit le garçon d'une voix douce et profonde, mais il vaut mieux que vous et la señorita n'alliez pas plus loin.

Jimmy allait poser une question, mais Skye le devança :

– Nous continuons, dit-elle en un espagnol impeccable. L'après-midi n'est pas très avancé et le señor et moi nous voulons voir le pays.

– Mais, señorita...

– C'est un ordre! trancha Skye sèchement.

Eperonnant son cheval, elle partit au galop.

Jimmy eut de la peine à la rattraper et ils chevauchèrent encore un peu sur l'herbe douce avant que leurs montures n'adoptent un pas plus tranquille à l'ombre de quelques arbres.

– Pourquoi voulaient-ils que nous tournions bride? demanda Jimmy.

Skye haussa les épaules.

– Peut-être avaient-ils envie de faire la sieste, ou trouvent-ils que nous avons assez marché pour le prix que nous louons les chevaux. Mais, comme je l'ai expliqué en les engageant, je veux des chevaux qui puissent nous porter toute la journée si cela est nécessaire, et le mien n'est pas fatigué.

Elle se pencha pour caresser l'encolure du bel animal puis elle regarda son cousin dont elle devinait la pensée.

– Vous flairez un danger, Jimmy, et vous cherchez par quels arguments vous me déciderez à rentrer. Vous n'avez pas besoin de parler, je devine les mots sur vos lèvres. Ils sont parfaitement inutiles.

– Dans ce cas, nous n'avons qu'à poursuivre.

De l'irritation passait dans la voix de Jimmy Donaldson. Il avait beau avoir été diplomate toute sa vie, il trouvait parfois que le mépris des conventions et la méconnaissance du danger affichés par sa jeune cousine étaient extrêmement agaçants. Il aimait beaucoup Skye, qu'il connaissait depuis sa naissance, car le père de la jeune fille était son cousin germain, et ils avaient plus ou moins été élevés ensemble; mais tandis qu'Arthur Standish était un bon vivant facile et sans complications, sa fille se révélait très différente.

– C'est à cause de mon côté américain, dit Skye, devinant encore ce que pensait Jimmy. J'aurais voulu que vous connaissiez ma mère, que vous la connaissiez vraiment.

– Elle était bien jolie!

– Et elle était exquise de toute façon, si gaie, si courageuse, si fascinante. Oh! Jimmy, si seulement elle n'était pas morte quand j'étais trop petite pour l'apprécier.

– Sa mort a été une tragédie, répondit Jimmy. Pourtant, l'accident aurait pu ne pas se produire si elle avait été plus prudente.

– Je ne peux imaginer ma mère prudente en quoi que ce soit, mais j'ai passé trop peu de temps près d'elle. On ne me laissait la rejoindre en Amérique que pendant une partie de mes vacances.

Ses yeux s'assombrirent et Jimmy pensa que la vie est rude pour les enfants de parents divorcés; leurs affections sont divisées, leur vie instable, sans foyer véritable, sans habitudes régulières.

– Je pense que tout ce qui touchait ma mère me paraissait plus brillant parce que je la voyais si peu, reprit Skye honnêtement. Mon éducation en Angleterre était évidemment très terne, comparée aux plaisirs qui m'attendaient dans la maison de mon grand-père à Long Island, ou dans son ranch en Californie. Et mes visites là-bas sont devenues rares après la mort de maman. Maintenant, quand je me les remémore, elles sont associées aux récits de mon grand-père sur le Mariposa.

– Y est-elle venue jeune fille? demanda Jimmy.

– Non, quand elle s'est mariée seulement. Mon grand-père était ingénieur des mines et y est venu pour chercher de l'or au bénéfice d'une maison de New York. Il n'a pas trouvé grand-chose, mais lui et grand-mère ont eu des aventures incroyables avec les Indiens au cours de leurs pérégrinations. Ma grand-mère n'avait jamais quitté sa maison avant son mariage, elle n'avait même jamais vécu dans une ville. Les papillons et les fleurs, ici, lui ont donné l'impression de pénétrer dans le pays des fées. Elle me le décrivait avec une telle exactitude qu'à présent il me semble l'avoir déjà vu.

– Combien de temps tes grands-parents sont-ils restés ici?

– Deux ou trois ans, puis ils sont retournés en Amérique. Comme vous le savez, mon grand-père a découvert du pétrole. Cette époque de sa vie ne m'excite pas beaucoup : le pétrole, c'est sale et ça abîme les paysages; mais l'or, c'est différent. Savez-vous qu'il y a même des diamants et des rubis, cachés dans ces montagnes? N'est-ce pas romantique?

– Il y a certainement des richesses minérales inexplorées dont nous ignorons tout, dans ces pays sud-américains, dit Jimmy. Quand les Espagnols y sont arrivés, ils étaient pleins de rêves grandioses et espéraient découvrir des trésors fabuleux. Ils n'ont guère trouvé que des déceptions!

– Et vous êtes certain que c'est ce qui m'arrivera, dit Skye en riant. Ne vous tracassez pas, je n'ai pas envie d'or, Dieu sait que j'en ai assez, mais j'aimerais avoir des aventures, comme grand-mère.

– Les aventures sont amusantes surtout quand on les raconte ensuite, observa Jimmy.

– Dieu, que vous êtes prosaïque! s'exclama la jeune fille, moqueuse. Eh bien! j'aurai les aventures d'abord et, ensuite, j'écrirai un livre pour les raconter. Si c'est un best-seller, vous serez fier de me connaître.

– J'aimerais mieux que tu lises les aventures des autres plutôt que de les vivre toi-même, grommela Jimmy en jetant un regard en arrière. Mais qu'arrive-t-il à nos guides? Ils n'ont pas l'air contents.

– Ce sont des paresseux, répondit Skye très vite.

Jimmy lui jeta un regard critique.

– Toi, tu sais ce qui ne va pas, déclara-t-il. Dis-le-moi tout de suite, sans quoi j'irai les interroger.

– Je vous en prie, ne faites pas ça. Il n'y a rien de grave... Bon, capitula la jeune fille. Le loueur de chevaux a baragouiné quelque chose, je n'ai pas bien compris. Il était question de bandits et de ne pas trop s'éloigner de Jacara.

– C'est exactement ce que je pensais, déclara Jimmy. Maintenant, nous rentrons.

– Rentrez si vous voulez, je ne vous retiens pas, mais je n'ai nulle intention de vous suivre. Qui voudrait s'enfermer dans Jacara quand la campagne est si belle?

– Il y a toujours des troubles dans ce pays, je te l'ai dit. Tu n'aimerais pas y être mêlée!

– Comment le savez-vous? J'aime beaucoup les Mariposiens et, si j'en ai l'occasion, je leur donnerai un bon conseil, celui de se débarrasser de leur dictateur actuel.

– Le général? Il ne durera pas plus longtemps que les autres. Je pense qu'il n'est ni pire ni meilleur que ceux qui l'ont précédé.

– Ce dont ils ont besoin dans ce pays, déclara Skye sérieusement, c'est d'un homme capable d'initiative et de courage, qui ferait quelque chose pour tous les pauvres gens que nous avons vus errer sur le port.

– Un gouvernement du peuple, par le peuple, pour le peuple? demanda Jimmy, taquin.

Skye secoua la tête.

– Non. D'après ce que j'ai vu, je ne crois pas qu'ils soient encore capables de se gouverner eux-mêmes, mais je ne pense pas qu'Alejo fasse rien pour eux. Je l'ai vu hier, dans sa voiture, le long du port, il devait avoir envie de regarder le yacht. Il a l'air vaniteux, gras et huileux, et j'ai vu des mendiants cracher par terre après son passage. On ne l'aime certainement pas.

– Les dictateurs ne demandent pas à être aimés, ma mignonne. Ils veulent seulement être obéis.

– Eh bien! j'espère que beaucoup de Mariposiens sont résolus à désobéir. Oh! regardez. Quel endroit délicieux pour trotter!

Skye poussa son cheval et Jimmy la suivit.

Ils arrivèrent dans une vallée plus large; une petite rivière serpentait dans l'herbe épaisse que le soleil baignait d'une brume dorée. « Un beau pays d'élevage, pensa Jimmy. Pourquoi les Mariposiens ne tirent-ils pas un meilleur parti de leur sol? »

Skye ouvrait la route en galopant à bride abattue. Le parfum de l'herbe foulée était, par moments, presque suffocant.

Soudain, le cheval de Skye fit un arrêt brusque et Jimmy, s'efforçant de la rattraper, vit qu'elle se trouvait auprès d'un arbre mort. Comme il la rejoignait, il comprit qu'autre chose retenait son attention et il devina son angoisse avant même d'entendre sa voix tremblante :

– Jimmy, est-il mort?

Le corps d'un pendu se balançait à une branche de l'arbre, à quelques pieds au-dessus du sol. Une corde serrait son cou et son visage était affreusement tordu. Il était inutile de toucher ses mains, attachées derrière son dos, pour savoir qu'il avait cessé de vivre. La pendaison devait remonter à deux ou trois heures.

– Oui, Skye, il est mort. Partons.

– Mais... ne devons-nous pas faire quelque chose?

Elle regardait son cousin avec une perplexité prouvant que, de bien des manières, elle était jeune et inexpérimentée.

– Nous ne pouvons rien faire, dit-il.

– Mais nous pouvons signaler sa mort. Qui peut avoir osé faire une chose pareille?

Ses joues reprenaient leurs couleurs et sa voix vibrait d'émotion.

– Cela ne nous regarde en rien, dit Jimmy doucement. Nous sommes des étrangers, des visiteurs dans ce pays. N'oublions pas que notre conception de la justice peut être différente de celle des autres peuples.

– La justice! s'écria Skye. Croyez-vous qu'on l'ait respectée à l'endroit de ce malheureux? Et maintenant, il va rester là jusqu'à ce que...

Elle leva les yeux. Comme elle s'y attendait, deux

vautours planaient dans le ciel, attendant le départ des importuns.

– C'est horrible! C'est monstrueux! murmura la jeune fille.

Elle fit lentement tourner son cheval. Avec une mauvaise volonté manifeste, les guides les avaient suivis. Skye se dirigea vers eux.

– Qui a fait cela? demanda-t-elle en montrant le cadavre du doigt. Qui est responsable de cette horreur?

Les deux garçons se regardèrent; l'un se signa rapidement, mais l'autre jeta un coup d'œil anxieux autour d'eux comme s'il redoutait un ennemi.

– Qui peut avoir commis ce crime? répéta Skye.

Les garçons se regardèrent de nouveau, puis l'un chuchota, comme s'il se parlait à lui-même :

– *El Diablo.*

– Le diable! traduisit Skye. Que signifie cela?

– A ta place, je ne poserais pas trop de questions, murmura Jimmy.

– Mais je veux savoir, protesta la jeune fille. Des crimes ne peuvent être commis sans explications, même au Mariposa!

– Nous ne savons rien, señorita, dit le plus âgé des garçons. Il faut partir : c'est défendu d'aller plus loin.

– Par qui est-ce défendu?

– Je ne sais pas, mais c'est défendu.

Il avait pris l'expression obstinée, la voix sans timbre, le regard furtif et l'air stupide que Jimmy connaissait bien pour être le masque de quiconque se refuse à donner des explications. De nouvelles questions n'auraient pas plus d'effet.

– *El Diablo...* répéta tout bas le plus jeune garçon.

Son compagnon lui imposa le silence avec colère et une mauvaise querelle les opposa un moment; ils se mirent à gronder comme des chiens enragés puis, tout à coup, ils se turent, les yeux hagards, et reprirent au galop le chemin par lequel ils étaient venus.

Stupéfaits, Skye et Jimmy restèrent sans voix pendant un court instant. Puis, ils se retournèrent pour voir ce qui était cause de cette fuite éperdue. Venant dans leur direction, des hommes à cheval approchaient.

– Qui est-ce? demanda la jeune fille.

– Je n'en ai aucune idée, répliqua Jimmy, mais je crois qu'il vaut mieux ne pas avoir l'air effrayé. Sourions amicalement et ne posons de questions sous aucun prétexte.

Il fit avancer son cheval et Skye, s'approchant de lui, l'imita. A première vue, rien ne justifiait la terreur des guides. Montant des chevaux ardents et vifs, les cavaliers semblaient être de simples gauchos, ces « cowboys » de l'Amérique du Sud, mêlant l'antique et le moderne, avec leurs larges pantalons flottants, appelés bombachas, rentrés dans les bottes, les vestes de tweed et coiffés de vastes sombreros.

Le groupe approchait. Jimmy et Skye remarquèrent qu'un des hommes était différent des autres; il se tenait au centre de la troupe et l'on voyait tout de suite qu'il en était le chef. Un seul regard sur son beau visage aux traits de faucon et sur ses larges épaules suffisait à confirmer que c'était là un personnage exceptionnel. Un foulard rouge était négligemment noué autour de son cou, tandis qu'une veste européenne, parfaitement coupée, et des bottes légères et reluisantes désignaient l'homme qui passe sa vie à cheval. A la main, il tenait la rebenque, l'inévitable cravache dont la poignée brillait d'ornements d'argent; sa selle et ses étriers étaient également incrustés de métal précieux. Quand le groupe fut parvenu à leur hauteur, Jimmy et Skye ralentirent leur allure. Jimmy leva son chapeau.

– *Buenos dias, señor,* dit-il.

Il n'y eut pas de réponse immédiate. Puis le chef parla :

– Vous n'êtes pas autorisés à venir jusqu'ici. Veuillez retourner à Jacara.

Sa voix était basse, vibrante et impérieuse.

– Nous sommes étrangers, répondit Jimmy courtoisement. Veuillez nous excuser si nous avons outrepassé nos droits; nous vous en demandons pardon, señor. Nous allons rentrer à Jacara ainsi que vous nous le conseillez.

Déjà, il tournait bride, mais Skye ne bougea pas.

– Ce pays vous appartient-il? demanda-t-elle.

Le chef la regarda comme s'il la voyait pour la première fois. Ses yeux enfoncés dans l'ombre du chapeau à large bord parurent enregistrer tous les détails de sa silhouette.

– Il appartient au peuple mariposien, dit-il.

La phrase était simple, mais elle impliquait une sorte de défi. Skye soutint le regard de son interlocuteur et, pour la première fois de sa vie, elle s'aperçut qu'un homme la dévisageait, non avec admiration, mais avec hostilité, et quelque chose d'autre aussi à quoi elle ne savait quel nom donner, mais qu'instinctivement elle brava. Elle se redressa, oubliant toute prudence, et tendit la main vers le mort accroché à l'arbre.

– Ceci appartient-il aussi au peuple mariposien? demanda-t-elle.

La physionomie de l'inconnu ne changea pas, mais ses yeux se rétrécirent un instant. Il répondit tranquillement :

– C'est là, señorita, la manière dont les Mariposiens châtient les traîtres.

Skye n'aurait jamais cru que si peu de mots pussent contenir tant de choses : cruauté, dédain, tyrannie.

Elle devinait l'orgueil de cet homme, et son arrogance lui fit horreur, car elle était certaine, maintenant, de savoir qui était responsable de la mort du pendu.

Elle aurait voulu parler encore, crier son indignation, contester son droit à un tel acte, mais la voix ferme de Jimmy l'en empêcha :

– Viens tout de suite, Skye. Immédiatement!

Il parlait anglais et, bien que les gauchos ne le comprissent probablement pas, nul ne pouvait se méprendre sur ce ton de commandement. Les hommes et leur chef parurent s'apaiser et Skye eut même l'impression qu'un léger sourire effleurait le visage de faucon, juste avant que la bouche cruelle ne reprît la parole :

– C'est cela. Sauvez-vous comme une bonne petite fille et ne vous mêlez pas de ce qui ne vous regarde pas.

Un brusque mouvement de Skye fit cabrer son cheval, mais les hommes avaient eu le temps de voir ses joues s'embraser. Tandis qu'elle leur tournait le dos pour suivre Jimmy, elle les entendit rire et une brûlante colère la fit bégayer :

– Comment ose-t-il se conduire de cette façon? C'est lui qui a fait pendre ce pauvre type, vous rendez-vous compte? Et ensuite, il nous éconduit avec cette insolence. Il n'en a pas le droit, j'en suis sûre. J'ai bien envie d'aller trouver tout de suite le général Alejo pour lui dire ce que j'en pense.

Elle parla longtemps avant de regarder Jimmy. Il était très pâle et des gouttes de transpiration perlaient à son front. La jeune fille se tut brusquement et sa colère se glaça. Jimmy n'aurait pas eu si peur sans une bonne raison.

Ils retrouvèrent l'abri des arbres et elle jeta un coup d'œil en arrière. Les gauchos étaient toujours là. Le soleil était merveilleusement brillant, l'herbe délicieusement verte, les papillons plus ravissants que jamais; et cependant, il y avait quelque chose de menaçant dans ce lieu qui paraissait si beau et si paisible quelques instants plus tôt.

Skye frissonna. Jimmy s'essuyait le front; elle demanda :

– Qui est-ce, à votre avis?

– Comment le saurais-je?

Jimmy paraissait de mauvaise humeur et elle garda le silence jusqu'au moment où ils retrouvèrent les guides qui les attendaient, visiblement gênés, et cachaient leur embarras sous un flot de paroles.

– Il est temps pour la señorita de rentrer. La route est longue, les soirées sont fraîches. Il faut nous dépêcher.

Ils éperonnaient leurs chevaux, Skye les interrogea :

– Qui est cet homme?

Ils ne tentèrent pas de lui faire croire qu'ils n'avaient pas compris. Le plus âgé haussa les épaules.

– Nous ne savons pas, señorita.

– C'est bon, dit-elle sèchement; si vous ne voulez pas me le dire, taisez-vous, mais il est dommage que vous ne soyez pas plus obligeants, car la promenade nous a fait plaisir et nous vous aurions largement récompensés.

Les garçons se regardèrent, désarçonnés par cette attaque directe.

– Allons, ne me direz-vous pas son nom? reprit la jeune fille, plus aimablement. Mais, surtout, dites la vérité, je ne veux pas entendre de mensonges.

Le plus jeune garçon hésita, jeta un regard pardessus son épaule comme s'il craignait d'être entendu, et murmura deux mots : « El Diablo. »

– Le diable! s'exclama Skye. C'est ridicule! Comment un homme serait-il le diable?

– C'est ainsi qu'on le nomme, señorita. C'est tout ce que je sais.

Il parlait avec tant de sincérité que Skye pensa qu'il disait vrai. Elle rejoignit Jimmy et lui rapporta les paroles du jeune Mariposien.

– Il faudra se renseigner, dit-il. J'imagine que c'est un bandit local. Il pourrait être gros propriétaire terrien ou riche fermier, mais j'en doute; ces garçons n'auraient pas eu aussi peur de lui. Que n'ai-je pensé à demander à l'ambassade un rapport confidentiel sur le Mariposa avant de quitter New York! Mais, rappelle-toi, tu disais avoir l'intention de naviguer dans la mer des Caraïbes.

– C'est ce que nous avons fait.

– Sans doute, mais tu n'avais pas ajouté, avant que nous ne soyons au large, que tu voulais séjourner au Mariposa. Maintenant, tu vas peut-être changer tes plans : cette promenade aura eu cela de bon.

– Changer mes plans? s'écria la jeune fille. Cette promenade me décide, au contraire, à demeurer plus longtemps encore dans ce pays. Si vous croyez qu'un bandit de quatre sous va me faire quitter le Mariposa par peur, vous vous trompez lourdement.

– Il y a d'autres endroits où tu pourrais te promener, soupira Jimmy.

– Quand je pense à cet homme, reprit Skye, je suis tellement en rage que je comprends l'assassinat. Si j'avais eu un revolver, je crois que j'aurais tiré sur lui.

– Je ne me risquerais pas à des fantaisies de cette sorte, dit sèchement Jimmy. Tout de même, quand tu iras te promener, dorénavant, ce serait peut-être une bonne idée d'emporter une arme. Mais, pour l'amour de Dieu, ne tue personne! Rien qu'un coup en l'air peut effrayer une troupe hostile.

– Je ne pense pas qu'une bombe atomique fasse

peur à ces gens-là, mais je suivrai votre avis.

– Vraiment, je ne sais pas ce qu'il te faudrait, gémit le diplomate. A n'importe qui, cet incident aurait prouvé que le Mariposa n'est pas un lieu de tout repos. Je t'en prie, viens au Chili avec moi, Skye. Plus tard, si j'ai un congé, je te ramènerai ici.

– Mon cher Jimmy, pour rien au monde je ne voudrais compromettre votre carrière.

– Au diable ma carrière! grommela Jimmy. Tu es un souci plus lancinant que tous les services diplomatiques réunis. Ce qu'il te faut, c'est un mari et le plus tôt sera le mieux.

Skye se mit à rire.

– Croyez-vous que seul un mari saurait me protéger d'une bande de malfaiteurs? Ne vous tracassez pas, Jimmy, je suis très capable de me défendre seule. Je n'ai peur de personne. Ni même d'El Diablo!

2

– Enfin seule!

Skye prononça ces mots à haute voix en entendant les vagues heurter les flancs du yacht.

Elle sauta à bas de son lit et courut au hublot ouvert : la brise marine cingla son visage.

– Je suis heureuse! Je suis heureuse! cria-t-elle.

Il avait fait une chaleur étouffante pendant toute la nuit; mais à présent, bien que le soleil brillât, l'air était frais et Skye étira ses bras au-dessus de sa tête. C'était le geste d'un être plein de joie de vivre, impatient de se mesurer à l'inconnu.

– Seule! Seule!

Elle était seule, enfin, libre de faire ce qu'elle voulait : son propre chaperon. Pendant des années, elle s'était irritée de la consciencieuse surveillance de ses tuteurs. Après la mort de son père, tué à Dunkerque, on l'avait confiée à sa tante. Skye aimait tendrement la sœur de son père, mais la terne douceur qui dominait sa vie l'étouffait, ainsi que les principes auxquels tante Hilda ne voulait pas renoncer, malgré les protestations véhémentes de sa nièce.

« Je ne crois pas que nous puissions faire cela », disait-elle doucement, mais avec une inflexible détermination.

Lorsque le grand-père américain de Skye mourut et qu'elle hérita de son immense fortune, elle découvrit que les choses n'étaient pas plus faciles pour elle en Amérique. Il y avait toujours des parents, des hommes de loi, des banquiers, des conseillers financiers de toutes sortes pour diriger son existence, lui dire ce qu'elle devait faire, lui défendre tout ce dont elle avait vraiment envie : l'indépendance et la possibilité de voir le vaste monde.

« Non. » Combien elle détestait ce mot!

Maintenant, enfin seule sur son yacht, à des milliers de kilomètres de l'Angleterre ou de New York, elle pouvait faire ce qu'elle voulait. Jimmy lui-même était parti, ce pauvre vieux Jimmy qui se faisait tant de souci et avait discuté avec elle jusqu'au moment de son envol, la veille au soir.

– Je t'en prie, sois prudente, avait-il supplié, toutes ses tentatives pour la convaincre de le suivre ayant échoué.

– Bien sûr. Ne vous en faites pas.

Il était plus facile pour Skye de dire cela que pour lui de le croire et on le voyait à la grosse ride qui lui barrait le front. Impulsivement, la jeune fille appuya sa joue contre celle de son cousin.

– Mon cher Jimmy, vous avez été si chic pour moi, dit-elle. Je ne l'oublierai pas. Je tâcherai de ne pas faire de bêtises!

– Le Ciel t'entende! soupira-t-il. Si jamais tu te trouvais dans l'embarras, tu sais où me trouver. Si je quittais l'ambassade, ne fût-ce que pour une nuit ou deux, je te ferais connaître par télégramme l'endroit où tu pourrais me joindre.

Elle agita la main jusqu'à ce que l'avion eût disparu, puis regagna le yacht, un peu honteuse du sentiment de délivrance qu'elle éprouvait. Elle en avait tellement assez des éternels sermons de sa famille, même fondés sur de bonnes intentions!

Elle avait dîné seule et, ensuite, assise sur le pont, avait contemplé la mer qui scintillait à la lumière des étoiles. Mais, grimaçant sur la beauté de cette nuit, elle voyait un pendu à la bouche ouverte, aux yeux exorbités.

« Le diable! »

Inlassablement, sa mémoire lui rappelait les paroles de l'homme au visage de faucon, celui, d'après les guides, qu'on appelait El Diablo. Qui était-ce? Où vivait-il? Quel pouvoir possédait-il?

Elle revit le dessin de sa bouche, l'éclat métallique de ses yeux, son assurance hautaine. Il semblait tellement à l'aise, si totalement sûr de lui, tandis que Jimmy, lui, s'humiliait.

El Diablo! Un nom qui allait bien à un meurtrier. Jamais elle n'oublierait ses paroles insultantes : « Sauvez-vous comme une bonne petite fille. » Ses joues s'enflammèrent dans la nuit et une ardente colère monta dans sa gorge. Ah! si elle pouvait lui faire rentrer ses mots dans la gorge, si elle pouvait l'humilier devant ses hommes qu'il faisait trembler et tuait impunément! Elle le punirait, le ferait mettre en prison par le gouvernement et ce serait la fin de ce bandit prétentieux, le premier homme qui ait jamais osé la braver.

3

Enthousiasmée par ce projet, Skye avait eu de la peine à s'endormir et, quand elle y parvint, ses rêves furent hantés par deux visages : celui du mort et celui de l'homme qui avait tué.

El Diablo! Même en rêve, elle entendait sa voix odieuse : « Ne vous mêlez pas de ce qui ne vous regarde pas. »

Eveillée en sursaut, une fois, elle s'était entendue répondre :

« Comment osez-vous? Démon! »

A présent, le matin était là et ses intentions de la veille la harcelaient toujours. Elle s'habilla vivement. Elle avait décidé de ne faire que dans l'après-midi sa promenade à cheval; ce matin, elle explorerait Jacara et ferait son enquête.

Auparavant, elle écrivit à sa tante Hilda. Sans faire de mensonge trop flagrant, elle laissa entendre que Jimmy était toujours avec elle. La pauvre tante Hilda avait toujours peur de « tout ce qui peut se passer à l'étranger ».

Ce devoir accompli, Skye avisa un homme sur le quai, lui donna dix pesos et le pria de porter sa lettre à la poste. Il se hâta d'obéir, tout heureux de gagner tant d'argent pour un si mince service.

La jeune fille poussa un soupir de soulagement; maintenant, elle pouvait s'amuser.

Il était encore très tôt quand elle quitta le yacht, vêtue d'une robe de fine toile blanche et portant une ombrelle pour protéger sa tête nue. A peine avait-elle posé le pied sur la terre ferme que les gens s'arrêtèrent pour la dévisager. Les hommes sifflaient d'admiration ou échangeaient des remarques sur sa beauté. Skye fit mine de ne rien comprendre. Rien de tout cela ne la dérangeait.

L'attention qu'elle suscitait, principalement celle des hommes, ne l'intéressait pas; elle avait dit la vérité à Jimmy en affirmant sa haine du sexe fort. Il ne l'avait pas tout à fait crue, mais bien des jeunes gens, en Angleterre et en Amérique, auraient pu lui révéler des détails significatifs.

– Vous dites que je suis méchante, avait déclaré Skye, un jour, à un jeune officier de la garde qu'elle refusait d'épouser. Est-ce ma faute si vous tombez amoureux de moi? Personne ne peut dire que je vous y ai encouragé.

– Non, c'est vrai; mais ne comprenez-vous pas que je ne peux pas m'empêcher de vous aimer? Vous êtes si jolie! Quand un homme vous aperçoit, il vous admire. Et pourtant...

– Pourtant?

– Vous êtes dure, dit-il enfin. Il y a quelque chose en vous qui n'est pas féminin.

– Vous dites cela parce que je ne me jette pas dans vos bras. Je vous le répète, je ne serai pas votre femme, ni celle d'aucun autre.

– Laissez-moi essayer de vous apprendre à m'aimer, supplia le jeune homme.

– Pourquoi perdre du temps quand je sais que vous n'y réussirez pas?

– Mais je vous aime, insista-t-il désespérément. Permettez-moi au moins de vous embrasser, Skye, quand ce ne serait que pour vous dire adieu.

Elle lui avait jeté un regard dédaigneux.

– Je déteste qu'on m'embrasse, déclara-t-elle. Le

contact de vos lèvres me déplairait souverainement.

Elle le vit changer de figure et sentit qu'elle avait été brutale. « Mais que pouvais-je faire d'autre? » se demanda-t-elle. Elle méprisait ce garçon, comme elle méprisait tous ceux qui s'empressaient autour d'elle, parce qu'elle était jolie et riche et non pour elle-même, pour son moi véritable qu'ils ignoraient. Au plus profond de son cœur, et la jeune fille le savait bien, demeurait une blessure ouverte, responsable de son attitude anormale. Mais, à cela, elle ne voulait pas penser.

– Ce que les hommes appellent amour, avait-elle dit un jour à sa tante, profondément choquée, c'est seulement de la sensualité et de la convoitise.

Maintenant, elle était débarrassée de la vie mondaine à laquelle sa tante tenait tant : les bals, les courses, les chasses de l'hiver et la ronde incessante de cocktails, de déjeuners, de dîners, de soirées théâtrales. « Qu'est-ce que tout cela, s'était-elle demandé maintes fois, sinon des occasions pour vendre les jeunes filles au plus offrant? »

Skye n'avait jamais aimé le tourbillon mondain qui l'ennuyait à mourir. Elle ne rêvait que d'aventures et avait envie de voir le monde. Enfin, ses vœux se réalisaient.

Elle eut envie de courir, de sauter, de crier de joie. Au lieu de cela, elle marcha posément le long des rues étroites et pittoresques que bordaient les plus beaux magasins de Jacara. Très au-dessus de la ville s'élevaient des maisons aux toits plats, ombragées par de grands arbres et entourées de grilles chargées de vigne et de figuiers verts. Là, vivaient les riches Mariposiens, derrière leurs volets bardés de fer, selon la tradition espagnole, afin que les filles fussent protégées contre les caballeros qui les courtisaient.

Mais il était d'autres demeures, huttes de terre ou de

bambous, dépourvues des plus primitives nécessités de la vie, qui abritaient les Indiens, les Noirs et les plus pauvres des Mariposiens. Là, les enfants couraient tout nus, pitoyables de maigreur; leurs petits doigts s'accrochaient comme des griffes à n'importe quel morceau de nourriture découvert dans les ruisseaux ou sur les tas d'ordures. Aveugle à leur souffrance, le palais se découpait sur le bleu cru du ciel.

Skye leva les yeux dans sa direction et serra les mâchoires.

– Dictateurs et bandits, me voilà! dit-elle.

Cependant, n'importe qui eût été découragé. Le moment de déjeuner la trouva de retour sur le yacht, un peu plus modeste qu'elle ne l'était en le quittant.

Elle avait été accueillie avec enthousiasme partout où elle était passée; les commerçants la recevaient à bras ouverts, mais bien qu'ils fussent prêts à lui vendre tout ou partie du contenu de leurs boutiques, ils étaient peu décidés à lui fournir les informations qu'elle désirait. Quand elle parlait d'Alejo, ils devenaient muets et, si elle prononçait le nom d'El Diablo, ils se fermaient comme des huîtres. En ce qui concernait ce dernier et sans l'ombre d'un doute, ils savaient exactement de qui elle parlait, mais ils refusaient de l'admettre.

– *Excusa, señorita,* je ne comprends pas.

Elle reçut la même réponse encore et toujours. Elle savait pourtant qu'ils comprenaient fort bien.

« J'en découvrirai davantage, quand ce serait la dernière chose que je ferais dans ma vie! » se jura-t-elle.

Après le déjeuner, elle appela Evans, le steward, et lui demanda des vêtements pour se changer. Malgré les protestations de tante Hilda, elle avait refusé d'avoir une femme de chambre à bord.

Elle savait trop quel insupportable boulet les femmes peuvent être en mer avec leurs gémissements continuels, leurs récriminations et leurs inévitables accès de mal de mer. Evans s'occupait d'elle aussi bien que n'importe quelle soubrette et avec bien moins d'embarras.

Lorsque la jeune fille fut prête, un taxi l'attendait et la conduisit aux écuries où elle avait loué des chevaux pour la durée de son séjour au Mariposa.

Le propriétaire, un homme d'âge moyen, qui ne semblait à sa place que sur le dos d'un cheval, fut extrêmement volubile, mais quand Skye parla d'El Diablo, elle vit l'habituelle expression vide se plaquer comme un masque sur son visage.

– Mire, dit-elle impatiemment, je ne vous demande rien par curiosité. Je ne sais si vos garçons vous l'ont raconté, mais hier, quand je me promenais avec mon cousin, nous avons rencontré ce personnage insolent et mal poli qu'on surnomme El Diablo.

– J'ai bien entendu, señorita. Vous avez eu tort d'aller si loin. J'étais très fâché contre les garçons qui ont désobéi à mes ordres.

– Mais pourquoi avez-vous donné ces ordres? Je veux visiter le pays et personne ne m'en empêchera. Prétendriez-vous qu'il est interdit d'aller plus loin qu'à quelques heures de Jacara?

– C'est cela même, señorita. Hier, une erreur a été commise. Aujourd'hui, ce sera différent.

– Quel est l'homme qu'on appelle El Diablo?

– *Excusa,* mais je n'en ai aucune idée, señorita. J'ignorais jusqu'à son nom. Mais il est préférable qu'une personne aussi jeune et aussi belle que la señorita ne prenne aucun risque.

Skye se trouvait devant un mur : nul ne lui dirait ce qu'elle voulait savoir et la colère bouillonnait en elle.

Parce qu'elle avait beaucoup d'argent, elle avait été

gâtée depuis des années; tout, évidemment, sauf la liberté, lui était donné dès qu'elle le réclamait. Elle n'était pas habituée aux refus.

Un lad l'aida à se mettre en selle et deux hommes parurent avec des chevaux.

– Est-ce là les guides qui m'accompagnent aujourd'hui? demanda-t-elle au patron. Où sont les garçons que j'avais hier?

– Je regrette, señorita, ils sont engagés ailleurs. Ces hommes sont des guides expérimentés, ils vous feront faire une agréable promenade.

Skye observa les nouveaux venus; l'un était indien et l'autre avait les traits accentués, presque aristocratiques, fréquents chez les Mariposiens. Ils la regardaient d'un air impassible et, sans trop savoir pourquoi, elle eut l'envie déraisonnable de refuser leur compagnie.

– J'aimerais mieux les garçons d'hier, dit-elle.

– *Perdone, señorita.* Demain, peut-être; mais, aujourd'hui, c'est impossible.

– Très bien.

Elle poussa son cheval vers la sortie. N'était-elle pas un peu capricieuse? Pourquoi préférer des garçons peureux qui s'étaient sauvés à la seule approche du danger?

La brise de mer soufflait et, d'une main, elle retint son chapeau à large bord. Elle n'était pas retombée dans l'erreur qui lui avait fait porter, la veille, une culotte étroite. A la place, elle avait revêtu une jupe de peau souple d'un brun rouge, ornée d'une frange comme les jupes mexicaines, qu'elle avait fait confectionner en Californie. Un chemisier de soie verte était frais contre sa peau, elle se sentait libre et heureuse. Un instant, elle oublia les déceptions et l'irritation du matin et n'eut plus qu'une pensée : le monde était magnifique et elle montait un cheval qui obéissait, d'instinct, à tous ses vœux.

Comme ils suivaient le bas-côté de la route, la jeune fille vit une longue voiture américaine qui venait à leur rencontre à vive allure. Elle ralentit pour la laisser passer, mais l'automobile s'arrêta et son conducteur, un officier de l'armée mariposienne, en descendit. Il salua en faisant claquer ses talons et montra ses dents blanches en un sourire engageant.

– *Come esta, señorita Standish?* demanda-t-il. J'avais peur de vous manquer. J'ai été au yacht, vous étiez déjà partie.

– Vouliez-vous me voir pour une raison importante?

– Oui, señorita. Il s'agit d'un message d'*El Supremo* lui-même!

– Je suis très honorée, murmura Skye, pensant que Jimmy serait fier de sa diplomatie.

– El Supremo m'a chargé de vous mettre en garde, señorita, et il vous prie de ne pas trop vous éloigner de la ville. Il est dangereux pour une jeune fille aussi belle de s'aventurer si loin sans une escorte convenable.

– Que pourrait-il m'arriver selon El Supremo? demanda Skye.

L'officier eut l'air gêné. Il leva les mains en signe d'incertitude et haussa les épaules.

– Beaucoup de choses peuvent se produire, dit-il évasivement. El Supremo n'a pas spécifié les risques. Il vous conseille seulement de les éviter.

– Il doit prévoir quelque chose, insista la jeune fille. Que puis-je rencontrer dans la campagne? Des bêtes féroces? Des sauvages? Des... bandits?

– Non, non, señorita, rien de tout cela. Du reste, comment saurais-je ce que pense El Supremo?

C'était toujours le même genre d'échappatoire, songea Skye, amusée par la visible confusion de l'officier.

– Ecoutez, señor, j'ai deux hommes robustes pour me protéger et, de plus, un excellent ami.

Elle posa sa main sur le petit revolver qu'elle portait accroché à sa ceinture dans un étui de cuir.

– Voulez-vous dire à El Supremo, reprit-elle d'une voix nette, que sa sollicitude m'honore, mais qu'étant anglaise, je ne serais ni effrayée ni alarmée par quelque bandit d'opérette si, par hasard, j'en rencontrais un dans la campagne.

Traduites en espagnol, ces paroles paraissaient encore plus insultantes. Lorsqu'elle se tut, Skye entendit une sourde exclamation et elle s'aperçut qu'en plus de l'officier elle avait été entendue par tout un groupe de gens rassemblés, venant elle ne savait d'où, attirés sans doute par la voiture du palais et par sa propre et très européenne apparence.

– *Gracias, señor,* dit-elle en s'inclinant poliment.

Avant que l'officier ait eu le temps de répondre, elle s'éloigna rapidement.

Elle sourit. Voilà qui donnerait à réfléchir à Alejo, El Supremo. De quel titre ridicule il s'affublait! Si le danger rôdait dans le pays, c'était à lui d'être vigilant et de le supprimer, afin que les touristes circulent sans risques.

Elle reprit la route empruntée la veille. Beaucoup plus tôt qu'elle ne s'y attendait, l'un des guides lui suggéra de se diriger vers le nord; elle hésita un instant, puis acquiesça.

Ils trottèrent longtemps sur un chemin de terre rouge, croisant des mules chargées de ballots sur lesquels étaient juchées des femmes qui mâchonnaient des cigares. Ils rencontrèrent des voitures grinçantes attelées de bœufs, qui ressemblaient à des cabanes sur roues, et de vieux paysans, massifs et rudes comme le roc, qui portaient à la ville le produit de leurs fermes : poulets, œufs et fruits.

Tant qu'ils restèrent dans les environs de Jacara, ils dépassèrent quelques estancias; mais, après quelque temps, la route s'interrompit et ils se trouvèrent dans la campagne sauvage, ravissante et apparemment inhabitée. Bientôt, ils gravirent les pentes des collines qui séparaient la ville de l'intérieur du pays. C'était cette même chaîne qu'elle avait parcourue la veille avec Jimmy; et Skye, qui avait le sens de l'orientation, comprit qu'ils n'étaient plus très éloignés de la contrée dominée par El Diablo.

Enchantée par la beauté du paysage, Skye avançait, ignorant la fatigue et la soif. Elle remarqua soudain que le soleil perdait de son éclat et que la chaleur du jour avait baissé. Elle regarda son bracelet-montre et, pour la première fois depuis des heures, elle se retourna pour parler aux hommes qui la suivaient :

– Il est tard, nous devrions rentrer.

A sa grande surprise, ils protestèrent.

– Si la señorita veut bien aller un peu plus loin, conseilla le Mariposien, elle trouvera un point de vue magnifique, *suramente bello.* Encore un petit mille ou deux.

– J'aimerais beaucoup cela, dit la jeune fille, soucieuse d'être aimable.

Elle mit son cheval au trot. Autour d'elle, la campagne était rude et sauvage; mais, après avoir traversé un petit bois, ils atteignirent une vallée verdoyante.

– Est-ce l'endroit dont vous parliez? demanda Skye.

Le paysage était agréable, mais pas plus que ce qu'elle avait vu jusque-là.

– Non, señorita, c'est un peu plus loin.

Un quart d'heure plus tard, ils traversèrent un nouveau boqueteau. Skye s'y fraya un chemin difficilement, les branches étaient basses et elle devait presque se coucher sur l'encolure de sa monture. Des oiseaux chantaient et des perroquets aux couleurs brillantes volaient d'arbre en arbre. Enfin, le taillis s'éclaircit. Une autre vallée s'ouvrit, fermée au loin par une chaîne de montagnes arides qui rougeoyaient sous le ciel.

– C'est très beau, dit-elle, retenant son cheval. Mais je crois que nous devons rentrer maintenant.

– Marchons encore un peu, señorita, pria le Mariposien, il y a une chute d'eau à voir.

– Ce sera pour un autre jour, déclara Skye fermement.

Le soleil déclinait. Ils étaient partis depuis longtemps et la nuit tomberait avant leur retour à Jacara.

– *Con permisio, señorita,* laissez-nous vous montrer la chute d'eau!

C'était l'Indien qui parlait et ses yeux mélancoliques la suppliaient.

– Pourquoi désirez-vous tellement me conduire à cette chute d'eau? demanda la jeune fille. Nous pouvons y venir une autre fois.

– Mais peut-être que je ne serai pas avec la señorita, répondit l'Indien dans un espagnol singulièrement correct. C'est un endroit où j'ai des souvenirs. Señorita, soyez bonne!

– A quelle distance est-ce? demanda Skye.

Jimmy n'aurait pas approuvé cela, elle en était sûre, mais elle n'avait pas envie de se montrer mesquine et désagréable envers ces hommes qui désiraient visiblement lui faire plaisir.

– Encore quelques minutes, señorita, trois... cinq... pas davantage.

Skye se mit à rire. Elle savait fort bien que temps et distance ne veulent rien dire pour un Indien.

– Très bien, dit-elle. Je vous donne encore dix minutes, mais si, à ce moment-là, nous n'avons pas encore trouvé votre chute d'eau, je rentre. Vous comprenez?

– *Si, si, gracias, señorita.*

Ils étaient tout sourire, à présent. Skye poursuivit sa route vers la droite où elle apercevait des rochers.

Dix minutes passèrent, un quart d'heure, vingt minutes... Il n'y avait pas la moindre chute d'eau à l'horizon. Pourtant, la jeune fille n'avait pas le cœur de donner le signal du retour. Ils devaient être près du but car, sous les arbres, courait un ruisseau bordé de fougères étranges, telles qu'elle n'en avait jamais vu.

Ils allaient toujours; le ruisseau ne devenait ni plus large ni plus profond. Les rochers furent dépassés et ils atteignaient une autre vallée herbeuse et fleurie quand Skye commença à perdre patience.

– Il sera minuit quand nous rentrerons si nous continuons ainsi, dit-elle sèchement. Retournons à Jacara, nous reviendrons un autre jour en partant de bonne heure.

Elle regarda ses deux guides et elle eut la bizarre impression qu'ils allaient refuser d'obéir, mais, avant qu'ils aient pu ouvrir la bouche, leurs visages s'éclairèrent comme par magie. L'Indien poussa une exclamation.

– Est-ce enfin là? demanda Skye en se retournant, espérant voir la cascade.

Mais, au lieu de cela, elle vit une troupe de gauchos qui approchaient, serrés les uns contre les autres et formant une masse sombre sur l'herbe fleurie, identiques à ceux qu'elle avait rencontrés la veille.

Un instant, elle eut l'idée de s'enfuir. Elle souhaitait savoir tout ce qui concernait El Diablo, mais elle n'avait pas envie de le voir à une heure aussi tardive. Et pourtant... C'était absurde. Elle avait essayé vainement de se renseigner sur lui, elle voulait le combattre et avait même espéré découvrir le lieu où il se cachait!

Elle pensa qu'il valait mieux braver son insolence que de subir encore ces réticences à son sujet. Elle jeta un bref regard sur ses compagnons : allaient-ils se sauver comme les jeunes guides, la veille? Mais non, ils demeuraient immobiles, impassibles, regardant venir les cavaliers.

– Qui vient à nous? demanda la jeune fille, pensant que, pour une fois, on lui répondrait la vérité. Mais elle ne rencontra que des visages sans expression, qui dissimulaient tout, sauf la duplicité.

– Nous ne savons pas, señorita. Il vaut mieux les attendre.

Skye poussa son cheval en avant, sachant que les guides la suivaient. Les cavaliers étaient plus nombreux que le jour précédent; ils avançaient vite, avec cette aisance qui caractérise les gauchos du Mariposa.

La jeune fille observa qu'ils étaient mieux vêtus que les hommes rencontrés la veille; ils portaient aussi les lâches bombachas, mais sur les épaules de plusieurs d'entre eux flottait le court manteau de couleurs vives appelé poncho, dont les teintes, rouge, bleue, jaune, faisaient d'eux un pittoresque spectacle.

Mais un homme manquait dans la troupe. Skye ne tarda pas à s'en rendre compte : celui qu'elle avait cru retrouver, le chef, avec son visage aux traits de faucon et ses puissantes épaules, n'était pas là et curieusement elle en fut déçue.

Les gauchos s'arrêtèrent en plein galop, dans un style théâtral, et celui qui les précédait, un homme d'âge moyen aux moustaches noires, retira son chapeau.

– *Buenos dias, señorita.*

– *Buenos dias, señor.*

Il vint tout près de Skye, de sorte que leurs étriers se touchaient, et tendit la main droite. La jeune fille sourit et serra cette main, mais elle comprit trop tard l'intention du cavalier. Il se pencha et, d'un geste rapide, de sa main libre, il saisit le revolver de Skye dans l'étui fixé à sa ceinture.

Elle tenta de libérer sa main des doigts qui la retenaient, mais elle y renonça presque aussitôt. Elle avait douze hommes contre elle... même quatorze. Ses guides n'avaient pas esquissé un geste pour la défendre.

– Veuillez nous suivre, señorita, dit l'homme aux moustaches noires.

– Où m'emmenez-vous? demanda Skye.

– Je vous montrerai le chemin.

La voix était calme, mais la jeune fille comprit qu'il n'était en son pouvoir ni de protester ni de refuser.

Elle devinait que ses guides n'opposeraient aucune résistance : ils étaient bien quatorze contre elle et elle n'avait plus de revolver.

Orgueilleusement, elle releva la tête et se remit en marche. Elle ne pouvait rien faire, rien dire. Les hommes restaient silencieux, ils allaient vite. Skye pressentit que le trajet serait long.

Elle avait le temps de se calmer, de réfléchir.

Elle souhaitait l'aventure? Elle l'avait. Il était facile de deviner qu'El Diablo était à l'origine de cet enlèvement, car on l'enlevait pour obtenir d'elle une rançon, bien entendu. Il était vexant de penser qu'elle était si facilement tombée dans le piège et elle se souvint de son pressentiment quand elle avait vu les nouveaux guides remplacer les jeunes garçons de la veille.

Elle aurait dû se douter de ce qui se tramait.

Comme Jimmy se moquerait d'elle! Quelle serait l'importance de la rançon exigée? Deux ou trois cent mille livres serait une somme fabuleuse pour un bandit mais, Dieu merci, cela ne représentait pas grand-chose pour elle.

Elle se demanda comment elle se procurerait l'argent sans avoir recours à Jimmy. Le capitaine du yacht pourrait lui fournir une partie de la somme et elle câblerait à New York pour le complément. Mais franchement, il était trop stupide qu'au lendemain du départ de son cousin elle se trouvât dans une situation semblable.

D'un autre côté, quel article elle écrirait! Déjà, elle croyait voir les gros titres dans les journaux : « L'héritière d'un roi du pétrole kidnappée par des bandits. »

Voilà qui montrerait l'état des mœurs au Mariposa et Alejo aurait l'air d'un imbécile.

Evidemment, il l'avait avertie, c'était un argument en sa faveur, mais elle était seulement à quatre ou cinq heures de Jacara et il aurait dû pouvoir contrôler les agissements de tels fauteurs de troubles.

« Oui, cela peut être une très bonne chose », décida la jeune fille et, sans plus attendre, elle se mit à composer le papier qu'elle enverrait à la presse. Elle connaissait quelqu'un au *New York Times*, elle lui adresserait un télégramme dès qu'elle serait libre.

Elle ne ressentait pas la moindre frayeur tandis qu'elle galopait. Son escorte n'avait certainement pas l'intention de la brutaliser, et bien qu'elle eût aimé avoir son revolver contre sa hanche, elle comprenait qu'elle n'aurait guère pu s'en servir avec efficacité contre quatorze hommes armés.

Ils allaient toujours, le cliquetis des harnachements accompagnant les pensées de la jeune fille. « Combien de temps cette chevauchée durera-t-elle? » se demanda-t-elle avec lassitude. Ils se dirigeaient vers les montagnes rouges, qui lui avaient paru si lointaines et qui se rapprochaient singulièrement. Elle n'essayait pas de converser avec ses ravisseurs qui, manifestement, ne désiraient pas lui parler.

En avant, toujours en avant. Les montagnes étaient encore loin et, à mesure que la fatigue s'abattait sur la jeune fille, la beauté du paysage et l'intérêt de son aventure commençaient à diminuer. Elle avait chaud, elle avait faim et soif.

Que ferait le capitaine Maclean en ne la voyant pas revenir? Sans doute s'informerait-il auprès des autorités locales, puis il télégraphierait à Jimmy.

Skye lécha la poussière déposée sur ses lèvres et repoussa, sur son front, des boucles humides. Elle allait demander un temps de repos quand la troupe ralentit son allure : au pas, les chevaux s'engagèrent sur un chemin de montagne, bientôt réduit à un sentier qu'ils suivirent en file indienne.

Le soleil baissait. Skye avait l'impression d'être à cheval depuis une éternité.

Soudain, ils atteignirent un passage entre deux sommets. Sur un côté s'ouvrait un gouffre si vertigineux que la jeune fille ferma les yeux : elle n'aimait pas l'altitude. Quand elle rouvrit les yeux, elle retint une exclamation; ils avaient franchi la chaîne montagneuse.

Au delà s'étendait une vallée luxuriante où le bétail paissait l'herbe épaisse. Juste au-dessous d'eux se trouvait un camp de cabanes et de tentes de cuir blotti à l'ombre des rochers. Les chevaux avançaient sur une sorte de terrasse taillée dans le roc et, stupéfaite, Skye vit soudain que la montagne était percée de centaines d'ouvertures, montant du sol par rangées, creusées dans la pierre des milliers d'années auparavant, sans doute, par quelque tribu de maîtres constructeurs comme les Incas.

– *Ola! Como va? Ola!*

Les grottes étaient habitées. Des hommes et des femmes accouraient au seuil des portes ouvertes pour souhaiter la bienvenue à la petite troupe, en majorité des Indiens, sombres de cheveux et de peau. Ils dévisageaient Skye avec une curiosité non dissimulée.

Le chemin sur la terrasse fit une large boucle pour gagner une terrasse inférieure. Puis il vira de la même façon jusqu'à un nouvel étage et ainsi de suite jusqu'à ce que la troupe, sous les regards inquisiteurs des habitants, parvînt enfin au niveau du camp. L'homme qui avait dirigé l'enlèvement mit pied à terre et prit la bride du cheval de Skye. Elle sauta légèrement à terre.

– Par ici, señorita, s'il vous plaît.

La jeune fille eut envie de rire. Il aurait pu être un serviteur l'introduisant dans quelque élégant salon de Grosvenor Square ou de la Cinquième Avenue. Il la conduisit à un escalier de pierre qui montait à une nouvelle terrasse, située à part des autres sur un rocher qui formait saillie, séparé de la montagne par une faille profonde. D'après leur apparence extérieure, les grottes y étaient moins nombreuses et de plus grandes dimensions.

Pendant qu'elle gravissait les marches, Skye entendit les hommes s'éloigner au trot en interpellant les femmes qui attendaient près des tentes et des cabanes. Les marches étaient régulièrement taillées, mais hautes; l'homme aux moustaches marchait devant, ses éperons d'argent tintaient à chacun de ses pas.

En haut de l'escalier, ils parcoururent quelques mètres sur la terrasse qui s'interrompit brusquement. Au delà, c'était le vide et, devant eux, s'ouvrait une caverne. L'homme tira un rideau de cuir et s'effaça pour laisser passer la jeune fille.

Skye franchit le seuil. Elle s'attendait à pénétrer dans un réduit étroit et sombre, mais se trouva au seuil d'une salle immense, inondée de lumière, car le soleil couchant l'éclairait de ses rayons d'or et de rubis par une haute fenêtre dépourvue de vitres, mais munie d'une grille en fer.

Le sol était couvert de fourrures et un homme, assis sur un divan, se leva. Il était plus grand que Skye ne se le rappelait, mais ses traits étaient bien ceux dont elle gardait le souvenir : un visage d'oiseau de proie, beau, grave, menaçant, redoutable.

Là, attendant sa venue, se tenait El Diablo.

Pendant un moment, ils se regardèrent, immobiles et silencieux. Puis quelque chose dans le sombre regard, qui semblait prendre note de chaque détail de son corps avec une arrogante minutie, fit que Skye porta instinctivement sa main au décolleté de son chemisier.

Mais son trouble ne dura qu'un instant.

– Je crois que ce doit être sur votre ordre, señor, que j'ai été amenée ici? dit-elle.

Elle se gardait bien de prendre un ton agressif, mais parlait avec calme, espérant le confondre par une parfaite maîtrise d'elle-même. Si El Diablo s'attendait à la voir déconcertée et terrifiée, il importait de le décevoir.

Elle crut discerner un éclair d'approbation sur son visage sévère.

– *Buenos dias,* señorita Standish. Vous devez avoir faim et être fatiguée. Aimeriez-vous vous rafraîchir avant de dîner?

Les paroles étaient courtoises mais, comme il la regardait toujours, elle fut gênée par le désordre de sa tenue. Elle n'y avait pas songé pendant les longues heures de la course, mais, à présent, elle imaginait trop bien ses joues chaudes et poussiéreuses et ses cheveux ébouriffés.

Avec effort, car les yeux d'El Diablo retenaient magnétiquement son regard, elle retira ses gants et examina ses mains.

– Merci. J'aimerais faire un peu de toilette, en effet.

– Permettez-moi de vous montrer le chemin.

Il traversa la salle et elle le suivit. Le sol était parqueté et la pièce, outre le divan, était meublée d'un bureau, de chaises et de plusieurs tables.

Avant qu'elle ait eu le temps d'enregistrer autre chose qu'une fugitive impression, El Diablo tira un rideau.

– J'espère que vous trouverez tout ce dont vous avez besoin, señorita, dit-il.

Skye se retrouva seule dans l'endroit le plus étrange qu'elle eût jamais vu.

C'était une autre caverne de forme presque circulaire, moins vaste que la première, mais plus grande qu'une chambre de bonne taille. Les murs en étaient tendus de tapis indiens d'un bleu pervenche. Un lit bas, contre un mur, était recouvert d'un tapis semblable et, sur le sol, s'étalaient des peaux de puma.

Skye reconnut la fourrure, car son grand-père, en Californie, en possédait une à laquelle il tenait beaucoup. Il avait tué l'animal dans les montagnes mariposiennes; on y appelait l'animal le « lion d'Amérique », à cause de sa couleur.

Dans la paroi, une fenêtre avait été percée, lourdement barrée par une grille espagnole magnifique, datant sans doute du XVIe siècle.

Les meubles étaient exquisement sculptés dans un bois de rose noir veiné de blanc, particulier au pays.

Un haut miroir encadré d'argent bruni surmontait une longue table.

Le tout était si surprenant, d'une beauté tellement imprévue, que Skye resta immobile, absorbée par la contemplation de la pièce. Puis elle remarqua une cuvette, une cruche d'eau indienne sur une table et, à côté, une serviette tissée à la main.

Rapidement, elle retira son chemisier et se lava non seulement la figure et les mains, mais aussi le corps jusqu'à la taille. L'eau fraîche la détendit et la stimula après la chaleur et la poussière de sa longue chevauchée. Assise devant le miroir, elle se recoiffa, contente d'avoir emporté un peigne dans la poche de sa jupe avec son poudrier et son bâton de rouge à lèvres.

A côté de la table, par terre, elle aperçut plusieurs paires de légères chaussures indiennes; elles étaient de tailles différentes et la jeune fille ne put s'empêcher de sourire. « Quelle surprenante hospitalité, pensa-t-elle, et que d'attentions! » Après ces heures à cheval, elle avait une telle envie de retirer ses bottes!

Elle les enleva avec un soupir de soulagement et glissa ses pieds dans la plus petite des paires de chaussures. Quand elle se leva, elle constata que l'absence des talons la faisait paraître plus petite et, soudain, elle fut prise d'appréhension à la perspective de la soirée. Il faudrait sans doute discuter du montant de la rançon. Elle haussa les épaules : à quoi bon s'inquiéter quand son ravisseur montrait tant de considération pour elle? Il se préoccupait même de ses pieds douloureux!

Elle pensa soudain que c'était là un trait de caractère d'El Diablo qui ne s'accordait guère avec l'image qu'elle projetait de révéler au monde, celle d'un meurtrier barbare et impudent, uniquement désireux d'obtenir de l'argent.

Comme Jimmy serait étonné quand elle lui raconterait tout cela! Mais il n'en serait pas moins furieux. Sans doute redoutait-il quelque chose de ce genre et il serait exaspérant de l'entendre déclarer : « Je te l'avais dit! » Malgré tout, songea Skye en souriant, elle avait la satisfaction de vivre une véritable aventure.

Quoi qu'il en soit, elle avait faim. Après un dernier regard dans la glace, elle se dirigea vers le rideau, le tira lentement et constata qu'El Diablo l'attendait à l'autre extrémité de la grande salle.

Il avait échangé sa culotte de cheval contre un long pantalon noir, serré à la taille par la fada, large ceinture rouge, et une chemise de soie blanche. En traversant la caverne, Skye eut l'impression que tout cela n'était qu'un mauvais rêve : elle allait se réveiller pour découvrir qu'El Diablo n'était rien d'autre qu'un charmant jeune homme prêt à l'emmener dîner dans un restaurant à la mode.

L'idée ne pouvait que persister devant la table dressée au centre de la pièce et les deux Indiens qui apportaient des plats en terre au contenu appétissant.

Une chaise au haut dossier sculpté attendait El Diablo et une autre, moins ornée, mais large et confortable, était prévue pour Skye. Elle prit place à la droite d'El Diablo et les Indiens les servirent.

– J'ai un cuisinier français, dit El Diablo. J'espère, señorita, que ce repas vous plaira.

– J'ai assez faim pour manger n'importe quoi, répliqua la jeune fille, imitant sa manière et causant avec lui comme s'ils se connaissaient depuis longtemps, mais ce plat est délicieux.

Elle mourait d'envie de poser cent questions, mais elle estima qu'elle donnerait ainsi un avantage tactique à son hôte si elle lui laissait voir sa surprise, ou même si elle admettait que la situation n'était pas tout à fait normale.

Pendant le repas, ils ne conversèrent pas plus qu'il n'était nécessaire, car les Indiens restaient dans la pièce. Quand ils se levèrent de table, Skye ne ressentait plus aucune fatigue. Elle était de nouveau vive et alerte, prête à tenir tête à cet étrange bandit qui vivait « comme un lord ».

En repoussant sa chaise, la jeune fille éprouva un sentiment d'excitation et de crainte légère : le moment était venu où elle allait connaître la vérité. Le café, tel que seul un chef français pouvait le préparer, fut apporté et posé sur une table basse devant le divan où, d'un geste de la main, El Diablo invita Skye à s'asseoir.

Tandis que les Indiens desservaient la table, Skye, pour dissimuler un soudain accès de timidité, désigna un tapis sur le sol.

– Quelle fourrure superbe! dit-elle. Qu'est-ce que c'est?

– Du chat sauvage. Ils sont nombreux dans la montagne, mais celui-ci était un spécimen remarquable. Ils ne sont pas souvent aussi grands et aussi bien marqués. J'ai eu de la chance d'avoir pu le tuer.

– Vous êtes installé très confortablement, remarqua la jeune fille. Vous êtes ici depuis longtemps?

– Un an à peu près. C'est mon domicile et, comme les Français et les Espagnols, je ne considère pas l'inconfort comme une vertu. Il n'est que les Anglais pour l'apprécier.

Quelque chose, dans son intonation, fit lever les yeux à Skye.

– Il me semble que vous n'admirez guère mes compatriotes? dit-elle.

– J'admire leurs femmes, répliqua-t-il avec insolence en se penchant pour allumer un cigare.

Skye rougit.

– Je vous remercie de cet excellent dîner, dit-elle précipitamment d'une voix un peu durcie. Maintenant, je serais d'avis d'aborder les affaires sérieuses.

Il leva les sourcils.

– Les affaires sérieuses?

– Oui, répondit la jeune fille posément. Je comprends fort bien pourquoi vous m'avez amenée ici et il n'y a pas de raison pour n'en pas discuter franchement. Combien avez-vous l'intention d'exiger?

El Diablo aspira une grande bouffée de son cigare et ce fut à travers un nuage de fumée qu'il dit :

– Vous êtes une jeune personne originale.

– Sans doute n'êtes-vous pas habitué à ce qu'on aille droit au but? répliqua Skye. C'est de ma mère américaine que je tiens ma préférence pour des manières plus directes que celles que l'on pratique dans votre pays.

– Alors, sans autre préliminaire, vous me demandez quelle somme d'argent je désire?

– Permettez-moi de vous avertir, dit Skye. Vous commettriez une erreur en vous montrant trop gourmand.

– Et pourquoi?

De nouveau, les sourcils se relevaient.

– Je ne pourrais peut-être pas payer cette somme.

– Vous êtes venue sur un yacht de grande valeur, dit El Diablo.

– Un ami me l'a prêté, dit vivement la jeune fille.

Il tira plusieurs bouffées avant de répondre.

– J'ai donc été mal informé, dit-il enfin. J'avais compris que vous aviez payé ce bateau un peu plus de cent mille dollars en janvier dernier.

Il y eut un silence, puis Skye s'exclama :

– Comment... comment le savez-vous?

– Vous seriez stupéfaite de tout ce que je sais, dit El

Diablo. Et je n'essaie pas, moi, d'arracher des renseignements à des étrangers.

– Que voulez-vous dire? demanda la jeune fille, un peu mal à l'aise.

– L'épicier, le boulanger, le boucher... Ou comme vous diriez en Angleterre : Pierre, Paul, Jacques, ou Jean.

– Je ne comprends pas.

– Je crois que vous comprenez très bien. Les questions que vous avez posées ce matin à Jacara, vos conversations dans les magasins, chez une fleuriste du marché, toutes, s'il m'est permis de le mentionner sans paraître vaniteux, avaient trait à un unique personnage.

Assez rudement, Skye posa sa tasse sur la table.

– Comment pouvez-vous savoir cela? demanda-t-elle.

– Je dispose de nombreux moyens d'information. Ainsi, je piquais votre curiosité, señorita? Puisque vous êtes ici, pourquoi ne pas vous adresser directement à moi pour obtenir ces renseignements?

Skye restait sans voix, incapable de penser. Elle ne pouvait que le regarder avec ébahissement. Il faisait sombre, la nuit était venue avec sa rapidité habituelle.

El Diablo frappa dans ses mains et les Indiens parurent, chacun portant un grand cierge allumé qu'ils approchèrent d'énormes bougies blanches d'église, disposées sur des lustres en fer forgé. La vaste caverne s'illumina d'une splendeur nouvelle, tandis qu'un rideau était tiré devant la fenêtre pour éviter l'invasion des insectes attirés par la lumière. Skye remarqua le plafond voûté et sculpté d'étranges devises. Suivant la direction de son regard, El Diablo expliqua :

– Nul ne sait quand tout cela a été fait, il y a cinq cents ans, ou peut-être mille années, quand les Indiens ont exploité les mines de la région. Toutes ces grottes et ces cavernes ont été creusées à la main par une tribu probablement venue du Pérou et dirigée par des Incas. Cette caverne était peut-être la salle du conseil, ou l'appartement privé du chef. Demain, vous verrez combien cette salle et les pièces voisines ont été creusées avec art, suivant les courbes de la montagne, pour leur permettre d'être percées de fenêtres.

La tête rejetée en arrière, Skye étudiait le plafond. Soudain, elle prit conscience du regard d'El Diablo fixé sur elle. Elle se redressa vivement. Les Indiens partis, elle était seule avec son hôte, sous la lueur des bougies.

– Est-il surprenant que vous m'ayez intriguée? demanda-t-elle, désireuse de se justifier.

– J'en suis très flatté.

– Je pensais bien trouver des choses singulières au Mariposa, reprit Skye, mais rien qui ressemble à tout ceci. Quand je vous ai vu pour la première fois, j'ai su...

– Qu'avez-vous su? demanda El Diablo, comme elle s'interrompait.

– Pourquoi avez-vous tué cet homme? demanda-t-elle brusquement.

A peine avait-elle prononcé ces mots qu'elle se souvint de la recommandation de Jimmy : ne jamais poser de questions. Elle vit les lèvres d'El Diablo se pincer et ses yeux devenir plus étroits.

– C'était un espion, dit-il brièvement.

– Il vous surveillait? Avait-il une raison particulière ou était-il seulement curieux?

– Si vous craignez d'être traitée de la même façon, dit El Diablo évasivement, rassurez-vous : vous avez un trop joli cou pour que l'envie me prenne d'y passer une corde.

C'était là un compliment banal et ce ne fut pas la

phrase, mais la façon de la prononcer qui embarrassa la jeune fille.

– Dans presque tous les pays du monde, il vous serait impossible de commettre un tel crime et de vous en tirer sans dommage! s'exclama-t-elle.

– Bah! des crimes bien pires sont commis tous les jours par les Européens, vous le savez aussi bien que moi, répliqua El Diablo paisiblement. L'extermination d'un rat au Mariposa n'a pas grande conséquence.

– Ce dont ce pays a besoin, c'est d'un gouvernement compétent, dit Skye.

– Je suis tout à fait de votre avis mais, en attendant d'en avoir un, j'obéis à ma propre loi et je l'applique de mon mieux.

– Et vous vous transformez en assassin?

– Assez souvent, si c'est ainsi que vous en jugez, acquiesça El Diablo. Il est nécessaire que quelques-uns meurent misérablement pour que les autres puissent vivre.

Sa voix dénotait une indifférence excédée qui fit sortir Skye hors de ses gonds et lui fit perdre toute prudence.

– Un jour, vous récolterez ce que vous méritez! cria-t-elle.

– Est-ce une menace ou simplement une prophétie? Il me semble que vous faites bien des embarras pour une petite pendaison.

– Comment pouvez-vous être aussi cynique? s'exclama la jeune fille. C'était un homme comme vous, il avait des sentiments, un idéal, des aspirations. Il voulait vivre, tout comme vous, et pourtant, parce que vous en aviez le pouvoir, vous l'avez tué, comme vous auriez écrasé un insecte, sans y penser davantage.

– Oui? Et que prouve tout cela?

– Cela prouve que vous êtes un...

Skye s'arrêta net. Dans son indignation, elle avait

failli prononcer un mot impardonnable. Mais il le prononça pour elle :

– Allez-y, dit-il, taquin. Vous alliez dire que je suis un démon. Eh bien! c'est ainsi qu'on m'appelle. Un léopard peut-il modifier le dessin de sa fourrure?

Skye suffoquait. Elle détourna la tête et dit tout bas :

– Excusez-moi, j'ai été très impolie et je sais que vos actes ne me regardent en rien, tant qu'ils ne me concernent pas. Si vous voulez, revenons à la raison pour laquelle je suis ici.

– Cette raison, señorita, d'après ce que j'ai compris, vous en avez déjà décidé.

– Ceci étant, dit Skye, parlons argent, señor...

Elle s'interrompit.

– Comment vous appelez-vous? reprit-elle. Vous savez mon nom, il me paraît équitable que vous me disiez le vôtre.

– Vous ne l'ignorez pas, on m'appelle El Diablo.

– Il m'est difficile de libeller un chèque à ce nom.

– Je n'ai pas besoin de chèque.

Skye sourit.

– Je comprends cela, dit-elle. Je suppose que ce genre de transaction s'effectue en espèces. Mais vous n'avez pas répondu à ma question.

– A propos de mon nom? Il faudra vous contenter de El Diablo, j'en ai peur, ou du nom que me donnent mes hommes, El Cabeza, qui signifie le chef.

– Et comment vous appellent vos amis?

– Je n'ai pas d'amis.

– Et si vous en aviez?

Il fronça les sourcils devant cette insistance et répondit de mauvais gré :

– Je pense qu'ils m'appelleraient Guido, car c'est mon prénom.

– Et votre nom?

– Il ne regarde que moi.

Skye avala sa salive et feignit de ne pas remarquer son impolitesse. Elle dit avec effort :

– Eh bien! señor, nous voici présentés l'un à l'autre. Il sera peut-être plus facile à présent de discuter franchement. Je suppose que vous avez déjà décidé du montant de la rançon!

El Diablo se leva et traversa la pièce.

– Venez ici, dit-il.

Intriguée, elle le suivit. Contre le mur se trouvait un grand coffre de fer, semblable à ceux que les Espagnols emportaient sur leurs navires au XVIe siècle pour y entreposer l'or qui servait à payer les équipages. Il portait deux grosses serrures et El Diablo, tirant une clé de sa poche, les ouvrit et souleva le couvercle. Curieuse, Skye se pencha.

Elle ne savait trop ce qu'elle s'attendait à voir mais, au premier moment, elle fut déçue. Le coffre était plein de petites pierres translucides, assez semblables aux cailloux qu'on peut ramasser sur n'importe quelle plage.

– Que croyez-vous que ce soit? demanda El Diablo.

– Je n'en ai pas la moindre idée.

Un souvenir revint brusquement à la mémoire de la jeune fille. Des amis, revenant de Johannesburg, lui avaient fait part de certains détails. Pourquoi des cailloux étaient-ils aussi soigneusement enfermés? Elle leva des yeux agrandis par la surprise.

– Ne serait-ce pas... des diamants? murmura-t-elle.

– Exactement! On les trouve dans le lit d'une rivière à une dizaine de milles au nord d'ici. Que croyez-vous que vaille le contenu de ce coffre?

– Je n'en ai aucune idée, avoua Skye.

– Ces diamants ne sont pas aussi beaux que ceux

qu'on trouve au Brésil ou en Afrique du Sud, mais ce sont des diamants tout de même et, si chacun a quelque défaut, le contenu de ce coffre vaut de deux à trois cent mille livres sterling.

Il considéra le visage interloqué de la jeune fille.

– Aimeriez-vous en avoir? demanda-t-il.

– Non, non! Merci.

Il sourit de son air péremptoire et ouvrit un petit compartiment à l'intérieur du coffre.

– Les diamants n'ont rien de très attrayant quand ils ne sont pas taillés, remarqua-t-il. Ceux-ci vous plairaient peut-être davantage?

Il prit un petit sac de toile et, ouvrant une main, il y versa une pluie de pierres étincelantes. Il y avait là trente ou quarante pierres qui scintillaient contre sa paume brune.

– Prenez-en deux ou trois, dit-il, ou une dizaine si vous voulez.

Instinctivement, Skye recula.

– Vous êtes très aimable, dit-elle froidement, mais je n'aime pas les diamants.

– En ce cas, vous êtes vraiment différente de la majorité de vos semblables, grommela-t-il. Etes-vous sûre que vous n'allez pas changer d'avis? Vous auriez de jolies boucles d'oreilles ou un bracelet pour votre poignet.

– Merci, non!

Skye retourna au divan. Que signifiait cela? se demandait-elle. Elle était prête à payer une rançon, elle n'était là que pour cela, et voilà qu'après lui avoir montré une incroyable fortune en diamants bruts, il lui offrait des bijoux! Elle était abasourdie et désorientée.

Sans se presser, El Diablo remit les diamants dans le sac et celui-ci à l'intérieur du coffre dont il baissa le couvercle, puis il revint à la jeune fille.

– Il se fait tard, dit-il. Mes gens se couchent tôt, ils travaillent dur pendant la journée.

On ne le dirait pas, pensa Skye. Pendant le dîner, les voix, les cris d'enfants, les aboiements des chiens, les sons d'une guitare n'avaient cessé d'accompagner leurs paroles, et maintenant, avec la nuit, la musique devenait plus sonore, plus sauvagement joyeuse. Malgré cela, elle répondit sérieusement :

– J'aimerais beaucoup dormir aussi, señor, et comme vous serez sans doute occupé demain et que je ne veux pas abuser de votre hospitalité, je vous demande d'en terminer avec cette question. Si vous ne m'avez pas fait enlever pour obtenir une rançon, que voulez-vous?

– Je n'aurais pas cru que mon motif vous échapperait aussi longtemps, dit El Diablo.

– Je ne sais pas ce que vous voulez dire. Vous désirez certainement un paiement quelconque, mais si ce n'est pas de l'argent, qu'est-ce que c'est?

– Votre intuition féminine ne vous renseigne-t-elle pas?

El Diablo ne la regardait pas. Il éteignit son cigare. Quand il se redressa, elle remarqua sa haute taille, la largeur de ses épaules, sa force et aussi sa jeunesse. Elle se l'était figuré plus âgé, sans âge même, une puissance plutôt qu'un être de chair et d'os, légendaire plutôt qu'humain. Elle sentit ses lèvres se dessécher.

– Je... ne comprends pas, balbutia-t-elle. Je suis peut-être idiote... ou est-ce parce que nous ne parlons pas la même langue.

– Eh bien! arrangeons cela, répondit-il en anglais.

Elle haussa un petit cri d'étonnement.

– Vous parlez anglais!

– Ne parlez-vous pas espagnol?

– Mais... j'ai l'air impolie, mais je n'aurais jamais cru... Vous comprenez?

– Les Anglais sont-ils seuls capables d'avoir quelque talent... sans parler, évidemment, des inestimables Américains?

– Vous parlez si bien...

– Je suis très flatté de votre bonne opinion.

– Alors, dit Skye résolument, puisque nous nous exprimons dans la même langue, il sera peut-être plus facile pour vous de m'expliquer les choses. Vous m'amenez ici de force; évidemment, je n'ai pas essayé d'échapper à vos hommes, comment l'aurais-je pu? Je n'avais pas la moindre chance de réussir. Vous savez que je suis riche. Il me semble logique que vous souhaitiez une rançon.

– C'est peut-être votre avis, ce n'est pas le mien.

– Mais alors quoi? Pourquoi continuez-vous à biaiser? Expliquez-vous, à la fin! cria la jeune fille. Dites-moi ce que vous voulez et finissons-en.

– Vous êtes vraiment très modeste, dit El Diablo. Tous les petits jeunes gens de Londres et de New York seraient-ils devenus aveugles?

– Je... je ne comprends pas.

– Je crois que vous comprenez très bien.

Skye sentit son cœur faire un bond affolant.

– Si vous voulez dire... ce que je crois... (Sa voix tremblait malgré elle.) Vous êtes fou! acheva-t-elle.

– Non, je ne suis pas fou, répliqua El Diablo calmement. Je sais seulement apprécier la beauté quand je la rencontre.

– Cette conversation est ridicule, déclara Skye avec effort. Si vous essayez de me faire peur, vous n'y réussirez pas. Je suis anglaise, l'auriez-vous oublié?

Un léger sourire erra sur les lèvres d'El Diablo.

– Une Anglaise perdue au centre du Mariposa, dit-il lentement. L'ambassade la plus proche est à plus de trois cents kilomètres.

Son ironie était de plus en plus cinglante. Pourtant,

rassemblant toute sa volonté, Skye se redressa et le regarda en face.

– Si vous êtes assez présomptueux pour vous croire irrésistible, dit-elle, je vais vous dire ce qu'il en est : vous m'avez fait horreur dès le premier instant où je vous ai vu. Vous êtes cruel, brutal, bestial et... vous êtes un assassin !

– Est-ce tout ? demanda-t-il sans manifester le moindre trouble devant ces insultes qu'elle lui crachait, pour ainsi dire, à la figure.

– Cela ne suffit pas ? cria Skye. Et maintenant, cette farce a suffisamment duré. Donnez-moi un cheval et laissez-moi retourner à Jacara. Je ne veux ni escorte ni guides, je trouverai seule mon chemin. Laissez-moi partir immédiatement. Entendez-vous ?

– Croyez-vous vraiment que vous iriez très loin, toute seule ? demanda El Diablo. J'ai bon nombre d'hommes jeunes et virils dans la montagne.

– Je serais peut-être plus en sûreté avec eux qu'avec vous, rétorqua la jeune fille. Il leur reste peut-être un semblant d'honnêteté.

Il sourit, tendit la main et, lui prenant le menton, il lui releva la tête.

– Si petite et si ardente ! remarqua-t-il. J'avais oublié qu'une femme puisse être aussi combative et, en même temps, si parfaitement désirable.

Sa voix devenait caressante mais, d'un geste brusque, Skye repoussa sa main.

– Ne me touchez pas ! cria-t-elle. Si j'avais une arme, je vous tuerais rien que pour avoir porté la main sur moi. Je vais m'en aller, quoi que vous disiez.

Elle courut à la porte. Mais, avec une rapidité qu'elle n'aurait pas cru possible, il la devança. Emportée par son élan, avant d'avoir pu s'arrêter, elle se cogna contre lui et, aussitôt, elle sentit ses bras se refermer sur elle. Elle le savait vigoureux, mais n'imaginait pas une telle force. Elle se trouva immobilisée, totalement impuissante dans des bras d'acier.

– Laissez-moi! cria-t-elle. Laissez-moi!

Elle ne suppliait pas, elle commandait, mais il rit en la serrant contre lui. Elle ne put que rejeter sa tête en arrière en lui criant des injures.

– Brute! Démon! Je vous tuerai!

Puis elle fut obligée de se taire, car les lèvres d'El Diablo, dures et passionnées, écrasaient les siennes, il lui semblait qu'elles aspiraient sa vie. Avec un sombre désespoir, elle comprit sa propre faiblesse. Elle ne pouvait rien contre lui.

Soudain, aussi subitement qu'il l'avait prise dans ses bras, El Diablo la laissa aller. Elle serait tombée si elle ne s'était pas retenue au dossier d'une chaise. Elle demeura là, frémissante, son souffle passant par saccades entre ses lèvres, les yeux dilatés de terreur.

– Et maintenant, dit El Diablo d'un ton suave, ne faisons pas attendre le prêtre.

Skye réussit à murmurer un mot :

– Le prêtre?

– Celui qui va nous marier. J'ai peut-être eu tort de ne pas vous expliquer cela plus tôt.

Sans doute, le visage blême, l'expression égarée de la jeune fille éveillèrent-ils en lui une sorte de compassion. Il reprit :

– Je vous dois des éclaircissements, lesquels seront forcément assez brefs. Je commande ici des forces considérables : ce qu'elles sont, ce qu'elles font, tout cela ne vous regarde pas. Il me suffit d'ajouter que, parmi elles, se trouvent deux importants groupes d'Indiens, et chacun d'eux entend me faire épouser la femme la plus prisée de leur tribu. En accepter une serait gravement offenser l'autre; les refuser toutes les deux donnerait à penser à ces braves gens que je ne suis pas un homme. La solution saute aux yeux : il faut que je me marie. Et comme la femme qui portera mon nom doit me faire honneur, je vous ai choisie.

– Vous êtes fou! s'écria Skye.

– Vous me l'avez déjà dit.

– Vous figurez-vous un seul instant que j'accepterai de prendre part à une telle cérémonie? Rien ni personne ne me forcera à dire oui.

– Préférez-vous rester ici avec moi sans la bénédiction de l'Eglise?

Il y eut un silence. Pour éviter de répondre directement, Skye dit enfin :

– De toute façon, ce mariage ne serait pas légal : il faut une cérémonie civile.

– Elle a déjà eu lieu.

– Comment?

Pour toute réponse, El Diablo saisit un document dans le bureau et le tendit à la jeune fille. Elle le prit d'une main tremblante et, un instant, les lignes dansèrent devant ses yeux. Enfin, elle put voir que c'était effectivement un certificat de mariage entre « Guido, connu sous le nom d'El Diablo » et Skye Standish.

Elle demanda, d'une voix blanche de colère :

– Comment vous êtes-vous procuré ceci?

– Nous avons été mariés par procuration, dit El Diablo en souriant. Le secrétaire de l'état civil, à Jacara, s'est laissé convaincre très facilement.

Skye jeta le papier par terre.

– Aucune bassesse ne vous fait peur, dit-elle. Pourtant, vous-même ne pourrez pas forcer un prêtre à marier une femme contre sa volonté.

– S'il comprend ce qu'elle lui dit, répondit El Diablo avec douceur. Malheureusement, j'ai dû prendre mes dispositions très vite et je n'ai trouvé qu'un prêtre en voyage. Il part demain pour le Brésil, et je le regrette pour vous, il ne parle que le portugais.

Skye ne trouva rien à dire. Muette, elle regardait El Diablo qui tira le rideau de la porte.

– Venez, commanda-t-il, vous allez m'épouser. Il n'y a pas d'alternative.

Comme hypnotisée, Skye s'avança. Sa tête était vide, mais elle savait qu'il lui fallait obéir. Quand elle eut rejoint El Diablo, cependant, un désir sauvage de hurler, de courir, de se battre, passa dans son esprit comme un éclair. Mais bientôt son bon sens reprit le dessus qui lui disait que ses efforts ne serviraient à rien.

Le camp était transformé. Le long de la terrasse, dans l'escalier et autour d'un cercle vide au centre, des hommes portaient des torches flamboyantes qui jetaient des lueurs étranges et barbares sur tous ces visages tournés vers elle et El Diablo. Il y eut un instant de silence, puis, d'une seule voix, tous ceux qui attendaient les acclamèrent.

Skye sentit qu'El Diablo lui prenait la main et, comme en rêve, elle descendit les marches entre les rangées de torches jusqu'à l'endroit où un prêtre attendait devant un autel de fortune.

– Je ne veux pas! Je ne veux pas!

Elle tenta de crier ces mots, mais ne put les arracher de sa gorge sèche.

Et tout à coup, elle eut peur, non seulement d'El Diablo, mais de tous ces inconnus qui l'entouraient. Elle ne pouvait pas les distinguer nettement et elle avait l'impression de reculer dans le temps : elle croyait assister à une cérémonie d'une époque très lointaine. Si elle refusait de faire ce qu'ils voulaient, à quels excès se livreraient ces gens? Toute la scène était irréelle et elle entendit la voix d'El Diablo comme si elle venait de très loin.

– La cérémonie sera courte, disait-il, car vous n'êtes pas catholique.

Ils étaient maintenant devant le prêtre. Refermée derrière eux, la foule les entourait de toutes parts, de sorte que Skye était prisonnière d'un homme et de tous ceux qui le suivaient. Le prêtre ouvrit son livre. Il portait la soutane brune des franciscains et était assez âgé. Sa voix rauque et lasse avait un accent étrange quand il parlait latin. Skye ne le comprenait pas et, automatiquement, elle obéissait aux ordres d'El Diablo.

– Dites oui.

Le prêtre prit sa main gauche et la mit dans celle d'El Diablo. Elle sentit un anneau glisser à son doigt et tous deux s'agenouillèrent pour recevoir la bénédiction. Skye était incapable de prier, incapable de ressentir quoi que ce fût, à part une étrange et effrayante impression d'engourdissement.

El Diablo lui prit le coude pour l'aider à se relever et, la portant presque, il la guida vers la petite estrade où se tenait le prêtre. Il se tourna vers la foule.

– Mes amis, cria-t-il, je vous présente ma femme.

Une clameur d'enthousiasme se répercuta le long des grottes.

– Il y aura du vin pour tout le monde, reprit El Diablo, et aussi de la musique en l'honneur de cette grande occasion.

Il jeta un regard à Skye et elle vit que ses yeux riaient.

Le son des guitares, encore étouffé par les acclamations, s'éleva peu à peu tandis qu'El Diablo emmenait la jeune fille par le chemin qu'ils avaient pris pour venir. Ils montèrent les marches de pierre jusqu'à la terrasse et, en atteignant l'entrée de la caverne, El Diablo s'arrêta pour que Skye puisse regarder en arrière. Hommes et femmes dansaient frénétiquement. On apportait du vin dans de grandes barriques auprès d'un feu qui commençait à s'élever et dont la lueur remplacerait celle des torches. La scène était étrangement belle et, bien que Skye eût perdu momentanément tout sens critique, elle ne pouvait que remarquer l'ombre ténébreuse des montagnes dans le ciel plein d'étoiles et les flammes qui s'élançaient du bûcher. Avant qu'elle ait pu en voir davantage, El Diablo lui fit franchir la porte et tira le rideau derrière eux.

Les bougies étaient allumées et la pièce paraissait éblouissante après l'obscurité de l'extérieur. Skye vit El Diablo se tourner vers elle, une lueur dans les yeux, un sourire aux lèvres et elle se rappela qu'elle était seule avec lui et qu'il était à présent son mari.

4

Skye ouvrit les yeux avec l'impression d'avoir dormi très longtemps, du sommeil lourd et sans rêves que procure un total épuisement. Le soleil entrait dans la chambre et, sous ses rayons, les tapis indiens qui couvraient les murs chatoyaient comme du velours.

La jeune femme referma les yeux et enfonça sa tête au creux de l'oreiller. Elle ne s'était couchée qu'à l'aurore, au moment où le camp s'éveillait. Seulement alors, quand les chiens commencèrent à aboyer et que les enfants sortirent en titubant des tentes et des cabanes, d'où émergeaient des hommes ensommeillés, tandis que les femmes couraient à la rivière pour chercher de l'eau, elle avait compris qu'elle oserait enfin dormir. Elle était si complètement anéantie par la fatigue qu'elle avait eu tout juste la force de laisser glisser ses vêtements sur le sol et de tomber sur son lit. Elle avait perdu conscience à l'instant où sa tête touchait l'oreiller. Et pourtant, rien ne s'était passé.

Elle était restée seule dans sa chambre, seule avec l'obscurité et sa terreur.

D'abord, elle avait couru à la fenêtre pour voir si elle avait quelque possibilité de fuite, mais, derrière le rideau, la magnifique grille de fer, artistement forgée par un ferronnier du XVIe siècle, était destinée à barrer la route à l'intérieur comme à l'extérieur. Une main pouvait se glisser entre les barreaux, mais il ne fallait pas en demander davantage.

Skye laissa retomber le rideau et attendit, aux aguets, mais elle n'entendit que les bruits du camp. La musique devint plus rapide et plus farouche; les cris et les rires des danseurs montèrent en un crescendo aigu. Enfin, tout cela cessa pour laisser place à un silence que rompaient seulement les battements de son cœur affolé.

Elle ne pouvait croire qu'El Diablo allait entrer par surprise; elle ne l'avait pas cru lorsqu'il lui avait dit bonsoir, traversant la salle pour la rejoindre là où elle se tenait, rigide, chaque nerf tendu, ses mains crispées au point que ses ongles pénétraient dans la chair de ses paumes. Il avait dit seulement :

– Votre journée a été dure. Allez vous coucher.

Elle était restée muette. Elle était prête à se battre, à se défendre pour éviter qu'il ne l'embrassât, bien qu'elle sût qu'elle ne pouvait rien contre sa force. Elle n'oubliait pas la domination de ses lèvres sur sa bouche et elle savait que, s'il l'embrassait de nouveau, elle mourrait d'horreur. Mais, au lieu de cela, il avait simplement souri et repoussé le rideau qui fermait sa chambre, en l'invitant d'un geste à en franchir le seuil. Elle était alors allée vers lui, comme l'animal qui redoute les apparences trompeuses du piège. En passant devant lui, elle avait levé les yeux et vu sur son visage une étrange expression qui démentait, en quelque sorte, le feu qui brûlait dans son regard.

Elle aurait voulu fuir, éviter à tout prix de l'approcher, mais son orgueil la retenait. Peut-être devina-t-il l'effort qu'elle faisait pour se maîtriser. Ses lèvres se crispèrent un peu tandis qu'il lui prenait la main.

– Permettez-moi de vous affirmer que cette cérémonie était indispensable, dit-il.

Il se pencha et lui baisa les doigts. Elle retira sa main brutalement.

– Il est trop tard pour que je vous dise ce que je pense de vous! cria-t-elle. Du reste, vous le savez déjà.

Il rit.

– Toujours aussi violente? Je pensais que vous étiez trop fatiguée pour pouvoir encore vous mettre en colère.

– La colère? riposta-t-elle d'une voix sourde. Je suis au delà de la colère. Je vous exècre, je vous méprise. Vous êtes vil et répugnant. Vous avez raison, je ne suis plus capable de me mettre en colère.

Il rit encore et, avant qu'elle se soit rendu compte de son intention, il se pencha et l'embrassa légèrement sur la bouche. Puis, avant qu'elle ait eu le temps de pousser un cri ou de se débattre, il était parti. Skye restait seule dans sa chambre.

Elle avait jeté un regard affolé autour d'elle, et se demandait comment elle pourrait s'enfermer, comprenant que cette idée était absurde. Il n'y avait rien là qu'El Diablo ne puisse repousser d'un simple geste. Alors, elle avait attendu, soit près de la fenêtre, soit en marchant nerveusement de long en large sur les tapis de fourrure.

Pourtant, il n'était pas venu. Pourquoi l'avait-il épargnée? se demandait maintenant la jeune fille. Pour quelle raison? Elle ne trouvait aucune réponse. Couchée sur le dos, elle se remémora les événements de la journée précédente et se retrouva, désorientée, encore plus effrayée qu'avant.

Jimmy avait raison en lui affirmant qu'elle n'avait aucune idée des dangers qui la guettaient au Mariposa. L'imagination la plus folle n'aurait pu lui faire supposer que pareille chose se produirait. Elle se sentait si sûre d'elle, si confiante en son invulnérabilité. Sa nationalité anglaise et ses dollars américains lui semblaient être une sauvegarde absolue en toute circonstance. Et cependant, rien de tout cela n'avait impressionné El Diablo.

Un léger bruit lui fit retenir son souffle et l'effroi la cloua sur place. C'était un bruit de pas et le tintement des anneaux du rideau qui glissait de côté.

Elle ne leva pas la tête, ne bougea pas, suffoquée par la peur. Quelqu'un entrait.

Soudain, elle comprit que ce n'était pas ce qu'elle redoutait. Les pas étaient silencieux, calmes. Elle ouvrit les yeux : une jeune Indienne se tenait près d'elle, les cheveux de jais sagement nattés de part et d'autre de son petit visage de bronze, aux yeux allongés, timidement baissés.

– Je vais apporter de quoi manger à la señora, dit-elle en espagnol avec l'accent chantant des Indiens.

« Señora. » Le mot frappa Skye comme un coup de poignard. Oui, elle était maintenant une femme mariée et on ne l'appelait plus « señorita ». Elle frissonna.

– Je ne veux rien, commença-t-elle.

Mais déjà l'Indienne avait quitté la chambre. Skye s'assit sur son lit et regarda sa montre. A sa grande surprise, elle vit que les aiguilles indiquaient presque 3 heures. Elle avait dormi de l'aube jusqu'à présent. Son regard effleura l'anneau qu'El Diablo avait glissé à son doigt. Elle l'examina un instant, puis l'arracha et, de toutes ses forces, le jeta loin d'elle. Il heurta un tapis contre le mur et retomba sur le sol dans un rayon de soleil et, comme elle le regardait, pénétrée d'horreur pour ce qu'il représentait et pour celui qui le lui avait imposé, elle se rappela qu'elle s'était souvent promis de ne jamais se marier.

« Je déteste les hommes. » Elle avait dit cela cent fois, elle s'était juré de demeurer célibataire, libre de toute contrainte masculine, et voilà qu'elle avait un mari. Et quel mari! Un meurtrier, un révolutionnaire, un démon.

Skye cacha son visage dans ses mains.

La jeune Indienne revint avec un plateau qu'elle posa près du lit. Skye pensa refuser de manger, puis elle songea qu'elle aurait besoin de toutes ses forces pour affronter ce qui l'attendait. Avec effort, elle avala un peu de potage, parfumé avec des légumes verts qui ressemblaient à des asperges, mais elle n'eut pas le courage de goûter à un autre plat et se contenta de boire du maté brûlant.

Elle avait déjà pu apprécier la boisson nationale des Américains du Sud et constata une fois de plus qu'elle était tonique et stimulante. Il lui fut assez facile de remercier gentiment :

– Cela m'a fait du bien. Comment vous appelez-vous?

– Neengai, señora.

– Quel joli nom! Voulez-vous m'apporter de l'eau pour que je puisse me laver, Neengai?

L'Indienne apporta une grande cruche pleine d'eau chaude et, tandis que Skye se lavait, elle ramassa les habits laissés par terre et les rangea.

– Et maintenant, mes vêtements, dit la jeune fille.

– Je vais les chercher, señora.

Elle sortit de la pièce en courant, puis revint, trébuchant sous le poids d'une lourde valise. Skye poussa une exclamation : elle reconnaissait la valise; elle l'avait achetée six mois plus tôt, avec plusieurs autres, dans un magasin de la Cinquième Avenue.

– D'où vient cela? demanda-t-elle.

– Il y en a d'autres, señora. Deux encore.

Neengai fit deux autres voyages. Skye l'entendit parler dans sa langue à quelqu'un qui apportait manifestement les bagages, puis elle tira le rideau et se tourna vers la jeune fille, les yeux brillants.

– Je défais les valises de la señora?

– Comment sont-elles arrivées jusqu'ici? demanda Skye, luttant pour parler avec calme.

– Des hommes viennent de les apporter, señora.

– Où les ont-ils trouvées?

En posant la question, Skye devina qu'elle n'obtiendrait pas de réponse. Comment cette pauvre fille pouvait-elle savoir quoi que ce fût? Elle ferma les yeux, essayant de garder son sang-froid. Elle avait envie de hurler, de clamer sa peur et sa haine pour que tout le monde puisse l'entendre; mais elle comprit qu'elle se rendrait seulement ridicule, criant pour attirer l'attention de gens qui l'entouraient peut-être, mais ne pourraient pas la voir.

– Ouvrez les valises, dit-elle à l'Indienne. J'y prendrai de quoi m'habiller.

Plus tard, pensa-t-elle, elle s'inquiéterait de la façon dont ses affaires étaient venues là, comment elles avaient été emballées et envoyées. El Diablo les avait-il volées? Avait-il effectué un raid sur le yacht et fait prisonnier l'équipage? Tout était possible. Une seule chose importait pour le moment : qu'elle fût décemment vêtue avant de le rencontrer de nouveau.

Elle fouilla au hasard parmi les vêtements, rejetant tout ce qui était de couleur vive ou qui semblait seyant, et choisit finalement un chemisier de soie boutonné jusqu'au menton, au col serré par une cravate, et un pantalon classique qui lui donnait un aspect masculin. Avec sa brosse, trouvée parmi d'autres accessoires de toilette, elle tenta d'aplatir ses cheveux, mais les boucles blondes frisaient, malgré ses efforts, le long de ses petites oreilles et autour de son front, dès que la brosse les abandonnait.

Une paire de souliers de marche, sans talons, complétèrent son accoutrement et, quand elle fut prête, elle sortit de la chambre le cœur battant d'appréhension.

La caverne était plus vaste encore qu'elle ne se le rappelait. A son extrémité, une autre ouverture, semblable à celle qui s'ouvrait sur sa chambre, devait conduire au domaine particulier d'El Diablo. La salle était vide. Sans plus réfléchir, elle la traversa furtivement mais, au moment où elle atteignait l'ouverture qui conduisait à la terrasse, elle aperçut un homme, appuyé contre le mur, un fusil à côté de lui. Un étui à revolver et un couteau à la ceinture, il fumait en regardant l'animation du camp en contrebas. Cependant, il veillait. Skye reprit sa respiration : il fallait qu'elle en ait le cœur net. Elle s'avança.

– *Buenos dias,* dit-elle à l'homme qui retira vivement le sombrero de sa tête.

– *Buenos dias, señora.*

Tordant ses lèvres, en un semblant de sourire, Skye voulut passer devant lui, mais il prit son fusil et lui barra le chemin.

– *Excusa, señora,* El Cabeza a commandé que vous restiez à l'intérieur.

– Mais j'aimerais prendre un peu l'air.

– *Excusa, señora,* ce n'est pas permis.

Les paroles étaient impérieuses, discuter ne servirait à rien. Avec un mouvement d'impatience, Skye rentra dans la caverne. Elle s'attendait à quelque chose de ce genre et, pourtant, se sentit humiliée d'être publiquement traitée en prisonnière, gardée par des hommes qui devaient, entre eux, sourire de son impuissance.

Sa colère montait et ce fut avec peine qu'elle s'empêcha de courir à la porte pour essayer de passer outre.

Elle regarda autour d'elle la vaste salle avec sa voûte sculptée et ses murs de granit, polis par un travail patient. Sur l'un d'eux s'ouvrait une immense cheminée, contre un autre se dressait un secrétaire armorié. Tremblant d'être entendue par son gardien, elle essaya de l'ouvrir : il était fermé à clé.

Il y avait encore le coffre aux diamants et le bureau, mais elle devina qu'ils étaient fermés aussi. Son adversaire était, certes, trop subtil pour laisser une arme à sa portée. Pour le vaincre, il lui faudrait employer la ruse; pour s'échapper, un plan mûri avec méthode et sans émotion serait nécessaire.

Elle essaya de se rappeler si El Diablo portait un revolver quand elle était arrivée la veille, mais elle ne put se souvenir que de sa haute taille et de l'expression de son regard. Elle aurait dû comprendre à ce moment-là. Non, elle aurait dû comprendre encore plus tôt, quand elle lui avait parlé du pendu. Son visage, à cet instant, reflétait des sentiments qui l'avaient intriguée. Elle avait rencontré l'amour au cours de sa vie, l'admiration des hommes, mais jamais elle n'avait vu un être la considérer avec un dédain si proche de la répulsion, tout en manifestant le désir de l'embrasser.

Les heures passèrent lentement. Skye allait d'une pièce dans l'autre, revenait sur ses pas et repartait encore. La petite Indienne avait terminé le déballage des valises et rangé les robes dans une niche creusée dans la muraille derrière un tapis qui formait penderie. La lingerie ornée de dentelle et les chemises de nuit diaphanes avaient pris place dans les tiroirs de la commode.

– La señora ne veut-elle pas se reposer? demanda-t-elle enfin, remarquant le visage pâle et tendu de Skye et inquiète de son agitation fébrile.

– Non, je ne suis pas fatiguée.

– Je vais chercher du maté frais, dit doucement Neengai, offrant le seul remède qu'elle connût.

Skye redoutait le retour d'El Diablo et, en même temps, elle avait envie de le voir. Décuplée par la frayeur, son incertitude devenait intolérable. Elle but le maté apporté par la petite servante, mais sa gorge était serrée. Une à une, les heures s'écoulèrent. Enfin, une clameur monta du camp. La jeune fille courut à sa fenêtre pour assister au retour d'El Diablo et de ses hommes.

Le soleil couchant, brillant sur l'argent de sa selle et des harnais, fit étinceler ses éperons comme il sautait à terre. Il parla un moment avec des hommes qui l'attendaient, puis monta sans se presser les marches qui conduisaient aux cavernes. Skye entendit son pas résonner sur le parquet de la grande salle. Son cœur battait si fort qu'elle en avait la nausée et elle ne pouvait empêcher ses genoux de trembler.

Elle s'attendait à le voir paraître à la porte de sa chambre. Il allait peut-être la faire appeler. Mais rien ne vint.

Cinq, dix, vingt minutes passèrent. Skye regarda sa montre, il était près de 8 heures. Elle supposa qu'il la ferait appeler quand le dîner serait prêt et elle ne se trompait pas : elle n'avait pas entendu Neengai sortir de la pièce, mais elle la vit revenir.

– Le dîner est servi, señora.

Cette fois, il fallait gagner la grande salle.

Skye marcha lentement, s'efforçant de prendre une

allure fière et digne, qui lui était si naturelle la veille encore. Elle tira le rideau.

Il lui faisait face, adossé à la cheminée, et elle vit qu'il s'était changé et portait les mêmes vêtements que la veille, chemise blanche, pantalon sombre et ceinture rouge. Il fumait un cigare et le retira de sa bouche quand elle entra, le gardant entre ses doigts, de sorte que la fumée montait devant son visage comme celle de l'encens devant la divinité.

– Ainsi, vos bagages sont arrivés?

Skye tressaillit : elle ne s'attendait pas à ces mots.

– Je réclame une explication..., commença-t-elle.

– Cela peut attendre, coupa-t-il. Il y a plus urgent : votre manière de vous habiller, peu séduisante et trop masculine. Il semble que vous ayez oublié la raison de votre présence ici. Vous y êtes parce que vous êtes ma femme. Je veux vous voir en robe du soir. Le dîner attendra pendant que vous vous changerez.

Les joues de la jeune fille s'empourprèrent.

– Comment osez-vous?

Il leva les sourcils.

– Voici une réponse un peu démodée.

– Je refuse de me changer! cria Skye.

Il regardait son cigare. Un sourire fugitif passa sur ses lèvres.

– Faudra-t-il que je joue le rôle de la femme de chambre?

Il n'y avait pas à se tromper sur la menace que dissimulait la voix calme, car El Diablo leva les yeux et Skye y lut une volonté inébranlable. Un instant, elle le défia, le menton haut, le souffle précipité; puis, avec une sorte de sanglot rageur, elle courut à sa chambre et disparut derrière le rideau.

Neengai n'était pas là pour l'aider. A la hâte, tremblant qu'il ne vînt la rejoindre, elle retira sa veste et son pantalon, jeta ses lourdes chaussures et saisit derrière le rideau la première robe qui lui tomba sous la main.

Après l'avoir mise, elle se baissa pour attacher ses sandales et aperçut son reflet dans la glace : ellc portait une robe de bal en tulle vert pâle brodée de strass, ornée sur l'épaule d'une guirlande de fleurs corail qui tombait sur le côté jusque sur la jupe. Elle ne l'avait utilisée qu'une fois, à un bal à New York, et elle se demanda s'il pouvait exister quelque chose de plus incongru que cette robe scintillante et mousseuse dans une grotte taillée jadis par les Incas et habitée par un bandit moderne.

Rectifiant sa coiffure, elle jeta un regard sur son visage blanc, ses yeux effrayés, puis elle retourna dans la grande salle. El Diablo était toujours au même endroit; son cigare était terminé et il tenait un verre à la main. Il la regarda en silence.

– Voilà qui est mieux, dit-il enfin.

Cette approbation parut plus pénible encore à la jeune fille que la précédente critique.

– Je vous déteste, murmura-t-elle, je vous hais.

– En ce cas, vous continuerez à m'amuser, riposta-t-il. Je trouve insupportable la fade sensiblerie que la plupart des femmes baptisent « amour ».

Par la suite, Skye se demanda ce qu'elle aurait répondu si les Indiens n'étaient entrés à ce moment avec le dîner.

Il fut encore plus exquis que celui de la veille. Des vins au bouquet subtil auraient fait honneur à la meilleure table de n'importe quelle grande capitale d'Europe, mais Skye éprouva beaucoup de difficultés à faire semblant de manger. Elle but un peu de vin et attendit que le café fût servi avant de poser la question qui montait à ses lèvres depuis le début du repas :

– Combien de temps allez-vous me garder ici?

Il la regarda en souriant. Ses yeux effleurèrent le

visage délicieux, même dans son angoisse, et parcoururent la silhouette, depuis la tête blonde jusqu'aux sandales argentées.

– Jusqu'à ce que je m'ennuie avec vous, dit-il. J'ai peur que même la nouveauté du mariage ne puisse m'épargner l'ennui.

Skye sauta sur ses pieds.

– Comment pouvez-vous être fou à ce point? cria-t-elle. Croyez-vous qu'on ne s'apercevra pas de mon absence? Déjà, le capitaine de mon yacht a dû téléphoner à mon cousin au Chili, on va se mettre à ma recherche. Vous paierez cher votre inqualifiable conduite.

– Je ne crois pas, dit paisiblement El Diablo. Voyez-vous, j'ai pris toutes mes précautions. Vous visitez sans difficulté le pays qui vous intéresse tant.

– Ce qui signifie?

– Exactement ce que je dis. Même un bandit de quatre sous peut avoir de l'imagination, s'il s'en donne la peine.

– Qui vous a répété cela? demanda Skye décontenancée. C'est un vrai cauchemar. Personne ne peut être aussi puissant que vous prétendez l'être.

– Je ne prétends rien. Pour vous mettre l'esprit en repos et vous prouver que votre cousin ne sera pas dérangé, je vais, si vous le désirez, vous expliquer mes arrangements.

Il se leva, prit une lettre dans un tiroir de son bureau et la tendit à la jeune fille.

– Voici la copie du message que le capitaine de votre yacht a reçu de bonne heure ce matin.

Skye prit le papier et resta les yeux écarquillés. La lettre était écrite de sa main. Du moins l'écriture était-elle si habilement imitée qu'elle eût pu s'y tromper. Elle lut avec stupeur :

« Cher capitaine Maclean,

J'ai eu la chance de rencontrer des amis et ils m'invitent à faire un séjour chez eux. C'est pour moi une occasion magnifique de découvrir l'intérieur du pays et je vous serais reconnaissante de bien vouloir faire emballer et confier au porteur de cette lettre une quantité suffisante de mes affaires pour une absence de deux à trois semaines. Evans saura de quoi j'ai besoin. Dites-lui de ne pas oublier mes robcs du soir.

J'espère que vous et l'équipage ferez un agréable séjour à Jacara.

Avec tous mes vœux, sincèrement à vous,

Skye Standish. »

Les yeux ronds, elle examina sa signature et s'exclama :

– Mais enfin comment? Où? De quelle façon?

– J'ai peur qu'une lettre à votre tante, en Angleterre, n'ait été retardée d'un jour, dit El Diablo qui souriait de sa stupeur.

Skye, d'abord, ne comprit pas ce qu'il voulait dire, puis elle se souvint de la lettre écrite la veille au matin et confiée à un homme sur le quai. Ce devait être un séide d'El Diablo et la lettre avait procuré au bandit un spécimen de son écriture.

D'une voix qu'elle espérait cinglante, elle dit avec mépris :

– Ainsi, vous êtes un assassin doublé d'un faussaire!

– Malheureusement, je ne puis revendiquer un tel talent, répondit El Diablo. Mais il y a au camp un homme qui est vraiment un artiste dans ce genre. Si nous connaissions toute la vérité sur lui, je crois que nous découvririons qu'il a quitté l'Argentine pour une raison liée à son génie pour imiter la signature des autres. Mais ici, nous posons peu de questions sur le passé des gens, nous nous occupons plutôt de leur avenir.

– Tout comme je m'occupe du mien, déclara Skye. Vous ne pouvez sérieusement me retenir ici... pour aussi longtemps?

– Longtemps ou moins longtemps, dit El Diablo. Vous savez de quoi dépend la durée de votre séjour.

– Vous m'insultez!

– Vous me l'avez déjà dit plusieurs fois, cela devient fastidieux.

– Si vous me trouvez fastidieuse, laissez-moi partir.

Il sourit.

– Sûrement pas quand vous prenez cette figure-là. Venez ici.

Il était revenu s'adosser à la cheminée. Skye recula.

– Sans doute ne m'avez-vous pas entendu? reprit-il sans élever la voix. Je vous ai dit de venir ici.

– Non!

Le refus était plein de défi, mais un peu tremblant.

– Vous apprendrez que j'ai l'habitude d'obtenir ce que je veux, déclara El Diablo. Je m'attends toujours à être obéi, principalement par ma femme.

Skye ne bougea pas. Elle le fixait de ses yeux très sombres dans la blancheur de son visage. Ses mains étaient crispées sur le corsage de sa robe, là où il touchait la peau nue.

Il y eut un silence tendu. Il semblait impossible à la jeune fille qu'il n'entendît pas les battements fous de son cœur. Il dit doucement :

– Il serait dommage d'abîmer cette jolie robe.

Alors, lentement, traînant un pied après l'autre, elle s'approcha de lui.

5

La voix douce de Neengai éveilla Skye d'un profond sommeil.

– El Cabeza a dit que vous devez aller à cheval avec lui, señora. Il sera prêt dans vingt minutes.

Skye se redressa. Toute sa fatigue avait brusquement disparu. Si elle quittait les murs de sa prison, elle avait une chance de fuite! Elle s'était endormie très tard, le soir précédent. Son esprit était passé par toutes les émotions humaines jusqu'à une fureur meurtrière qui l'effraya. Et pourtant, une fois de plus, El Diablo l'avait laissée à la porte; une fois de plus, elle avait attendu, tremblante, tandis que les heures passaient lentement. Mais, une fois de plus, elle était restée seule.

Après le dîner, il lui avait fait la cour, la flattant, la comblant de compliments; il lui avait parlé d'amour, choisissant des mots tendres, des phrases merveilleuses, heure après heure, en réussissant à ne jamais se répéter. Il l'avait taquinée, la mettant en colère à plaisir et, quand elle allait l'insulter, lui fermant la bouche de ses lèvres. Elle était humiliée au delà de toute expression; et, tout le temps, elle sentait qu'il y avait quelque chose de mystérieux dans la façon dont il se jouait d'elle. Une chose qu'elle ne comprenait pas.

Il n'y avait aucune feinte dans la flamme de son regard ou l'exigeante passion de ses baisers. Et pourtant, après l'avoir embrassée à la porte de sa chambre, il l'avait laissée y entrer seule. Que signifiait cela? Pourquoi était-il aussi patient? Skye se posait la question et n'y trouvait aucune réponse. Elle ne comprenait pas. Cet homme était une énigme, si différent, si complètement opposé à tous ceux qu'elle avait rencontrés jusque-là, qu'elle ne découvrait de sens à rien de ce qu'il disait ou faisait.

« Je le déteste! Je le déteste! » se répétait-elle indéfiniment, avec une sorte de faiblesse maladive.

Elle pouvait bien le détester : qu'est-ce que cela changerait? Quand il la prenait dans ses bras, elle aurait aussi bien pu se battre contre les murs de la caverne ou l'immensité de la montagne.

– Quand cesserez-vous de vous défendre? avait-il demandé à un moment, tandis que sa main caressait la douceur de son épaule et qu'elle tentait vainement d'échapper à son contact.

– Quand je serai morte! répliqua-t-elle avec rage. Et je voudrais que ce soit bientôt!

Il avait ri.

– Comme les fleurs des champs, vous êtes faite pour la joie d'un homme. Autrement, pourquoi seriez-vous aussi jolie?

– Je voudrais être hideuse, difforme! Ainsi vous me laisseriez tranquille!

Elle savait parfaitement, au son de sa voix, qu'il s'amusait à la provoquer; pourtant, elle n'avait pas pu s'empêcher de crier :

– Donnez-moi un couteau ou un revolver, et je montrerai à ces hommes-là dans quelle mesure ils peuvent vous envier!

Mais maintenant, sachant qu'elle allait se promener à cheval, elle était prête à courir rejoindre El Diablo plutôt que de passer seule une nouvelle journée.

Plus que tout, elle redoutait ces heures interminables où elle n'avait rien à faire que s'asseoir et penser, en attendant le soir et le retour d'El Diablo. A présent, elle se sentait soulagée et, sans perdre un instant, elle commença sa toilette, à l'eau froide.

Attendez, señora, s'écria Neengai, je vais vous apporter de l'eau chaude pendant que vous prenez votre petit déjeuner.

– Je peux très bien me laver à l'eau froide, dit Skye.

Elle était sûre qu'El Diablo ne l'attendrait pas, si elle était en retard seulement de quelques secondes. Dans son égoïsme et son arrogance, s'il ne la voyait pas à l'instant choisi par lui, il s'en irait, sans plus songer à elle.

Une fois prête, ses gants et sa cravache à la main, elle consentit à boire une tasse de café et à manger l'un des fruits apportés par la petite servante, ainsi qu'un plat d'œufs, plus substantiel.

– La señora aura faim, gémit Neengai.

– Ne vous inquiétez pas pour moi, dit Skye avec un sourire, le premier à éclairer son visage depuis son arrivée au camp.

Il n'y avait personne dans la grande salle et la jeune fille courut à la porte : le gardien était toujours là. Il lui jeta un regard qui suffit à lui faire comprendre qu'elle n'avait pas encore la permission de sortir. Elle alla à la fenêtre et observa le camp : des hommes coiffés de sombreros allaient et venaient, sellaient des chevaux, tandis que les femmes, sur le seuil des cabanes, assistaient à ces préparatifs.

Le soleil montait dans le ciel, mais il n'avait pas encore atteint sa pleine force. La brise était fraîche et Skye fut prise du désir fou de se retrouver à l'air libre, loin de l'effroi que lui inspiraient ces étranges cavernes. Elle surveillait si attentivement l'activité du camp qu'elle n'entendit pas El Diablo entrer; elle sursauta quand sa voix retentit derrière elle :

– Vous êtes prête?

Elle se retourna vivement. Le soleil ruisselait par la fenêtre et changeait en serpents d'or les boucles qui entouraient son petit visage comme un halo. La colère et le manque de sommeil avaient mis des lignes sombres sous ses yeux qui paraissaient plus grands qu'à l'ordinaire. Elle était vraiment jolie malgré ses vêtements masculins, infiniment féminine et séduisante.

El Diablo la regardait. Elle vit la flamme s'allumer dans ses yeux et, instinctivement, elle recula jusqu'à la grille de la fenêtre.

– Vous ressemblez au printemps lui-même, dit-il doucement.

Comme elle ne répondait pas, il lui prit le menton et lui releva la tête pour examiner le visage qui perdit soudain toute couleur.

– Je vais seulement vous embrasser, dit-il d'un ton rassurant. Détestez-vous cela à ce point? ajouta-t-il en la voyant avaler convulsivement sa salive.

– J'en ai horreur! cria la jeune fille, et j'ai horreur de vous aussi!

Un instant il la garda prisonnière, le fin menton tenu par une main aussi inflexible qu'une barre d'acier, puis, avec un petit rire, il la libéra.

– Vous êtes indiscutablement franche, remarqua-t-il, si vous ne faites pas de compliments.

– Seriez-vous assez présomptueux pour croire que votre contact puisse produire un autre effet que celui d'augmenter ma répulsion?

El Diablo prit un cigare dans une boîte sur son bureau.

– En cela, vous êtes au moins originale, dit-il.

– Je ne comprends pas.

Il alluma lentement le cigare.

– Je veux dire que je vous crois lorsque vous

affirmez que je vous fais horreur. Les femmes ne disent pas toujours ce qu'elles pensent.

– Moi, je le pense et je le dis, répliqua Skye amèrement.

Impulsivement, elle se tourna vers lui.

– Pourquoi me retenez-vous? s'écria-t-elle. Il y a sans doute des femmes qui aimeraient être ici, qui pourraient même tenir à vous, et que Dieu les aide si tel était le cas. Pour moi, je déteste chaque seconde passée en votre compagnie. Cela ne peut sûrement pas vous plaire?

– L'imprévu ne me déplaît jamais, dit El Diablo.

– Si seulement vous pouviez me devenir sympathique, gémit la jeune fille. Je vous ennuierais et j'aurais quelques chances. Mais les choses étant ce qu'elles sont, je suis condamnée à perpétuité.

Sa voix trahissait un désespoir sans fond mais, comme s'il était las de cette conversation, El Diablo secoua la cendre de son cigare et prit sa cravache.

– Venez, dit-il, il est trop tôt pour faire des drames.

Cette façon cavalière de traiter ses sentiments fit trembler Skye de colère, mais elle savait maintenant que ni rage ni insultes ne servaient à rien. Refoulant les mots qui montaient à ses lèvres, elle mit son chapeau sur sa tête.

– Je suis prête, dit-elle froidement.

Courtois, El Diablo s'effaça pour la laisser sortir, et le front haut, sans lui parler, elle marcha vers le soleil.

Trop de fatigue et d'angoisse l'avaient empêchée, le soir de son arrivée, de jeter aux grottes autre chose qu'un regard furtif, mais à présent, dans le clair matin, elle constata que leur ensemble était vraiment extraordinaire. Il y en avait des centaines qui ouvraient sur un étroit chemin creusé dans le rocher. Elles étaient belles par elles-mêmes, mais la splendeur du site qui leur servait de décor était presque indescriptible. Les pentes de la montagne disparaissaient sous les buissons fleuris et, au delà du camp, les pâturages s'émaillaient de verveines rouges et blanches.

Tout ruisselait de couleurs, la rivière d'un bleu méditerranéen et surtout les robes indiennes, gaiement tissées de teintes variées sur leurs métiers primitifs, formaient un saisissant contraste avec les peaux bronzées.

Soudain, Skye se sentit gênée : elle s'apercevait qu'elle était le point de mire de tous les regards. On l'observait du seuil des grottes ou des cabanes, les hommes sur leurs chevaux, les sentinelles ici et là, le fusil à la main, la dévisageaient et les enfants eux-mêmes avaient arrêté leurs jeux tandis qu'elle descendait l'escalier de pierre, vers les chevaux sellés qui attendaient en bas. Malgré sa résolution de ne laisser voir à tous qu'indifférence, elle rougit et quand El Diablo la rejoignit sur la dernière marche, elle lui demanda impatiemment :

– Ces gens n'ont-ils jamais vu de femme blanche?

– Ils en ont vu beaucoup, répliqua-t-il, mais ils sont toujours curieux de celles qui m'honorent de leur compagnie, et spécialement de la seule qui porte mon nom.

Ce ne fut pas le ton ironique qui l'exaspéra, mais le fait, auquel elle avait été stupide de ne pas penser plus tôt, d'être seulement l'une des nombreuses femmes qu'El Diablo avait amenées au camp. C'était pour elle un coup inattendu. Elle se souvint des paires de mocassins préparés dans sa chambre, le soir de son arrivée, et l'humiliation faillit lui faire pousser un cri. Ses doigts se crispèrent sur la poignée de sa cravache et elle eut beaucoup de peine à se retenir de le frapper en pleine figure.

D'un effort surhumain, elle se domina et se tut, mais la fureur qui brûlait en elle devait être perceptible à distance, car El Diablo la regarda en souriant et répéta :

– Il est encore trop tôt pour faire un drame.

– Un jour, vous irez trop loin, dit-elle d'une voix sourde.

El Diablo rit et se détourna pour inspecter les chevaux que deux Indiens retenaient difficilement. C'étaient deux animaux remarquables, qui piaffaient d'impatience. Skye n'avait jamais pu résister au plaisir que lui causait la vue d'un beau cheval. Une jument presque noire lui était destinée.

– Sera-t-elle trop nerveuse pour vous? demanda El Diablo.

Elle comprit que pour une fois la question était sérieuse et que, si elle répondait affirmativement, il lui trouverait une monture moins ardente.

– Je monte à cheval depuis que je sais marcher, répliqua-t-elle fièrement, et j'ai même aidé à dresser des chevaux dans le ranch de mon grand-père, en Californie.

Il n'insista pas et d'un geste fit signe à l'Indien le plus proche d'aider Skye à se mettre en selle. Lui-même monta avec agilité. Les chevaux se cabrèrent, firent quelques écarts, pointèrent de nouveau, puis Skye sentit que sa jument répondait aux rênes et, comme elle se rangeait à côté d'El Diablo, les animaux prirent un trot rapide.

Les gauchos qui attendaient en groupe éperonnèrent leurs montures et, quelques minutes plus tard, la cavalcade sortait du camp et s'engageait dans la plaine. Skye compta que l'escorte se composait de six hommes. A présent, sa colère s'apaisait ainsi que sa tension nerveuse. Il était impossible de ne pas respirer le parfum des fleurs sauvages, de ne pas admirer les flamants roses et les hérons blancs qui planaient au-dessus de la rivière. Des nuages d'oiseaux piailleurs couvraient la pampa de leur magnifique plumage, et la rapidité de leur vol était un enchantement supplémentaire.

Ils allèrent en silence, accompagnés par le martèlement des sabots et le cliquetis des harnais. Skye put constater que tous les hommes étaient armés d'un pistolet et aussi du cuchillo, un énorme couteau à manche d'argent sans lequel un gaucho se sentirait nu.

Skye mourait d'envie de demander à El Diablo où ils allaient, mais ne pouvait se décider à lui parler. Elle se jura, les lèvres serrées, de ne plus lui adresser la parole, sauf en cas d'absolue nécessité.

Elle lui jeta un coup d'œil et, malgré sa répulsion, ne put s'empêcher d'admettre qu'il montait bien. Son cheval, un bai brun foncé, était plus grand que la normale et le portait fièrement. La haute taille et les larges épaules du cavalier s'accordaient admirablement avec sa magnifique monture. Pourtant, en dépit de sa stature, il y avait en lui une grâce féline qui contrastait étrangement avec son inflexibilité d'acier.

Le seul fait de penser à lui attisait la colère de Skye et exaspérait sa haine à un tel point qu'elle dut se forcer à regarder devant elle, détournant les yeux de l'homme qui cheminait à son côté.

Ils trottèrent pendant une heure environ avant d'atteindre une hacienda abritée par un bouquet d'eucalyptus. Deux hommes en sortirent et vinrent parler à El Diablo. Skye comprit qu'ils étaient propriétaires de la ferme et elle fut surprise de leur déférence et de leur ferveur. Ils parlèrent de leur matériel, puis avec un amical *buenos dias*, les cavaliers poursuivirent leur route jusqu'à la prochaine hacienda.

Ils en visitèrent une demi-douzaine. El Diablo écoutait les doléances des fermiers et donnait son avis, parfois un ordre. Il arrivait, quand la ferme était particulièrement pauvre, qu'il remît de l'argent au fermier, de lourds pesos qu'il transportait dans les fontes de sa selle.

Ils s'enfoncèrent dans l'intérieur du pays, se dirigeant vers le nord de la rivière. Skye observait le paysage, cherchant à se rappeler les détails qui pourraient lui servir à l'occasion.

Vers midi, ils s'arrêtèrent à une ferme où on les attendait. Un repas était préparé pour eux, repas primitif et grossier, bien différent de ceux qu'El Diablo exigeait chez lui au camp. Il sembla manger pourtant avec plaisir tandis que Skye devait se forcer pour avaler quelques bouchées de puchero, ragoût de viande trop fraîche et très dure. On apporta du pain de maïs cuit à la maison, du fromage de chèvre, et pour les gauchos, du vin rouge du pays, sans oublier naturellement le maté. Le dessert consista en confiture de coings, poisseuse et sucrée, qui fut visiblement appréciée par les hommes.

Tandis qu'ils mangeaient, servis par les femmes, le propriétaire de la ferme ne cessa de parler de ses ennuis, d'une voix basse et monotone. Il n'était pas beau à voir avec sa chemise crasseuse bouffant au-dessus de bombachas malpropres et ses pieds sales chaussés de vieilles espadrilles... « Misère! Misère! » ces mots revenaient constamment dans son discours, et il était l'incarnation même du malheur.

Le bétail se multipliait, disait-il, mais il n'y avait pas de marchés pour le vendre. Que deviendraient-ils, lui et tous les autres fermiers, s'ils ne pouvaient écouler leurs produits?

El Diablo ne répondit rien avant la fin du repas, puis il se leva et déposa une poignée de pesos d'argent sur la table.

– On trouvera des marchés, dit-il. Pour le moment, il faut être patient. Si nous nous pressons, nous perdrons tout.

– Si, si, señor, je comprends, nous savons que vous travaillez pour nous, mais j'ai tout de même mon existence à considérer, et ma famille, ma femme, mes quatre filles!

– Il faut savoir patienter, mon ami.

El Diablo sortit et les adieux ne furent pas aussi chaleureux cette fois.

– Pourquoi ne trouve-t-il pas de marchés pour son bétail? demanda Skye.

Malgré sa résolution de ne pas interroger El Diablo, elle ne pouvait résister à la curiosité. En dépit de ses propres problèmes, elle commençait à s'intéresser à ceux des autres; ce fermier, dans sa ferme isolée, comment vivrait-il s'il ne vendait rien à Jacara? Que se passait-il pour que les choses parussent pires que dans le passé?

– Cela vous intéresse-t-il vraiment?

Elle vit un éclair passer dans les yeux de son compagnon, comme s'il devinait qu'elle s'était refusé à lui parler jusque-là.

– Oui, cela m'intéresse, répondit-elle franchement.

Ils avaient ralenti, car ils suivaient la crête d'une colline rocheuse où les buissons poussaient si serré que les chevaux ne pouvaient avancer qu'au pas.

– Je vais donc vous le dire, répondit El Diablo. Cela peut se résumer en un seul nom : Alejo.

– Lui, ou son gouvernement?

– Il n'y a pas de gouvernement distinct d'Alejo. Il est entouré d'un petit groupe de « beni-oui-oui » qui l'appellent El Supremo. Une description plus détaillée est-elle nécessaire?

– Non, continuez, dit Skye.

– Il y a quelques mois, Alejo a décrété que tout le pays situé au nord de Jacara devenait propriété du gouvernement : c'est ce qu'on appellerait « nationaliser » en Angleterre. Les hommes qui possèdent des fermes depuis des centaines d'années devaient être chassés de leurs terres en une nuit, sans comprendre pourquoi. Cet édit concerne le territoire situé entre Jacara et le Brésil.

– Mais pourquoi?

El Diablo lui jeta un bref coup d'œil.

– Je ne vous apprendrai que ce qu'il est prudent pour vous de savoir, répliqua-t-il. El Supremo a ses raisons, et ce sont de bonnes raisons, en ce qui le concerne. Mais il n'a pas pensé aux réactions des Indiens qui considèrent ces terrains comme les leurs. Un Indien est toujours attaché à la terre. Le plus grand crime des conquérants blancs d'Amérique du Sud a peut-être été de déposséder les Indiens de leur sol natal. Au Mariposa, personne ne s'est soucié d'eux pendant des générations et ils ont borné leurs revendications au maintien des terres qu'ils occupaient, non les plaines où les fermiers mariposiens font paître leurs troupeaux, mais le taillis et les pentes de la montagne dont personne ne voulait. Et maintenant, on leur dit qu'ils n'ont aucun droit à ces emplacements, qu'ils appartiennent au général Alejo.

– A-t-il essayé de les renvoyer?

– Pas encore. L'armée régulière du Mariposa compte environ sept cents hommes. Avec tous les hommes entraînés ou à demi entraînés du pays, Alejo pourrait, je pense, réunir deux mille soldats, mais il y a déjà ici, dans le Nord, plus de quatre mille Indiens décidés à défendre, au côté des fermiers, ce qu'ils considèrent comme un droit de naissance.

– Et c'est pour cela que vous avez peur des espions?

– Je n'en ai pas peur, dit El Diablo, je les élimine.

Skye frissonna. La voix cruelle lui rappelait le cadavre pendu à un arbre, avec ses yeux exorbités et sa bouche ouverte. Un instant, elle eut presque pitié du dictateur. Elle n'avait entendu qu'un son de cloche, songea-t-elle, évidemment assez plausible; mais elle se demanda ce que pensait le gouvernement officiel d'un homme qui se moquait de ses lois et qui pendait ses alliés.

Ils avaient dépassé le sommet de la colline et ils trottaient de nouveau. Ils continuèrent ainsi pendant tout l'après-midi, ne s'arrêtant que pour faire boire les chevaux ou pour parler aux propriétaires des haciendas, ou encore pour échanger quelques mots avec des Indiens qu'ils rencontraient, campés dans les collines.

L'après-midi s'écoulait. Il serait tard quand ils rentreraient au camp; la chaleur du jour avait diminué. Skye se pencha pour caresser l'encolure de sa jument qui semblait aussi fraîche qu'au départ.

– Ces animaux sont faits pour parcourir de longues distances, dit El Diablo qui paraissait deviner ses pensées. Avez-vous entendu parler des chevaux créoles?

– Non.

– Leur race s'éteint, malheureusement. Ce sont les descendants de chevaux arabes importés par les Espagnols à l'époque de la conquête. Les chevaux n'existaient pas sur ce continent avant eux.

– Des chevaux arabes? Cela explique tout! dit Skye.

De nouveau, elle caressa la tête de la jument.

– Vous montez bien, dit El Diablo.

Skye se raidit. Elle avait un peu oublié sa haine pendant cette conversation. Mais elle se cabra devant le compliment. El Diablo rit tout bas.

– Les Anglaises ne savent pas recevoir un compliment avec grâce, remarqua-t-il.

– Nous sommes difficiles quant à ceux qui nous les adressent.

– Et vous n'acceptez pas les miens.

– Cela devrait tomber sous le sens.

Elle lui jeta un regard dédaigneux qui aurait réduit au silence un Anglais ou un Américain, mais El Diablo ne fit qu'en rire.

– N'êtes-vous pas fatiguée de me résister?

– Non, déclara la jeune fille, je vous résisterai jusqu'à mon dernier soupir.

– Ce sera donc une bataille perdue.

– Une occasion peut se présenter, le hasard est parfois généreux, mais je vous préviens : victorieuse, je serai sans pitié.

Elle parlait avec passion. El Diablo retira son chapeau.

– Voilà un défi de ma ravissante épouse, dit-il en riant. Je le relève.

Il se moquait d'elle. Skye l'aurait tué avec joie. Elle détourna la tête et poussa sa monture; tous ses nerfs vibraient de rage contre l'homme qui la tenait en son pouvoir et qui s'amusait d'elle, comme le chat joue avec la souris.

Une hacienda encore, puis ils prirent le chemin du retour. Skye n'avait cessé d'observer la route, guettant l'occasion de fuir, mais pas un instant elle n'avait été laissée libre de ses mouvements. Six hommes en plus d'El Diablo représentaient une escorte formidable. Elle sentit son courage l'abandonner. En outre, l'idée de ce que la soirée risquait de lui apporter la hantait. Désespérément, elle se mit à prier pour que quelque chose survînt qui la sauverait.

Ils approchaient du camp : encore un mille ou à peu près et ils seraient de retour. Le cœur de Skye se mit à battre à la pensée de gravir de nouveau l'escalier de pierre jusqu'aux cavernes.

Ces cavernes! Elles évoquaient pour elle la toile d'une monstrueuse araignée. Elle se souvenait du regard d'El Diablo quand il était venu à elle, le matin, avec l'intention de l'embrasser. Elle avait esquivé l'épreuve par la violence de son attaque, mais elle ne le pourrait sans doute pas ce soir. Elle en était là de ses réflexions quand un cri interrompit leur marche en avant :

– Ja-guâ... ja-guâ!

Un homme criait. El Diablo donna l'ordre à la petite colonne d'aller à lui et, comme ils en approchaient, Skye vit qu'il s'agissait d'un Indien et que tous le connaissaient, car un gaucho l'appela par son nom. Il agitait les bras et parlait avec volubilité dans un langage que la jeune fille ne comprenait pas. Les cavaliers le suivirent jusqu'à un amoncellement de rochers et elle aperçut un homme étendu dans une mare de sang, blessé, semblait-il, par les griffes d'un grand fauve. El Diablo et les gauchos mirent pied à terre.

Soudain, Skye comprit que la chance si ardemment souhaitée venait enfin : tous les hommes lui tournaient le dos, s'empressant autour du blessé.

Elle fit tourner la jument et fut assez sage pour ne pas se presser. Lentement, elle avança sur l'herbe épaisse pendant quelques minutes, puis, d'un coup de cravache, elle mit la jument au galop.

Elle était déjà loin quand elle entendit une exclamation. Jetant un regard par-dessus son épaule, elle vit que l'on s'était aperçu de sa fuite. Tous les visages étaient tournés vers elle. Couchée sur sa selle, elle galopait follement. Le vent avait arraché son chapeau et sifflait dans ses cheveux. Elle galopait vers le sud, sachant qu'elle devait suivre la vallée : elle traverserait la chaîne de montagnes quand elle aurait suffisamment distancé ses poursuivants.

Elle n'osait plus regarder en arrière, mais elle était sûre qu'ils étaient tous sur ses traces. Elle longea la rivière pendant quelque temps et, remarquant un endroit peu profond où les vaches devaient passer, elle la traversa. Au moment où la jument remontait sur la rive, elle se retourna : les gauchos galopaient ferme, à peu près à un mille derrière elle, mais un cavalier s'était détaché et la rattrapait à une allure qu'elle ne pouvait sous-estimer : son cheval était le meilleur des deux. La seule chance de Skye consistait à garder l'avantage de son avance.

La prairie se déroulait devant elle à une allure vertigineuse, les montagnes hérissées de buissons se dressaient à sa gauche. Elle ne pouvait qu'aller droit devant elle.

Celui qui la suivait de plus près gagnait du terrain; bientôt, elle entendit les sabots de son cheval, puis le cliquetis des harnais. Le souffle lui manqua; sans pitié, elle cravacha la jument, aveuglée par le désir désespéré de fuir. Mais, comme dans un cauchemar, elle se rendait compte qu'El Diablo se rapprochait de plus en plus. Se diriger vers la montagne? En ralentissant si peu que ce fût, elle lui faciliterait la tâche. Alors, elle décida que s'il parvenait à sa hauteur, elle essaierait de se sauver en courant. Elle était plus légère que lui et peut-être, dans la montagne, réussirait-elle à se cacher dans les rochers où il ne la trouverait pas avant la nuit.

Les pensées tournoyaient dans la tête de la jeune fille en une ronde hallucinante : elle vivait maintenant la terreur d'un animal traqué. Il était de plus en plus proche, les sabots de son cheval faisaient un bruit de tonnerre. Dans un instant, il saisirait la bride de la jument et Skye se jetterait sur le sol. Alors elle courrait comme elle n'avait jamais couru.

Assourdie par le bruit du galop, à demi aveuglée par la rapidité de la course, la respiration haletante passant comme des sanglots entre ses lèvres entrouvertes, Skye sentit soudain un bras l'encercler. Elle hurla de terreur. El Diablo la souleva de sa selle avec une adresse qui exigeait une force herculéenne et, en plein galop, la transporta de la jument sur son propre cheval.

Skye s'était sentie soulevée en l'air avant de retomber lourdement sur le devant de la selle et, un instant, elle perdit connaissance. Mais ces secondes de miséricordieux oubli ne durèrent pas : elle revint à la réalité avec l'impression d'avoir reçu un coup de boutoir dans la poitrine.

Son visage s'appuyait contre la veste d'El Diablo; elle comprit que le bras qui la tenait serrée était une prison qu'elle ne saurait briser. Elle voulut se débattre pourtant et, faiblement, leva une main pour le frapper, mais elle était épuisée et ne put que demeurer molle et impuissante, contre lui, en essayant de reprendre son souffle. Ralentissant peu à peu son allure, El Diablo galopa encore avant de revenir sur ses pas et, à ce moment seulement, il parla. Il regarda le visage de la jeune fille, les longs cils sombres au bord des paupières fermées, les narines frémissantes, la poitrine soulevée de mouvements spasmodiques.

– Petite fille, dit-il doucement, croyez-vous que vous pouvez m'échapper?

Elle l'entendit à peine. Elle n'éprouvait plus que le désespoir de l'échec.

Le soleil, gros ballon écarlate, sombrait dans un océan d'herbe verte. Autour d'eux montaient les appels des perdrix. Skye les entendait comme dans un rêve. Elle entendit aussi les gauchos quand ils les rejoignirent : ils acclamaient leur chef, enthousiasmés par son tour de force et par la capture de la fugitivc.

6

Skye étala comme un jeu de cartes les billets qu'elle tenait à la main, les rassembla et les étala de nouveau. Puis elle y ajouta plusieurs grosses coupures qu'elle prenait à côté d'elle sur le divan.

L'Indien l'observait, elle en était sûre, bien que sa face glabre demeurât impassible. Elle fit un compte rapide des billets : quatre-vingt-dix-sept dollars. Une fortune pour un indigène.

L'Indien posa soigneusement les verres sur la table et, au moment où il se tournait pour aller chercher l'argenterie, elle surprit son regard, enfoncé sous les cils épais, qui s'attardait furtivement sur le précieux paquet. Sa peau avait la couleur du tabac et ses cheveux noirs tombaient sur le col de sa chemise. Il était jeune, beau... et cupide, elle en était certaine. Tellement certaine qu'elle étala de nouveau les billets. Puis, délibérément, elle en laissa tomber un par terre entre elle et le serviteur.

Il le ramassa et le lui tendit. Elle sourit.

– Merci, dit-elle. Comment vous appelez-vous?

– Jc m'appelle Yokseyi, señora.

Sa voix lente donnait une intonation musicale à l'espagnol.

– Etes-vous ici depuis longtemps?

– Seulement quelques semaines, señora.

C'était cela qu'elle voulait savoir : il était inutile d'essayer de soudoyer l'un des premiers compagnons d'El Diablo. Si extraordinaire que cela parût, ceux-là lui étaient fanatiquement dévoués : une loyauté totale se lisait dans leurs yeux. Ils le traitaient, pensait-elle avec mépris, comme un dieu et non comme un homme.

Mais Yokseyi était nouveau.

L'un des serviteurs, malade, avait été remplacé par cet homme plus jeune, choisi, avait appris Skye, parmi des douzaines de volontaires, parce qu'il avait servi dans un hôtel de Jacara.

Elle se leva et, se dirigeant vers le fond de la salle, lui fit un signe. Sans hésiter, il la rejoignit, marchant sans bruit sur le parquet. Il attendit, la fixant de son regard sombre.

Elle tenait toujours la liasse de dollars.

– Voulez-vous porter une lettre pour moi à Jacara? demanda-t-elle en chuchotant pour que le gardien, derrière le rideau, ne l'entendît pas.

L'Indien regarda les billets. Le désir qu'ils éveillaient en lui ne faisait aucun doute, bien qu'il gardât le silence.

– Quatre-vingt-dix-sept dollars, murmura la jeune fille.

Comme dans presque tous les pays d'Amérique du Sud, toute monnaie étrangère était acceptée au Mariposa, mais le dollar était la plus appréciée de toutes. Transformée en pesos, une telle somme ferait, pour la vie, d'un Indien pauvre un homme riche.

– Non, señora, je n'ose pas.

Les mots n'étaient qu'un sifflement entre ses dents tachées de tabac.

– Ne dites pas non, insista Skye, ce serait si facile! Regardez, voici la lettre : vous n'aurez qu'à la porter au bateau blanc dans le port, celui qui s'appelle le *Liberty*, n'importe qui vous l'indiquera. C'est tout ce que vous aurez à faire : laisser la lettre et vous en aller. Et je vous donne les dollars tout de suite.

Elle cherchait fébrilement comment le tenter davantage et, brusquement, elle retira de son poignet sa petite montre d'or sertie de rubis et de diamants et la mit entre les doigts bruns qui tremblèrent.

– J'irai, señora.

Il parlait encore quand sa main s'avança avec une incroyable rapidité : les billets, la montre et la lettre disparurent comme par enchantement. Prenant un cendrier sur la table voisine, il traversa la pièce. Skye apprécia l'acuité de son sens auditif : quelqu'un venait.

Ce n'était que Neengai, mais Skye n'en poussa pas moins un soupir de soulagement. Elle n'avait pas eu peur de voir entrer El Diablo, pourtant : il était parti dès le matin pour inspecter la mine de diamants et avait annoncé qu'il serait de retour pour déjeuner et qu'ensuite, sauf imprévu, il l'emmènerait se promener à cheval.

Après un séjour d'une semaine au camp, Skye se rendait compte de l'énorme travail qui s'y effectuait chaque jour. Il y avait les visites aux haciendas, les pâturages à surveiller et les routes à contrôler jusqu'à Jacara. Il fallait de plus inspecter les mines et emporter tous les deux jours, en lieu sûr, l'or et les diamants que l'on extrayait selon des méthodes primitives et peu rentables, à peine modifiées depuis des siècles. L'or et les diamants étaient extraits en si petite quantité que Skye se demandait si tout ce travail en valait vraiment la peine.

Les Indiens, en outre, tissaient des étoffes et fabriquaient des meubles et des poteries. El Diablo payait leur travail et les objets terminés étaient entreposés dans des grottes inhabitées. Skye avait vu là de ravissants tabourets taillés dans des blocs de bois magnifiques, des tables et des chaises faites de quebracho rouge ou d'ouroundé blanc et noir. Elle supposait qu'El Diablo avait l'intention de vendre tout cela un jour et que, entre-temps, ceux qui le suivaient pouvaient ainsi gagner leur subsistance. Les doigts des Indiennes ne cessaient de filer, avec des mouvements pleins de grâce, tandis qu'avec leurs seins nus et leurs amples jupes, elles faisaient danser les fuseaux.

Continuellement, l'activité du camp était accompagnée par les guitares. Leur son faisait tellement partie de l'existence de Skye qu'elle ne l'entendait même plus : il se mêlait au sifflement des insectes ou au chant des oiseaux.

Tandis qu'elle avait tout le temps de regarder autour d'elle, d'écouter ou de se reposer, El Diablo était constamment occupé : il y avait toujours quelqu'un qui attendait pour le voir, ou un messager qui apportait des nouvelles. La jeune fille ne le savait que trop bien, ses possibilités d'informations étaient phénoménales : elle comprenait maintenant comment il avait su tout ce qu'elle avait dit. Sans doute avait-il été au courant de son arrivée dès l'entrée du yacht dans le port. Les renseignements fournis par elle aux autorités avaient dû être communiqués à El Diablo moins d'une heure plus tard.

Ses fidèles étaient partout, dans les bureaux, les magasins, parmi les mendiants et jusqu'au palais. Il n'était rien d'insignifiant ou d'important qui ne parvînt à ses oreilles.

L'une des haciendas était pourvue d'une ligne téléphonique, mais le contact d'El Diablo avec ses gens était beaucoup plus personnalisé. Ils venaient le voir à toute heure du jour et même parfois tard dans la nuit. Dans ces cas-là, il envoyait Skye se coucher et elle entendait le murmure des voix jusqu'au moment où elle s'endormait.

Elle avait renoncé à rester debout, tendue et terrifiée, tremblant qu'El Diablo n'entrât dans sa chambre. Il lui disait toujours bonsoir devant la porte et elle savait maintenant qu'une fois le rideau tiré elle ne le reverrait plus jusqu'au lendemain. Pourquoi se conduisait-il ainsi? Elle n'en avait pas la moindre idée. Chaque soir, elle avait droit à une scène d'amour, il l'embrassait, murmurait à son oreille des mots passionnés. Il se conduisait en amoureux éperdu. Et pourtant, il ne faisait pas d'elle sa femme au sens propre de ce terme.

Elle avait également renoncé à se débattre quand il l'embrassait, ayant compris qu'elle dépensait en pure perte ses forces et son énergie et allumait par contre en lui un sentiment de triomphe.

Le plus pénible pour Skye, c'était de savoir que ce qu'elle ressentait le laissait parfaitement indifférent. Pour lui, elle n'était qu'une femme, une femme qui l'attirait sans doute, mais rien en elle, à part sa beauté, ne l'intéressait.

Quand il l'emmenait dans ses randonnées, Skye ne se faisait pas d'illusions; il ne souhaitait pas spécialement sa compagnie; au milieu de ses hommes, il n'avait pas besoin d'elle pour éviter la solitude. Il jugeait seulement plus prudent de la garder sous ses yeux : il était totalement, rigoureusement égoïste.

Parfois la jeune fille fermait les yeux et se demandait si tout cela était réel. Elle se souvenait des attentions dont on l'entourait à New York et à Londres où les hommes semblaient ravis de se trouver auprès d'elle, de l'écouter et de lui demander son avis.

Du matin au soir, et une partie de la nuit, elle cherchait comment s'enfuir. La même pensée tournait dans sa tête comme un écureuil en cage.

Elle avait été contente de constater qu'elle disposait d'une importante somme d'argent. Par une chance providentielle, elle avait décidé, le jour même de son enlèvement, de payer la location des chevaux après chaque promenade, ainsi que les pourboires aux guides, qu'elle voulait généreux. En plus de la somme emportée dans sa poche, elle avait trouvé de l'argent dans les divers sacs à main envoyés du yacht avec ses affaires. Elle priait maintenant pour que ce soit suffisant, avec son bracelet-montre, pour inciter le jeune Indien à braver la colère d'El Diablo et aussi pour compenser son exil hors du camp.

Elle n'eut pas d'autre occasion de lui parler, car l'autre homme, plus âgé, qui suivait El Diablo depuis des années, entra. Quand il sortit, Yokseyi le suivit.

Ah! si ce plan pouvait réussir! Anxieuse, Skye arpenta nerveusement la salle, se demandant si ses instructions au capitaine Maclean étaient suffisamment claires. Il devait envoyer par radio un télégramme à Jimmy, puis aller en personne à la police et essayer de parler au général Alejo.

Etre libre! Skye en rêvait avec un soupir d'ivresse. Etre en sécurité sur son yacht, s'éloigner du Mariposa et d'El Diablo!

Ce matin-là, en se regardant dans la glace, elle s'était étonnée de ce que ses épreuves eussent laissé si peu de traces sur son visage. Elle avait maigri, certes, mais cela mettait sa beauté en valeur et ne lui nuisait en rien. Bien qu'elle l'admît sans plaisir, elle se sentait en parfaite santé. Les longues promenades à cheval, bien loin de la fatiguer, l'avaient affranchie de la mollesse d'une vie trop luxueuse.

– Comment un cuisinier aussi exceptionnel a-t-il échoué ici? avait-elle demandé à El Diablo un soir, après un dîner encore plus succulent que les autres.

– Alphonse a été obligé de quitter Jacara précipitamment, répondit El Diablo. Il était placé dans une famille riche et distinguée, mais un soir, ayant un peu trop bu, il s'est servi de son couteau à découper sur l'un des autres serviteurs de la maison.

– Et... il l'a tué?

– J'en ai peur. C'est un assassin tout comme moi. Il y en a un bon nombre au camp.

Il la provoquait délibérément, mais Skye ne s'y laissa pas prendre.

– Je ne peux pas croire qu'un homme capable de faire un aussi merveilleux soufflé puisse tuer autrement que par accident, dit-elle.

– Votre bon cœur vous fait honneur! dit El Diablo, sarcastique.

Elle avait appris à se taire quand il se montrait impoli et parfois se demandait si c'était bien elle, Skye Standish, qui restait muette devant une insulte et la laissait passer sans réaction, elle qui jadis se fâchait pour un rien. Elle était obligée, malgré elle, de dominer son humeur, de retenir sur ses lèvres les protestations et même quelquefois de baisser les yeux pour qu'il ne vît pas la haine qu'ils reflétaient et ne fût pas tenté de renchérir.

Il l'agaçait, comme un enfant agacerait un chaton, jusqu'à la rendre folle de rage, dans le seul but de se moquer d'elle et d'étouffer sous ses lèvres ses paroles indignées. Et cela était plus pénible à supporter que de se forcer au silence. La jeune fille faisait son apprentissage de la ruse.

Skye en était là de ses pensées quand elle entendit son pas sur la terrasse. Elle resta assise, prenant un air indifférent, affectant une parfaite aisance et un ennui profond.

Il entra et parut emplir la salle de sa taille et de sa carrure. Il portait un petit sac de toile qu'il jeta sur le bureau.

– Des diamants? demanda Skye aimablement.

– Peu et de médiocre qualité.

– Quel malheur! dit-elle avec ironie. Vous serez bientôt ruiné si vous n'y prenez garde.

– Moi? demanda-t-il en riant. C'est vrai, j'oublie que vous avez cru toutes les bêtises que je vous ai racontées le premier soir. Les diamants ne m'appartiennent pas, ils sont la propriété de la nation. Mais Alejo ne les aura pas si je peux l'en empêcher.

– Alors, vous les avez volés?

– Au contraire, je les prends sous ma protection, jusqu'au jour où ils pourront être utilisés pour le bien des Mariposiens.

– Par vous?

– Par un homme qui, s'il n'a pas d'autres vertus, est au moins loyal envers son pays.

– Ce qui, si je comprends bien, signifie que le général Alejo ne l'est pas?

D'une carafe posée sur la table, El Diablo se versa un verre de vin. Puis il vint vers Skye et demeura debout, buvant lentement en fronçant les sourcils comme s'il cherchait à concentrer sa pensée.

– Je suis ennuyé, dit-il enfin.

Skye s'étonna. Depuis qu'elle le connaissait, elle ne l'avait jamais entendu confesser une faiblesse quelle qu'elle soit.

– Pourquoi? demanda-t-elle.

– Je puis vous le dire si vous voulez. Je ne pense pas que cela ait quelque importance. Alejo est obligé de faire quelque chose, d'ici très peu de temps, et le pot aux roses sera découvert.

– Quel pot aux roses?

El Diablo fit un geste de la main en direction du coffre.

– C'est là qu'il se trouve, dit-il.

– Dans les mines d'or et de diamants?

– C'est beaucoup plus grave. Ces mines n'ont rien

de secret, on les exploitait bien avant la conquête espagnole et elles ne sont ni meilleures ni pires que les mines de bien d'autres pays. Elles peuvent rapporter un peu tous les ans, mais elles n'ont pas grande valeur. C'est pourquoi Alejo n'a pas mis la main dessus jusqu'à présent. Mais ses amis politiques étrangers lui ont dit quelque chose qui change tout, il est devenu enragé et voudrait prendre le contrôle de ces montagnes.

– Je n'aurais pas cru qu'Alejo était cupide.

– Il ne l'est pas. Il n'a qu'un idéal, une religion, une pensée : Alejo! Mais ses voisins ne feront rien pour lui et il est obligé de se rabattre sur d'autres forces, celles qui lui donneront assez d'argent et de puissance pour exercer son autorité comme il l'entend.

– Mais qu'y a-t-il de si important pour lui? demanda la jeune fille.

– De la pechblende, dit El Diablo.

Il sourit de l'ignorance manifeste de Skye.

– Vous ne savez pas ce que c'est, pas plus que moi quand j'en ai entendu parler pour la première fois. C'est de l'uranite, d'où l'on tire l'uranium, le métal que le monde entier convoite et qui vaut plus que cent mille mines d'or.

L'intérêt passionné que trahissait sa voix était communicatif.

– Etes-vous certain de tout cela? demanda Skye.

– Alejo en est sûr, dit El Diablo. Je voudrais bien avoir plus d'expérience en la matière. J'ai travaillé dans une mine, mais je ne suis pas technicien. S'il y a de la pechblende ici, elle doit être exploitée pour le bien des Mariposiens et de leur pays. Je ne vais pas la laisser filer dans les mains d'une organisation qui entend, d'après ce que je sais, amener ici ses ouvriers et ne donner au Mariposa qu'une infime participation aux bénéfices.

– Comment Alejo a-t-il consenti à cela? murmura Skye.

– Parce que cela en vaut la peine pour lui.

– Comment le savez-vous?

– On ne peut garder un secret très longtemps au Mariposa, dit El Diablo, et j'ai des gens au palais.

– Et dans les boutiques et sur les routes! s'exclama la jeune fille. Etes-vous sûr que les gens de Jacara vous soutiendront?

Il haussa les épaules.

– C'est là une des questions qui me tracassent. J'espère qu'elles turlupinent Alejo tout autant. Il n'est pas idiot en ce qui concerne la stratégie.

– Comment pourrez-vous le combattre? Avez-vous des armes?

– Nous en importons du Brésil, elles arrivent continuellement. Mais ne croyez pas que je désire me battre : je donnerais ma vie pour épargner une guerre civile au Mariposa, une lutte opposant le frère au frère, le père au fils!

Il parlait avec une sincérité indiscutable qui surprit Skye; puis, changeant soudain d'humeur, il se dirigea vers la table.

– J'ai faim, dit-il, et j'ai beaucoup à faire cet après-midi.

– Dites-m'en davantage, supplia la jeune fille.

– Il n'y a rien d'autre à dire. Et maintenant que vous en savez tant, je vous préviens que vous ne vous échapperez pas d'ici vivante tant qu'Alejo ne sera pas démasqué.

– Est-ce pour cela que vous m'avez fait ces confidences?

El Diablo ne répondit pas et son visage resta indéchiffrable. Brusquement, Skye se souvint de sa tentative de corruption et la peur lui contracta la gorge. Mais quand El Diablo commença tranquillement à déjeuner, elle pensa que s'il avait parlé de tout cela, précisément à ce moment, ce n'était que pure coïncidence.

Ils mangèrent rapidement puis descendirent l'escalier vers le camp. Les chevaux les attendaient. Le jaguar qui avait tué un homme, huit jours auparavant, avait fait une autre victime la veille au soir : on était venu avertir El Diablo qu'un enfant n'était pas rentré dans l'une des haciendas. Les recherches entreprises n'avaient donné aucun résultat, jusqu'à l'aube où l'on avait découvert le pauvre petit corps déchiqueté, à un demi-mille de la maison.

Il est rare, avait appris Skye, qu'un jaguar soit mangeur d'hommes. D'ordinaire, ce fauve s'attaque aux chevaux, aux chiens, au bétail, et il se nourrit souvent de tortues d'eau douce. Mais exceptionnellement, après avoir goûté à la chair humaine, il la préfère et la recherche.

Au cours de la nuit précédente, la jeune fille avait été réveillée par un son étrange, bas et rauque, venant du dehors et plusieurs fois répété.

« Pu-pu... pu-pu... »

Elle se leva et, passant un peignoir, courut à la grande salle où elle trouva El Diablo qui sortait de sa chambre, habillé, un fusil à la main.

– Qu'est-ce que c'est? demanda Skye, effrayée, mais ne sachant trop ce qu'elle devait redouter.

– C'est le jaguar, dit El Diablo.

Elle l'entendit appeler les gardes, après qu'il fut sorti de la caverne. Elle courut à la fenêtre, essayant de voir quelque chose entre les barreaux de la grille. Elle avait si envie de voir le jaguar qu'elle oubliait comment elle était vêtue; elle s'en souvint quand El Diablo rentra et alluma une bougie. Son regard l'examinait, détaillait ses joues rosies par le sommeil et les boucles folles sur son front.

– Je retourne me coucher! dit-elle nerveusement.

– Etes-vous si pressée? A Londres, les boîtes de nuit sont encore pleines.

– J'aimerais bien y être en ce moment! rétorqua la jeune fille.

– Oui, à écouter de jolis compliments, je suppose. Eh bien! je peux vous en faire si c'est cela que vous voulez. Vous êtes très séduisante, madame!

– Vous savez bien que j'ai horreur de ce genre de sottise, dit-elle.

– Peut-être que les gestes valent mieux que les paroles; par exemple, les baisers que vous vous laisseriez voler sans protester dans le taxi qui vous ramènerait chez vous...

– Jamais je n'ai été embrassée dans un taxi! riposta Skye. Je vous ai dit cent fois que je déteste être embrassée! Les hommes me dégoûtent et vous me répugnez.

Il rit sans vergogne et s'approcha. Skye se tut et recula, le cœur battant toujours plus vite, mais il tendit seulement la main pour ébouriffer davantage ses cheveux en désordre.

– Vous avez l'air d'un enfant de chœur en colère, dit-il. Allez vous coucher.

Heureuse de ce répit, Skye retourna vivement dans sa chambre, mais elle ne put se rendormir. Elle resta éveillée pendant des heures, sûre qu'El Diablo était resté à fumer dans la grande salle.

Et maintenant, ils allaient rendre visite à la mère de la petite victime. Elle pleurait pathétiquement son fils, mais comme elle avait sept autres enfants et un qui allait naître, il semblait impossible, malgré toute la compassion qu'on pouvait éprouver, de ne pas penser qu'il lui restait quelques consolations.

La promenade ne fut pas aussi longue que les autres jours; le soleil était encore chaud quand El Diablo et

Skye revinrent au camp. La jeune fille se rendit dans sa chambre et demanda à Neengai de lui préparer un bain tout de suite pour qu'elle ait le temps de le prendre à loisir.

El Diablo avait fait organiser pour lui-même une douche rudimentaire dont il faisait usage quand il le désirait. L'installation primitive employée par de nombreux planteurs se composait d'un seau accroché à des perches de bambou. Il suffisait d'exercer une simple poussée sur le seau pour que son contenu se déverse sur celui qui se tenait au-dessous.

Pour Skye, les choses étaient moins faciles : un tub de zinc, semblable à ceux qu'elle avait vus dans le grenier de sa grand-mère et qui servaient à sa tante Hilda quand elle était petite, était apporté dans sa chambre, puis rempli d'eau par une chaîne d'Indiens jusqu'à la rivière.

On pouvait avoir un peu d'eau chaude à la cuisine, mais l'eau du bain était froide. Cependant, à la fin de la journée, la rivière était restée si longtemps sous un soleil de feu que l'eau en était presque trop chaude. Horrifiée d'abord par la somme de travail nécessaire pour ce modeste bain, Skye avait fini par n'y plus penser. Après une promenade à cheval, l'eau fraîche semblait effacer la fatigue de ses membres, aussi bien que les soucis de son cerveau. Elle se sentait bien, presque heureuse.

Après l'opération, Neengai recueillait l'eau dans des cruches. Elle servait alors aux ablutions des occupants d'autres grottes, avait appris Skye; ils étaient enchantés de cette aubaine qui représentait une telle économie de travail.

Ce soir-là, la jeune fille revêtit un peignoir de satin bleu garni de petits nœuds de velours rose, puis elle s'assit devant son miroir et se brossa les cheveux.

Par la fenêtre, elle entendit la guitare, les cris aigus

des enfants, le bêlement d'une chèvre. A New York, se dit-elle, ses amis devaient se rendre à des réunions et peut-être, en buvant un Martini, se demandaient-ils ce qu'elle devenait.

Certains l'enviaient, sans doute, ou la critiquaient. Il est toujours des gens pour en vouloir à ceux que favorise la fortune et pour trouver des choses désagréables à dire sur eux, même si ces derniers ne leur ont jamais fait de tort. Cependant, quelques-uns devaient avoir pour elle une certaine affection.

« Je me demande où est Skye Standish », se disaient-ils peut-être les uns aux autres.

Ah! S'ils savaient!

Skye cacha son visage dans ses mains. Comment pouvait-elle accepter tout ce qu'elle supportait? Et pourtant, que pouvait-elle faire d'autre?

Tout à coup, elle entendit des pas dans la grande salle; le rideau qui fermait sa chambre glissa sur le côté avec une brusquerie imprévue.

Elle se retourna, effarée : jamais encore El Diablo n'avait fait pareille incursion dans son domaine. Mais un simple regard la fit se dresser sur ses pieds, glacée d'épouvante. Elle vit Neengai se faufiler derrière le nouveau venu et disparaître, et elle demeura figée sur place dans une immobilité qui gagnait même son cerveau. Le visage d'El Diablo était vraiment celui d'un démon : ses yeux étincelaient, ses lèvres étaient serrées et pâles de fureur.

Pendant quelques secondes, il ne fit que la regarder, puis il marcha sur elle, saisit son poignet et la traîna à travers la pièce.

– Qu'y a-t-il? Où m'emmenez-vous? parvint-elle à articuler.

Il ne répondit rien et continua à l'entraîner. Les talons de la jeune fille dérapaient sur le sol tandis qu'elle s'évertuait à conserver son équilibre.

– Où allons-nous? Je ne suis pas habillée! s'écria-t-elle.

Elle protestait encore quand ils atteignirent la sortie de la grande caverne. Il la poussa sur la terrasse.

Elle ne posa plus de questions, les mots moururent sur ses lèvres. Au pied de l'escalier, un homme était étendu, les bras et les jambes attachés, la chemise en lambeaux. Skye n'eut qu'à jeter un coup d'œil sur la peau bronzée pour savoir qui gisait là. Il n'était pas nécessaire d'avoir beaucoup d'imagination pour deviner la raison de la présence de cet homme, pas plus que pour comprendre pourquoi elle avait été amenée là. Une émotion terrible lui noua la gorge.

El Diablo fit un geste de sa cravache. En bas, aussitôt, un fouet s'éleva, un fouet muni d'une longue lanière plate, que tenait un gaucho debout à côté de l'Indien attaché. Le fouet siffla dans l'air et retomba avec un bruit mat, insupportable, sur la chair vivante. L'Indien cria. Le fouet retomba encore et encore : par vingt fois, il s'abattit. On eût dit que des coups de pistolet déchiraient le silence.

Une foule d'hommes, de femmes et d'enfants assistaient à l'exécution. Nul ne remuait, nul ne soufflait mot. Seul s'agitait le fouet, striant l'air doré du couchant, laissant une longue trace écarlate sur le dos torturé.

Enfin, ce fut fini. Un murmure, moitié gémissement, moitié grognement, monta de la foule. L'Indien s'était tu avant le dernier coup et Skye devina qu'il s'était évanoui. Pour elle, elle n'aurait pu en supporter davantage. Elle cacha sa figure dans ses mains et revint dans la caverne, traversa la grande salle en courant et se réfugia dans sa chambre.

Mais comme elle atteignait la table coiffeuse et s'arrêtait, tremblante, elle vit dans le miroir qu'El Diablo l'avait suivie. Lentement, il s'approcha et elle n'osa plus le regarder ni affronter la fureur qui déformait ses traits. Quand il fut près d'elle, il tira de sa poche la lettre qu'elle avait écrite au capitaine du yacht, puis la liasse de dollars et, enfin, sa montre-bracelet.

– Un honnête garçon, froidement tenté, poussé à la déloyauté et à la traîtrise! dit-il d'une voix blanche de rage.

Il jeta les objets sur la table et se tourna vers la jeune fille. Bouleversée, celle-ci n'eut aucun soupçon de ce qu'il allait faire. Comme dans un brouillard, elle distingua l'éclair de la cravache qu'il levait très haut. Terrifiée, elle courut instinctivement vers son lit, trébucha, tomba. Une douleur fulgurante pénétra entre ses épaules comme un poignard. La cravache frappa encore et encore; le satin léger de sa robe d'intérieur ne la protégeait en rien et elle s'entendit hurler quand la souffrance devint trop aiguë pour être supportable. Elle était à demi inconsciente quand le châtiment prit fin.

Très loin, comme si un mur la séparait de la vie réelle, elle entendit les pas d'El Diablo s'éloigner. Elle supplia le ciel de lui permettre de s'évanouir, mais elle ne fut pas exaucée. Elle ne ressentait qu'avec trop d'acuité la douleur de son dos et la souffrance, bien pire encore, de son amour-propre. Elle avait cru être déjà humiliée au delà de toute expression et, cependant, ce qu'elle ressentait maintenant dépassait en horreur tout ce qu'elle avait subi jusque-là.

Tout comme l'animal blessé cherche seulement à se terrer, elle se glissa dans son lit, y demeura immobile, respirant à peine, incapable de la moindre pensée, mais souffrant les tortures des damnés dans les profondeurs d'un enfer personnel.

La nuit tomba sans qu'elle eût remué. Neengai vint allumer une bougie et s'en fut sur la pointe des pieds.

Et tout à coup, dans l'ombre, Skye entendit El Diablo s'approcher de son lit.

– Skye!

La voix était basse et vibrante et la jeune fille crut y déceler un ton de prière. Elle ne répondit rien et, après quelques minutes, il souffla la bougie et la quitta. Le bruit de ses pas s'éloigna. Elle resta seule dans les ténèbres.

7

– Pourquoi êtes-vous venue dans ce camp? demanda Skye à Neengai.

La petite Indienne leva les yeux. Elle était assise par terre, jambes croisées, et un sourire éclaira ses beaux yeux mélancoliques.

– Je suis heureuse ici, señora, dit-elle. Mon père et moi, nous sommes venus de très loin, du Pérou. Nous avions faim en arrivant au Mariposa. Personne ne voulait nous aider. Et puis, nous avons trouvé El Cabeza.

– Comment l'avez-vous trouvé?

– Des gens nous ont dit d'aller ici. Nous nous sommes présentés et El Cabeza a dit : « Soyez les bienvenus, j'ai du travail pour vous. » C'est un grand chef et un homme bon, señora.

On ne pouvait nier la ferveur et la sincérité de Neengai.

– Vous croyez qu'El Cabeza est bon parce qu'il vous a donné du travail, dit Skye, impatiemment. Vous penseriez la même chose de n'importe quelle personne qui vous emploierait.

Cela dépassait la compréhension de Neengai.

– *Excusa, señora*... dit-elle d'un ton hésitant. Skye se mit à rire.

– Ne t'inquiète pas, dit-elle. El Cabeza est bon en ce qui te concerne.

– Si, si, señora, très bon. El Cabeza est un grand chef, mon père l'a dit.

Il n'y avait rien à répondre à cet aveugle dévouement. Skye se leva du divan et alla regarder par la fenêtre comme elle l'avait fait dix fois, déjà, ce jour-là.

Elle n'aurait jamais cru que le temps puisse passer avec une telle lenteur. Elle souhaitait la solitude, autrefois. Maintenant qu'elle la possédait, elle trouvait les heures interminables et pesantes. Dans ses moments d'absolue franchise, elle devait s'avouer que sa propre compagnie n'avait rien de bien distrayant. Sans doute la solitude forcée est-elle différente de celle qu'on choisit soi-même et à son heure. Ainsi, bien qu'elle redoutât toujours le retour d'El Diablo, elle commençait à se demander si sa présence n'était pas préférable à celle, si monotone, de Neengai.

Elle n'avait pas revu El Diablo depuis le soir où il l'avait cravachée. Exténuée physiquement et moralement, elle n'avait pas fait l'effort de se lever le jour suivant. Elle souffrait de partout et son orgueil crucifié la torturait.

Elle demeura dans son lit, buvant le maté que Neengai lui apportait, mais refusant toute nourriture, jusqu'au moment où, tard dans l'après-midi, elle apprit par la jeune Indienne qu'El Diablo était parti pour traquer le jaguar mangeur d'hommes. Sûre de ne pas le revoir ce soir-là, elle avait sombré dans un sommeil profond et ne s'éveilla qu'au matin.

Grâce à la faculté d'oubli qui caractérise la jeunesse, elle n'était plus sous le coup du noir désespoir de la veille. Ses épaules étaient encore douloureuses et un mouvement brusque lui faisait faire la grimace, mais les couleurs revenaient à ses joues et ses yeux retrouvaient leur éclat. Tourmentée et battue, elle n'en était pas moins vivante et elle pouvait réussir à s'enfuir une autre fois.

Elle revêtit son costume de cheval, tout en sachant que, si El Diablo ne rentrait pas, elle ne pourrait sortir de la caverne. Il y avait maintenant deux gardes dehors et elle découvrit qu'une porte avait été placée dans l'ouverture qu'un simple rideau fermait jusque-là. Elle était munie de verrous en dedans et au-dehors, visiblement fabriqués par des Indiens d'après leurs ornements : l'art des Indiens apparaît dans leurs moindres travaux.

Pour Skye, cette porte représentait une nouvelle barrière entre elle et la liberté. Elle se rappela que la veille, à moitié endormie, elle avait entendu des coups de marteau qui se mêlaient aux bruits du camp. El Diablo ne voulait prendre aucun risque, elle s'en rendait compte. Deux gardiens, une porte bardée de fer, deux hommes pour lui servir ses repas, qui entraient et sortaient ensemble et, enfin, Neengai dormant devant la porte de sa chambre.

– Tu vas avoir froid! avait-elle dit vivement en découvrant la jeune Indienne ainsi installée. Retourne chez toi.

– Non, señora, je ne peux pas. El Cabeza a dit que je devais rester ici.

– Croit-il que je vais essayer de me sauver avec une porte dans le chemin et deux hommes armés dehors? avait demandé la jeune fille, dédaigneuse.

Neengai répondit gravement :

– El Cabeza m'a dit de rester ici pour vous protéger, señora, pas pour vous surveiller.

Sa main effleura sa hanche et, suivant son geste des yeux, Skye, interdite, vit qu'elle portait un de ces longs couteaux pointus dont les gauchos ne se séparent jamais.

– Me protéger? répéta-t-elle.

Soudain, elle se rappela les regards qui la suivaient quand elle circulait dans le camp. Elle était habituée à ne pas tenir compte de l'admiration masculine et à faire comme si elle ne s'en apercevait pas; cependant, l'expression des yeux sombres était toujours la même sur tous les visages. Il aurait été absurde de ne pas reconnaître que ses cheveux d'or et son teint clair rendaient sa beauté encore plus remarquable dans un pays où les femmes avaient hérité leurs cheveux et leurs yeux noirs de leurs ancêtres espagnols.

La jeune fille se sentit frémir. Elle s'était moquée de Jimmy quand il tremblait pour elle et la mettait en garde contre les dangers qu'elle courait. A présent, elle commençait à entrevoir sa sottise passée.

– Donne-moi un couteau à moi aussi, dit-elle à Neengai.

La petite Indienne secoua la tête.

– Non, señora, je vous garderai bien. J'ai promis à El Cabeza que rien de mauvais ne vous arriverait. Je réponds de vous sur ma vie.

Skye serra ses tempes entre ses paumes. La diabolique astuce de cet homme l'effarait. A chaque instant, elle rencontrait une nouvelle preuve de sa ruse. C'était intolérable; elle le détestait, elle le haïssait tellement que la douleur irradiée par son dos meurtri semblait faire partie de la haine vibrante qui submergeait son cœur.

Et pourtant, elle s'ennuyait sans lui.

– Ma montre est certainement arrêtée, dit-elle à Neengai, à maintes reprises, pendant la journée.

Les minutes s'égrenaient, ponctuées par ses bâillements.

– Je voudrais sortir. Pourquoi faut-il que j'étouffe ici?

Elle finit par se mettre en colère, trépignant, tapant du pied comme un bébé.

– El Cabeza rentrera bientôt, disait doucement Neengai.

Mais ce n'était pas une consolation. La perspective de revoir son bourreau faisait horreur à la jeune fille. Comment pourrait-elle seulement lever les yeux sur lui après qu'il l'eut traitée comme il l'avait fait? Comment lui parlerait-elle quand ses mains tremblaient du désir de le souffleter?

Le soleil était déjà bas dans le ciel quand elles entendirent des exclamations. Elles coururent à la fenêtre : une douzaine de cavaliers rentraient au camp, El Diablo à leur tête. Une peau de jaguar était étalée sur la croupe d'un cheval et le gaucho qui montait celui-ci souriait de toutes ses dents. Tous les habitants du camp poussaient des cris d'enthousiasme.

– El Cabeza est revenu, dit Neengai, les yeux brillants.

– Pourquoi ne vas-tu pas le recevoir? demanda Skye.

La petite Indienne ne se le fit pas dire deux fois. Elle ouvrit la lourde porte et se précipita dehors. Skye alla s'asseoir sur le divan, décidée à jouer l'indifférence : El Diablo ne devait pas s'imaginer qu'elle s'intéressait à lui ou à ses hauts faits.

Une gêne atroce lui coupait la respiration, mais son orgueil l'empêchait de se réfugier dans sa chambre. Elle n'avait pas peur, se répétait-elle, il lui était seulement difficile de rester calme avec un cœur qui battait comme un papillon affolé et une gorge contractée qui ne lui permettait plus d'avaler.

Il entra visiblement triomphant, après les péripéties

de cette chasse palpitante. Il vint à Skye, la souleva du divan et l'embrassa affectueusement, sans passion, ainsi que ferait un homme en rentrant de son travail.

– Nous avons eu le jaguar, dit-il simplement.

– C'est parfait, dit Skye.

Il la regarda et sourit.

– Êtes-vous... bien?

Il avait hésité une seconde avant de prononcer le dernier mot. Furieuse de ne pouvoir garder son sang-froid en sa présence, la jeune fille répondit sèchement :

– Comme vous le voyez, je suis ici.

Il contempla ses lèvres roses et ses boucles dorées, si douces contre son clair visage, puis se détourna brusquement.

– Je vais prendre une douche, dit-il. Il y aura fiesta ce soir : mettez l'une de vos plus jolies robes.

Il avait disparu dans sa chambre avant qu'elle pût répondre ou demander ce que serait la fiesta, mais quand Neengai revint, ravie des récits de la chasse, elle l'interrogea :

– Comment sera la fiesta?

– Je ne sais pas, señora; les hommes sont allés tuer des bœufs, El Cabeza l'a permis.

Skye n'en obtint pas davantage et, tout en se répétant qu'elle redoutait la soirée puisqu'elle devait la passer en compagnie d'El Diablo, elle brûlait de curiosité. Sa grand-mère lui avait parlé des fiestas mariposiennes, mais c'était plutôt des fêtes religieuses. Or, celle-ci allait célébrer un événement profane. A quel genre de distractions donnerait-elle lieu? C'est justement cela qu'elle était venue voir au Mariposa, se dit la jeune fille. Si les circonstances avaient été différentes, comme elle y eût pris de l'intérêt!

Mais El Diablo serait là et cette seule pensée la

faisait frémir. Pourtant, songeait-elle, laisser voir sa frayeur et sa faiblesse ne pouvait que l'asservir davantage à la tyrannie détestée.

Il lui avait ordonné d'être très jolie ce soir et elle se souvint qu'il ne servait à rien de s'entêter. Elle ne pouvait porter de robe décolletée à cause des meurtrissures qui zébraient son dos, marquées aussi fortement que des griffes de tigre; elles n'étaient plus rouges, mais tournaient au noir et au bleu, la désignant, songeait-elle avec rage, comme la propriété d'El Diablo, exactement de la même manière que le bétail, aux alentours des haciendas, porte le sceau des propriétaires.

Elle choisit une robe courte en dentelle couleur de flamme dont la jupe s'épanouissait sous la taille mince, gonflée par des jupons empesés à la manière des jupes de danseuses. Le corsage, légèrement échancré devant, montait par-derrière jusqu'au ras du cou et il comportait de petites manches. Pour être certaine que les cicatrices ne se verraient pas, Skye y ajouta une écharpe de mousseline pourpre brodée d'étoiles.

Elle s'habilla lentement, espérant que les serviteurs seraient en train de mettre le couvert quand elle rentrerait dans la grande salle. Mais elle ne trouva dans la pièce qu'El Diablo, debout devant la cheminée, un verre de vin à la main. Elle jeta un regard étonné sur la table nue.

– Le dîner n'est pas prêt? demanda-t-elle.

– On l'apportera quand nous le demanderons, dit-il. Laissez-moi vous admirer.

Elle demeura où elle était, à mi-chemin entre la porte de sa chambre et l'endroit où il se tenait. Sa silhouette de flammes et de pourpre se découpait sur l'ombre du mur; les derniers rayons du soleil brillaient sur ses cheveux et sur la pureté transparente de son teint.

– Vous êtes très jolie.

Il n'y avait nulle ironie dans la voix d'El Diablo ce soir.

– Je vous ai déjà dit que je n'aime pas les compliments, dit-elle froidement.

– Je constatais simplement un fait, répliqua-t-il. L'expression de la vérité ne peut vous être désagréable...

– Toute remarque personnelle m'est odieuse.

Il sourit.

– Dans un sens, je suis de votre avis. Celles que vous m'avez adressées méritent certainement aussi cette épithète.

Skye haussa dédaigneusement les épaules.

– Pardonnez-moi, j'oubliais que vous n'aviez rien à boire.

El Diablo remplit un verre du vin assez semblable au porto qu'il prenait comme apéritif avant le dîner. Ordinairement, Skye refusait d'en boire plus que quelques gorgées mais, ce soir, elle avait besoin de réconfort; elle se sentait étrangement faible.

– Vous aurais-je manqué? demanda El Diablo.

– Non! Bien sûr que non! répondit-elle vivement.

– Pourquoi tant de véhémence? Je pensais que peut-être vous vous sentiez un peu seule en mon absence.

– S'il m'était possible d'être heureuse dans une prison, j'aurais été heureuse pendant ces quarante-huit heures, dit-elle sèchement.

El Diablo but son vin et posa le verre.

– Si j'étais vraiment aussi brutal et cruel que vous le prétendez, remarqua-t-il, je me conduirais comme les conquérants espagnols envers les femmes qui les bravaient!

– Que faisaient-ils? demanda la jeune fille, voyant qu'il attendait un commentaire.

– Ils leur coupaient la langue.

– Ainsi, c'est ce qui m'attend maintenant? dit-elle en rejetant sa tête en arrière avec insolence.

– Peut-être. A moins que je vous fasse taire en vous embrassant.

Il vit l'éclair qui passait dans les yeux de Skye et rit.

– Vous ne m'avez pas donné la réception qu'un chasseur victorieux est en droit d'attendre de sa femme à son retour, dit-il. Venez m'embrasser.

– Non!

Skye recula derrière la table. El Diablo ne bougeait pas.

– Toujours désobéissante? J'aurais cru, pourtant, que vous aviez appris à faire ce qu'on vous dit.

– Je ne le ferai pas, dit-elle, les dents serrées.

Il resta silencieux et elle comprit brusquement, avec une impression d'impuissance totale, qu'il attendait. Il attendrait toute la nuit s'il le fallait et, s'il le voulait, il viendrait à elle en deux enjambées et elle ne pourrait pas résister à sa force.

– Je... je ne veux pas... répéta-t-elle.

Mais sa voix manquait d'assurance.

Il se taisait toujours, mais il émanait de lui un terrible magnétisme et cette volonté d'être obéi dont elle ressentait presque physiquement l'intensité. Comme hypnotisée, elle s'avança, chaque pas vécu comme une torture, jusqu'au moment où elle fut devant lui, les doigts crispés, les lèvres serrées. Elle demeura hésitante et, après un long moment, il dit seulement :

– Un baiser de bienvenue.

Elle s'approcha brusquement et, avec une gaucherie très étrangère à sa nature, elle appuya sa joue contre celle d'El Diablo, geste aussi peu significatif qu'une poignée de main.

Elle avait appuyé ses poings contre la poitrine d'El

Diablo pour se hausser jusqu'à son visage et, comme elle allait reculer, il emprisonna ses mains dans les siennes et la retint.

Ses lèvres passionnées et dominatrices s'appuyèrent sur celles de Skye. Il l'entoura de son bras et la serra contre lui. La ferveur de ses baisers laissait la jeune fille haletante, mais brusquement, avec une vigueur qui surprit El Diablo, elle se dégagea.

– J'ai faim! déclara-t-elle d'une voix qui détona comme le cri du toucan dans la forêt.

Il ne répondit rien et elle trembla. Puis il traversa la pièce et ouvrit la porte du fond.

– Le dîner! commanda-t-il.

Aussitôt, les Indiens entrèrent.

Si une fête était prévue au camp, le cuisinier avait apparemment décidé qu'il y en aurait une aussi pour son maître. Skye avait mangé de délicieux repas depuis qu'elle était contre son gré l'hôtesse d'El Diablo, mais celui-ci surclassait tous les autres. Tout en mangeant, El Diablo conta les détails de la chasse : les Indiens avaient dépisté l'animal dans la montagne, puis ils avaient découvert son repaire où gisait le cadavre de sa femelle. Peut-être le chagrin l'avait-il rendu fou, le poussant à tuer, non pour sa nourriture, mais par vengeance.

– Que ferez-vous de la peau? demanda Skye.

– Les Indiens la tanneront. C'est un travail long et laborieux, car ils n'ont pas d'outils modernes, mais leur adresse rend le procédé aussi efficace que celui qu'emploie Rowland Ward.

– Rowland Ward? répéta Skye.

Elle se rappelait le naturaliste de Piccadilly chez qui son père avait fait tanner des peaux de phoque pour la confection d'un tapis qu'il destinait à sa sœur.

– Ainsi vous connaissez Londres?

– Je connais Londres suffisamment pour savoir

que je n'ai aucune envie d'y retourner jamais, répondit El Diablo d'un ton hargneux. Parlons d'autre chose.

Il recula sa chaise et Skye eut la brusque certitude que l'allusion à Rowland Ward lui avait échappé par inadvertance et qu'il regrettait cette erreur. La curiosité s'éveilla en elle, mais elle savait qu'elle n'obtiendrait rien en l'interrogeant.

Il alla à son bureau et en rapporta un petit paquet enveloppé de papier.

– J'ai là un cadeau pour vous, dit-il.

La jeune fille sauta sur ses pieds.

– Je ne veux pas de cadeau, dit-elle.

– J'ai peur cependant que vous soyez forcée d'accepter celui-là. Il a été fait pour vous pendant mon absence.

Il ouvrit le paquet et Skye vit son contenu briller à la lueur des bougies : des boucles d'oreilles en aigues-marines montées par paires et entourées de gros diamants. Elles étaient ravissantes. On reconnaissait l'art des orfèvres indiens dans la disposition des pierres cerclées d'or et le système singulier des clips destinés à accrocher les bijoux aux oreilles.

– Ces aigues-marines viennent-elles des mines de cette région? demanda Skye.

– Non, elles viennent de plus loin. De l'ouest du pays, juste à la frontière du Paraguay. J'y ai travaillé il y a des années et j'ai extrait ces pierres moi-même, ainsi que les diamants. Contrairement à celles que je vous offrais l'autre jour et que vous avez refusées, ces pierres-là m'appartiennent et je suis libre d'en disposer.

– Mais je ne les accepterai pas.

– Vous n'avez cependant pas le choix, répliqua El Diablo. C'est là un présent pour ma femme.

Il prit une des boucles et la lui tendit.

– La mettrez-vous vous-même ou dois-je m'en mêler? Je risque de vous faire mal.

– Voilà qui ne serait pas nouveau, rétorqua la jeune fille.

– Je suis extrêmement obstiné, remarqua-t-il froidement.

Elle saisit le bijou et le fixa à son oreille. Il était lourd mais ne la gênait en aucune façon. Elle mit la deuxième boucle d'oreille en place et fit la moue car, une fois de plus, elle avait dû se plier à sa volonté.

– Elles vous vont très bien, approuva-t-il.

– Je les porterai parce que vous m'y obligez, dit Skye furieuse, mais un jour viendra où je pourrai vous les rendre.

– Le jour où je serai las de vous et où vous obtiendrez le divorce? demanda-t-il. Ce sera dans très longtemps. Nous n'avons pas à nous en préoccuper pour le moment.

Brusquement, Skye tapa du pied.

– Pourquoi, oh! pourquoi êtes-vous une telle brute? gémit-elle désespérément. Cela vous amuse de me tourmenter et je suis stupide de m'en émouvoir, mais je ne peux pas rester ici toujours. Comment le pourrais-je?

Sa voix devenait suppliante, c'était le cri d'un enfant que la nuit terrifie. El Diablo tendit la main et prit celle de la jeune fille.

– Ainsi, vous pouvez ressentir autre chose qu'une haine meurtrière? murmura-t-il. Vous m'amusez quand vous êtes en rage, mais je vous aime peut-être encore plus quand vous renoncez à votre attitude d'amazone et que vous n'êtes plus qu'une petite fille effrayée : vos yeux s'adoucissent et vos lèvres ne sont plus amères. Je voulais vous faire plaisir avec mon cadeau, parce qu'il y a fiesta ce soir et que nous allons nous divertir. Ecoutez! La musique commence. Y allons-nous?

Il était soudain singulièrement humain. Il n'y avait plus d'arrogance dans sa voix; au contraire, il essayait de l'apaiser, de l'égayer en lui proposant une distraction de choix. Peut-être, à sa manière, s'excusait-il ainsi de sa cruauté.

Lentement, Skye lui retira sa main.

– Oui, allons à la fiesta, dit-elle.

Et elle sourit.

8

La première, Skye franchit la porte ouverte, mais au seuil de la terrasse, elle dut attendre un instant pour s'habituer à l'obscurité. La lune n'était pas encore levée et quand El Diablo la rejoignit, elle fut heureuse de constater qu'il portait une lanterne électrique. En parvenant aux marches, il mit son bras sous le sien.

Le camp était désert. Ils le traversèrent, passèrent devant les cabanes et les tentes vides, et gagnèrent la prairie. Là, Skye distingua les premiers signes de la fiesta : un énorme feu de joie projetait ses flammes vers le ciel et les sons endiablés des guitares et des accordéons s'accompagnaient du rythme étrange de la cabaca, qui consiste seulement en quelques haricots que l'on fait sauter dans une gourde, mais agitée avec tant de maîtrise que chaque mouvement en tire une sorte de fascinante harmonie.

Ils marchèrent vers le brasier et, comme ils approchaient, Skye vit une foule assise autour du feu : il éclairait un bizarre tableau de sourires brillants, de regards étincelants, d'expressions extatiquement heureuses.

Les convives avaient fini de manger : les os des bœufs, cuits dans leur peau, se balançaient au-dessus de cendres rougeoyantes. Le vin passait de main en main. Sans doute la partie récréative de la soirée allait-elle commencer, car on repoussait les gens de manière à laisser un grand espace vide autour du feu.

Deux chaises étaient préparées en face de cette scène improvisée et on les avait recouvertes de couvertures indiennes. Elles ressemblaient vaguement à des trônes et, tout à coup, Skye fut prise de fou rire. Comme Neengai, tous ces gens considéraient El Diablo comme un grand chef, et, elle, comme sa squaw.

Leur apparition suscita un murmure joyeux, comme si on n'attendait que cela pour le début des réjouissances.

Des jeunes gens jetèrent du bois sur le feu, les flammes montèrent plus haut et de vives couleurs surgirent de la nuit. Chacun avait revêtu ses plus beaux habits; les larges jupes des Indiennes, gonflées par de volumineux jupons, étaient ornées de paillettes d'or, de rubans et de broderies. La plupart des gauchos portaient les vastes bombachas et des bottes de peau fine; autour de leur taille, de larges ceintures se fermaient par des boucles d'argent et leurs courtes capes avaient toutes les couleurs de l'arc-en-ciel.

– *Danza! danza!* cria la foule en battant des mains.

Un Indien bondit au centre de l'espace découvert et se mit à danser. Une musique extraordinaire l'accompagnait. Jamais Skye n'en avait entendu de pareille : des notes étranges, plaintives, qui semblaient, dans leur farouche harmonie, exactement accordées aux singulières figures. L'Indien avançait, reculait, se tournait, se tordait comme un animal sauvage et paraissait raconter une histoire par chacun de ses gestes.

On le regardait dans un silence haletant, comme si l'on cherchait à comprendre ce qu'il dépeignait. Aussi vite qu'il était venu, le danseur disparut et la musique discordante s'éteignit. Il y eut des applaudissements frénétiques et, dès qu'elle put se faire entendre, Skye interrogea El Diablo :

– Que signifie cette danse?

– Beaucoup de gens se posent la même question, dit-il. Il y a cent théories et personne n'est sûr de la réponse. Que veulent dire les danses rituelles des Indiens? Celle-ci est peut-être une adoration du soleil, une invocation aux esprits ou une prière pour obtenir la fécondité, nul ne le sait et l'homme qui vient de danser moins que tout autre. L'origine de ces danses est oubliée, comme est perdue la majeure partie de l'art indien, à la suite des injustices et de l'indifférence.

Skye demeura silencieuse un moment. La voix d'El Diablo était mélancolique, comme si les tribulations des Indiens l'affectaient. Elle l'interrogea de nouveau, sur un ton d'impersonnelle amabilité :

– Que boivent ces gens?

– Les Indiens boivent leur propre vin. Ils l'obtiennent par la fermentation de patates douces, de blé, d'ignames et de manioc. Le résultat est extrêmement fort comme vous pourrez vous en rendre compte tout à l'heure. Quant aux Mariposiens, la plupart boivent un liquide qu'ils appellent *refresco de vino* et qui est du vin rouge mélangé avec du jus d'orange et du sucre.

El Diablo souriait et Skye pensa qu'il eût été merveilleux de faire la connaissance de cet homme d'une manière normale. Il savait tout ce qu'elle désirait apprendre sur le pays. Si seulement ils avaient pu se rencontrer et bavarder dans des circonstances plus propices.

Impulsivement, elle se pencha en avant.

– Parlez-moi encore de tout cela, dit-elle.

Il se tourna pour la regarder. Les yeux de la jeune fille brillaient et son visage animé paraissait particulièrement charmant à la lueur du feu. Dans sa robe fastueuse, avec ses boucles d'oreilles étincelantes, elle ressemblait à une créature d'un autre monde. Eveilla-t-elle quelque sombre souvenir dans la mémoire d'El Diablo? Son regard se durcit.

– Pourquoi vous en parler? Pour que vous puissiez vous gausser de la simplicité de ces gens?

– Non, bien sûr que non! s'exclama-t-elle. Comment pouvez-vous penser une chose pareille?

– Mais, alors, pourquoi?

– Parce que tout ceci est précisément ce que je voulais voir, connaître, apprendre. Si ces gens sont simples, c'est parce qu'ils ne dissimulent rien, leur joie est véritable et c'est tellement, tellement différent des réceptions mondaines et de ceux qui s'y rencontrent.

La voix de Skye vibrait de sincérité et le regard d'El Diablo s'adoucit.

– Voici un fandango, dit-il. Je vous en parlerai ensuite.

Les guitares et les accordéons préludèrent à un air espagnol, mais cette indication était inutile pour deviner l'origine du danseur. Son teint olivâtre, les cils épais qui bordaient ses paupières étaient aussi caractéristiques que la grâce de son corps et la robuste minceur de ses hanches.

Il était beau et certainement fier de son physique; son costume était d'impeccable drap noir, le pantalon étroit s'élargissait à partir du genou. Il portait une large fada rouge et son court boléro dégageait sa taille fine.

Sa partenaire s'avança vivement, sa longue jupe à multiples volants soulevait un petit nuage de poussière. Le feu éclairait la brûlante volupté de ses yeux et la sensualité de son corps généreusement modelé. Ils mimèrent l'histoire toujours actuelle de l'homme poursuivant la femme. Le fandango commença lentement et tendrement au rythme marqué par les castagnettes, les claquements de doigts, le martèlement des pieds sur le sol, puis l'allure augmenta graduellement. Les danseurs se défiaient, se suppliaient, se fuyaient et se retrouvaient, et leurs mouvements subtils communiquaient aux spectateurs une singulière extase tandis que la cadence lancinante de la musique les mettait en transes. Le crissement de la soie, l'éclat des yeux fulgurants s'éteignant soudain sous les paupières baissées puis étincelant de nouveau, participaient à la danse qui s'acheva enfin sur une note exaltée.

– C'est merveilleux, murmura Skye, le souffle court.

El Diablo sourit. Le fandango avait produit l'effet qu'il était destiné à produire. Skye ne lui demandait plus d'explications ou de récits, elle s'émouvait, elle vivait, elle s'identifiait au peuple et à sa fiesta.

Les danseurs succédèrent aux danseurs, la musique devint de plus en plus sauvage et non seulement la jeune fille, mais l'assistance tout entière oublia tout, sauf son émotion. Le vin circulait sans discontinuer, il y avait dans l'air une magie qui semblait venir des étoiles aussi bien que de la terre chaude et rouge. L'atmosphère était passionnée, primitive et surnaturelle à la fois.

Les danseurs tournoyaient, se penchaient, se tordaient, silhouettes frénétiques découpées sur fond de flammes. Les couleurs de leurs costumes et celles des vêtements de ceux qui les regardaient se mélangeaient : c'était un spectacle inoubliable et Skye avait l'impression de le ressentir dans son cœur plus encore que de le voir avec ses yeux. La musique éveillait en elle des aspirations inconnues; chacun de ses nerfs battait à l'unisson d'une mélodie, tantôt si douce qu'elle provoquait presque les larmes, tantôt éclatant en un crescendo passionné qui l'entraînait vers une exaltation triomphante. Combien de temps demeura-t-elle là? Elle n'en sut jamais rien.

– Je crois qu'il faut nous en aller, dit El Diablo doucement.

Skye tressaillit et le regarda sans comprendre. Ses yeux agrandis brillaient, ses lèvres s'entrouvraient, ses joues rougissaient à la lueur du feu.

– J'ai dit que nous devions partir, répéta El Diablo.

Elle eut l'impression qu'il voulait l'arracher à un paradis enchanté.

Presque automatiquement, elle se leva. La main d'El Diablo prit son bras et il la guida sur le sentier qui conduisait au camp. Il n'y eut personne pour leur souhaiter une bonne nuit et, comme ils s'éloignaient, Skye eut l'impression que la musique et le bruit des réjouissances croissaient, délivrés de toute contrainte.

Le clair de lune dessinait la forme des cabanes, le faîte pointu des tentes dans le camp désert. Les ouvertures des grottes, au flanc de la montagne, ressemblaient à de grands yeux noirs, à l'aguet dans la masse de pierre. Un chien aboya, rompant le silence un instant. Skye leva les yeux vers les rochers et songea qu'ils lui rappelaient les tombeaux d'Egypte.

Elle frissonna. Il était troublant de penser que ces grottes étaient là depuis des siècles, que des générations d'hommes étaient nées et avaient disparu et que la montagne demeurait immuable. Et pourtant, un chant joyeux résonnait dans son cœur et lui disait que de telles réflexions ne sont pas forcément tristes.

Sans savoir pourquoi, ce soir tout particulièrement, elle crut à l'immortalité. Machinalement, elle monta les marches, traversa la terrasse, franchit la porte qu'El Diablo tenait ouverte pour elle. Tandis qu'il allumait les bougies, elle alla à la fenêtre et contempla la nuit, écoutant les échos assourdis de la musique.

– Je suis heureuse d'avoir vu cela, dit-elle à voix basse, oubliant un instant à qui elle s'adressait, uniquement consciente du rythme accéléré de son cœur et d'une sensation étrange, jamais ressentie encore, qui vibrait dans tout son être.

– Un verre de vin? proposa El Diablo.

Elle prit le verre qu'il lui apportait. Ses boucles d'oreilles scintillaient à la lumière, mais ses yeux demeuraient fixés sur les ténèbres, au delà du grillage de la fenêtre.

– Je vais tirer les rideaux, dit El Diablo, sans quoi les insectes nous envahiront.

Il fit comme il disait et, soudain, ce fut comme si Skye s'éveillait d'un état de transe qui l'ensorcelait depuis des heures. De nouveau, elle était seule avec El Diablo.

Elle but quelques gorgées de vin et reposa son verre. Sans regarder son compagnon, elle savait qu'il la dévisageait. Elle traversa la pièce; le jupon de soie, sous sa robe, crissait doucement à chacun de ses pas.

– Il est tard, dit-elle d'une voix qu'elle s'efforçait de garder naturelle.

– Avez-vous peur?

Le ton ironique lui fit instinctivement relever la tête.

– Non, dit-elle sèchement.

– Je crois que vous vous êtes amusée, ce soir, dit-il. Pour la première fois, je vous ai vue chaleureuse et animée : une femme et non plus un glaçon.

Skye essaya de prendre l'air froid, mais le charme de la danse la submergeait encore. Elle s'assit sur le divan et retira ses boucles d'oreilles. Les diamants brillaient auprès des aigues-marines dont le bleu très doux rappelait le ciel du printemps anglais.

– Voulez-vous que j'allume une bougie dans votre chambre?

Dans la voix, elle décela cette note profonde qui l'avait si souvent effrayée et elle savait que, si elle levait les yeux, elle verrait brûler son regard. Ce soir serait-il différent des autres? Elle sentit son cœur battre à l'étouffer.

Il n'avait pas attendu sa réponse et cherchait dans sa poche.

– Où ai-je mis ces allumettes?

Skye entendit le tintement de pièces de monnaie dans sa poche; puis il en retira un petit revolver, un trousseau de clés et un mouchoir de soie qu'il mit sur la table.

– Non, elles ne sont pas là! grommela-t-il. Ah! les voilà!

Il aperçut la boîte sur le bras d'un fauteuil. Impatiemment, il alla la chercher mais, tandis qu'un instant il tournait le dos, Skye bondit. Avec une rapidité désespérée, elle saisit le revolver. El Diablo se retourna vivement, mais il était trop tard.

La jeune fille contourna la table de manière qu'elle fût entre eux deux.

– Restez où vous êtes, haleta-t-elle.

Il mit ses mains dans ses poches et s'adossa à la cheminée.

– Voilà une belle étourderie, remarqua-t-il.

– En effet, confirma Skye brièvement. Et maintenant, je vais vous tuer.

– Très bien. Permettez-moi de vous prévenir : cette arme tire un peu sur la gauche, et si vous voulez en faire un bon usage, vous ferez bien de viser à trente centimètres plus bas que votre objectif, à cause du recul.

– Je me suis déjà servie d'un revolver, déclara la jeune fille.

– Parfait. Je n'aimerais guère être seulement estropié.

Il prit une pose plus confortable et demanda d'un ton moqueur :

– M'accorderez-vous le temps de dire ma prière?

– L'avez-vous accordé à l'homme que vous avez pendu?

– Qui cela? L'espion d'Alejo? Figurez-vous que oui. Il jurait qu'il était catholique, bien que j'en doute, mais nous lui avons laissé cinq minutes pour faire la paix avec son dieu.

– Alors, je vous donnerai cinq minutes aussi. Vous feriez bien de commencer à prier.

– Ne souhaitez-vous pas entendre ma confession?

El Diablo rit tout bas.

– Non.

– Pourquoi? Craignez-vous d'être scandalisée?

– Pas le moins du monde, mais vous ne semblez pas prendre tout ceci au sérieux. J'ai vraiment l'intention de vous tuer.

– Je le crois, dit El Diablo, vous êtes extrêmement féroce. Voyez combien de fois vous avez lutté contre moi, déjà!

– La flatterie ne vous sauvera pas, gronda Skye.

– Je n'en doute pas, mais si un homme ne peut dire ce qu'il pense aux derniers instants de sa vie, quand le fera-t-il? Je vais vous avouer quelque chose : vous êtes différente de ce que j'attendais.

– Qu'attendiez-vous donc?... demanda Skye, curieuse malgré elle.

– Je vous prenais pour une jolie, mais assommante

petite Anglaise, farcie de clichés, d'enthousiasmes puérils et de pudibonderie ridicule.

Skye ne put s'empêcher de sourire.

– Je regrette de vous avoir déçu.

– Au contraire. Vous m'avez procuré plus de plaisir que je n'en ai connu depuis bien longtemps. Faut-il vous dire une autre chose qui m'a surpris?

– Si vous voulez... Mais vous n'avez plus beaucoup de temps.

– Eh bien! en tenant compte du milieu de vie et des vastes ressources de la riche et gâtée miss Standish, je crois, et j'en suis étonné, que contrairement à la plupart de ses contemporaines, elle n'a jamais eu d'aventure amoureuse.

Fermement, Skye regarda El Diablo en face mais, malgré ses efforts, elle ne put s'empêcher de rougir jusqu'à la racine des cheveux. Pour dissimuler son embarras, elle déclara brusquement:

– Il vous reste deux minutes.

– Que vous dirai-je d'autre? demanda El Diablo. Que vous êtes ravissante? Qu'un jour vous tomberez amoureuse? Mais, au fait, dites-moi donc comment vous pensez partir d'ici?

– Personne ne s'attend à ce que je quitte le camp au milieu de la nuit, dit la jeune fille. Ce sera facile.

– Il y a un garde à la passe. Vous pourrez peut-être tirer la première si vous ne perdez pas une seconde, mais un coup de feu attirera aussitôt d'autres hommes pour porter secours à votre victime. Et je ne pense pas que vous ayez l'intention de gagner Jacara à pied?

– Ne vous inquiétez pas pour moi, répliqua Skye dignement. Je suis parfaitement capable de me débrouiller. Si vos hommes veulent me tuer parce que je vous ai tué, sachez que je n'ai pas peur de la mort.

El Diablo sourit.

– Ma chère enfant, ils ne vous tueront pas. Les Mariposiens ont mieux à faire d'une jolie fille.

– Vous essayez de m'effrayer, protesta Skye. Mais... j'ai... je pense à un meilleur plan : vous allez venir avec moi. Commandez à un homme de seller deux chevaux, vous m'accompagnerez jusqu'à la passe et, quand je serai sur la route de Jacara, vous pourrez revenir ici.

– Et si je refuse?

– Si vous refusez, je vous tuerai et j'en supporterai les conséquences. Et si vous dites quoi que ce soit à vos hommes, je vous tuerai aussi : le revolver sera braqué sur vous tout le temps.

El Diablo riait.

– Croyez-vous vraiment que je me laisserais ainsi forcer la main? demanda-t-il. Drôle de petite fille! J'aurais cru que vous me connaissiez mieux que cela. Tuez-moi. Comme vous, je n'ai pas peur de la mort, elle vient un jour ou l'autre pour chacun de nous.

– Vous mentez! cria la jeune fille. Vous me prenez pour une enfant. Votre mort jetterait à bas tous les projets que vous avez formés pour ces gens qui ont confiance en vous et qui vous suivent. Que deviendront-ils si vous leur manquez? Alejo se vengera d'eux et beaucoup souffriront, tous peut-être.

– Seriez-vous en train de m'ordonner de vivre? demanda El Diablo. Je croyais que vous vouliez me tuer?

– Je peux vous tuer, dit Skye. Rien ne me ferait plus de plaisir que de vous voir mort à mes pieds, mais des innocents pâtiront si ce que vous m'avez dit est vrai et qu'Alejo est prêt à sacrifier le pays et les précieux minerais qu'il contient. Puis-je vous croire? Voilà la question.

– Je ne vous ai dit que la vérité, dit El Diablo d'un ton léger, mais que cela ne vous empêche pas de me tuer. Qu'est le Mariposa pour vous? Quand vous serez de retour dans vos pays d'Angleterre et d'Amérique, vous oublierez jusqu'à l'existence de ce bout de terrain.

– Si vous croyez que j'oublierai jamais tout ce que j'ai souffert ici par vous, vous vous trompez! s'écria la jeune fille.

– Qu'ai-je donc fait? Je vous ai épousée devant un prêtre et, ensuite, je vous ai laissée indemne, à part quelques baisers volés. Peut-être est-ce pour cela que vous êtes si en colère contre moi! A cause des crimes que je n'ai pas commis!

C'était une provocation, mais Skye refusa de se laisser entraîner sur ce terrain. Elle leva la tête un peu plus haut, s'efforçant de prendre une expression de suprême dédain. El Diablo rit et haussa les épaules.

– Eh bien! pourquoi ne pas vous venger? Le revolver est dans votre main, vous n'avez qu'à presser la détente.

– C'est bien ce que je comptais faire il y a un instant, mais, maintenant, je suis disposée à vous laisser la vie sauve si vous m'aidez à reprendre ma liberté.

– Pourquoi vous rendrais-je la liberté quand il me plaît de vous avoir ici? Et vous-même, pensez à ce que cela implique. Il existe quelqu'un dans le monde qui tient réellement à vous, qui apprécie votre compagnie, quelqu'un que vos dollars n'intéressent pas, mais que vous intéressez, vous!

De nouveau, et Skye s'en rendait parfaitement compte, il la narguait délibérément.

– Je vous préviens, n'allez pas trop loin, dit-elle avec colère. Vous savez ce que vous voulez et moi aussi.

– Si vous aviez autant de caractère que moi, je serais

mort, à la minute présente, dit El Diablo en souriant. En ce qui me concerne, je frappe d'abord et je discute ensuite. Vous êtes plus méthodique, vous commencez par réfléchir et, maintenant, vous ne me tuerez pas.

– N'en soyez pas trop certain. Si je ne peux pas me sauver autrement, je le ferai.

– Je commence à croire que nous allons passer la nuit ici. Puis-je fumer?

– Non!

Il haussa les épaules de nouveau et croisa ses pieds. Sa nonchalance et son petit sourire exaspéraient Skye plus qu'elle ne pouvait le supporter.

– Allez à la porte et appelez un homme, ordonna-t-elle. Dites-lui de seller deux chevaux. Je vous viserai tout le temps : ne me jouez pas de tour.

Comme il ne bougeait pas, elle insista :

– Immédiatement!

– Non!

Il avait parlé presque à mi-voix. Il retira ses mains de ses poches et marcha vers la table.

– N'avancez pas! cria Skye. Je jure que je vais tirer si vous vous approchez si peu que ce soit.

– Ne m'avez-vous pas traité d'assassin? demanda-t-il paisiblement. Cependant, je n'avais rien à gagner à la mort d'un homme. Celui-là n'a pas été tué par vengeance. Vous n'avez pas l'étoffe d'un meurtrier, Skye.

– Quand on est désespéré, on se conduit étrangement, dit-elle, et je suis désespérée. Vos cinq minutes sont passées : ou vous m'aidez à me sauver, ou je tire en prenant le risque de fuir seule.

Il était devant la table à présent, et elle avait reculé jusqu'à ce que le grand bureau arrêtât sa retraite. Deux bougies seulement étaient allumées et, comme elles se trouvaient derrière El Diablo, Skye ne distinguait plus son visage tandis qu'elle était en pleine lumière.

– Avez-vous vraiment envie de me quitter? demanda El Diablo.

Cette question inattendue mit Skye en fureur.

– Ne m'avez-vous pas suffisamment insultée, cria-t-elle, sans insinuer encore que je désire rester, ici, votre femme contre mon gré? La femme d'un assassin, d'un révolutionnaire, d'un démon?

– Alors, si vous êtes tout à fait décidée...

Il se tourna à demi vers la porte. Skye poussa un profond soupir de soulagement qui s'acheva en un cri aigu car, d'un geste si rapide qu'elle n'eut pas le temps de le prévoir, El Diablo fit basculer la table. Comme elle tombait bruyamment, il la franchit d'un bond, saisit le bras de la jeune fille et le dirigea vers la voûte.

Le coup de feu partit et se répercuta longuement dans la caverne. El Diablo prit le revolver de la main de Skye; elle sentit ses bras l'entourer et ses lèvres se poser sur sa bouche.

– Vous êtes faite pour l'amour et non pour la haine, ma toute petite, murmura El Diablo.

Les oreilles encore bourdonnantes, elle essaya de le repousser, mais en vain.

– J'aurais dû vous tuer! J'aurais dû vous tuer! gémit-elle tandis qu'il la serrait contre lui.

9

Skye dormit tard et s'éveilla avec une impression pénible. Ouvrant les yeux, elle aperçut Neengai qui attendait patiemment dans son coin et elle se rappela tout ce qui s'était passé la veille. Elle eut envie de gémir tout haut, comme les Indiennes quand elles sont malheureuses. Comment avait-elle pu être aussi stupide? se demanda-t-elle, assez faible et inconséquente pour laisser échapper une victoire qu'elle tenait dans sa main?

Elle pouvait à peine croire à une telle folie. Penser qu'en ce moment même elle aurait pu être en sécurité à Jacara, prenant son petit déjeuner à bord du yacht! Puis soudain, elle se souvint de l'alternative : être tuée par les hommes d'El Diablo ou, pire encore, capturée par eux.

Elle soupira. El Diablo avait joué de ses sentiments, il l'avait manœuvrée avec une adresse dont le souvenir l'emplissait de honte et quand, de nouveau, elle n'avait plus été qu'une prisonnière dans ses bras, il l'avait cajolée, courtisée, avec un mélange de passion, de charme et de maîtrise de soi qui avait laissé la jeune fille totalement désorientée.

Lorsque Neengai apporta le plateau du petit déjeuner, Skye y trouva deux lettres à côté de la tasse de café. Elle les regarda un instant comme s'il s'agissait de fantômes, puis elle se souvint de la lettre soi-disant signée d'elle qui annonçait au capitaine Maclean qu'on viendrait chercher son courrier régulièrement.

Le cœur battant, la jeune fille ouvrit la première enveloppe sur laquelle elle reconnut l'écriture du capitaine.

« Chère miss Standish,

Je suis ravi de savoir que vous faites un agréable séjour à la campagne. Tout va bien ici. L'équipage a nettoyé le bateau à fond et tout est en ordre pour votre retour.

Je vous envoie une lettre arrivée pour vous ce matin. Si vous avez besoin de quoi que ce soit, ne manquez pas de me le faire savoir.

Espérant que nous vous reverrons bientôt, je reste votre tout dévoué,

Angus Maclean. »

Les lèvres serrées, Skye lut et relut le message. Il était clair que le capitaine avait reçu d'elle une autre lettre qui lui donnait d'excellentes nouvelles.

– Quelle impertinence insensée! dit-elle tout haut, pensant évidemment à El Diablo et non au marin.

Elle songea lâchement qu'il était inutile de s'émouvoir pour des détails sans importance, quand elle avait tant de raisons de se fâcher vraiment.

L'autre lettre était de Jimmy. Il évoquait avec enthousiasme les délices de Valparaiso. Sans doute espérait-il encore l'attirer hors du Mariposa.

« J'espérais contre toute logique, disait-il en terminant, recevoir une lettre de toi, mais je suppose que la campagne mariposienne est trop attrayante pour te laisser le temps d'écrire. Essaye de rester prudente. Je continue à me tracasser bien que ce soit inutile, je l'espère. »

S'il savait! songea Skye. Cependant elle ne put s'empêcher de sourire du comique de la situation : Jimmy, à Valparaiso, tremblait qu'elle n'ait des ennuis et cherchait à se persuader que « pas de nouvelles, bonnes nouvelles », tandis qu'elle était mariée à un bandit, enfermée, insultée, sans espoir apparent d'une proche libération.

– Il faudra bien que cela finisse un jour, dit-elle tout haut.

Comme elle entrait dans la chambre, Neengai crut qu'elle lui parlait.

– *Excusa, señora?* dit-elle poliment.

– Cela va bien, Neengai; je me parlais à moi-même. Quelle heure est-il?

– Près de midi, señora. El Cabeza est parti de bonne heure avec plusieurs hommes. Il a dit que vous étiez fatiguée et que personne ne devait vous déranger.

Skye s'étira.

– Je vais me lever, dit-elle. Il est trop tard pour rester au lit.

Neengai apporta de l'eau chaude et elle prit son bain. Puis elle revêtit une robe de coton léger. Puisque El Diablo était parti, elle ne pourrait pas sortir de la caverne. Un autre jour, elle se serait révoltée contre l'interdiction, mais, aujourd'hui, elle en était presque contente : elle se sentait alanguie et somnolente.

C'était l'heure du déjeuner quand elle fut prête, mais elle n'avait pas faim et les Indiens remportèrent à peu près tout ce qu'Alphonse, le cuisinier, avait préparé pour elle avec tant de soins et de peine. Restée seule, la jeune fille s'étendit sur le divan et elle dormait déjà quand une voix, au-dehors, l'éveilla :

– Un message d'El Cabeza pour la señora, disait un homme.

A la porte, les gardes échangèrent quelques paroles, puis la porte s'ouvrit et un gaucho entra, portant un bouquet de fleurs. Elle le reconnut, car il faisait partie de la suite habituelle d'El Diablo pendant ses courses à cheval. Il s'appelait Pedro.

– *Buenos dias, señora,* dit-il en s'inclinant au seuil de la porte.

Skye répondit à son salut, il traversa la pièce et lui remit les fleurs.

– Avec les compliments d'El Cabeza, señora. Il demande si vous n'êtes pas trop fatiguée pour le rejoindre : il vous attend à quelques milles d'ici. Je peux vous y conduire.

Il avait dit tout cela d'une voix forte, mais acheva dans un murmure :

– Si vous voulez vous échapper, señora, je peux vous aider maintenant.

Machinalement, Skye avait pris le bouquet. En entendant les derniers mots, elle regarda l'homme fixement.

– Dites quelque chose, señora, souffla-t-il. Les gardes nous écoutent.

Son cerveau s'appliquant fébrilement à comprendre ce qui arrivait, la jeune fille répondit au hasard :

– C'est très aimable à El Cabeza de m'envoyer ces fleurs! Et vous dites qu'il désire que je le rejoigne? Fait-il très chaud?

– Il fait très chaud, oui, mais le vent est frais. Venez à la fenêtre, señora, et jugez par vous-même.

Près de la fenêtre, ils étaient derrière la porte ouverte, les gardes ne pouvaient les voir et leurs voix risquaient moins d'être entendues.

– Il faut faire vite, señora, murmura Pedro. El Cabeza m'a renvoyé au camp parce que je ne me sentais pas bien. Il est très loin d'ici et il fera nuit avant son retour. A ce moment-là, vous serez à Jacara.

– Oui, c'est une belle journée, dit Skye, bien que le soleil soit très chaud... Combien voulez-vous pour m'aider? ajouta-t-elle tout bas.

– Il fera meilleur bientôt, señora. Cinq cents dollars américains.

Il n'y avait pas le temps de discuter.

– J'y consens, souffla la jeune fille. Faites seller mon cheval, dit-elle tout haut, j'arrive. Attendez-moi en bas.

– *Gracias, señora.*

Pedro salua et sortit. Elle courut à sa chambre. Mettre son costume de cheval ne lui prit qu'un instant. Elle glissa tout ce qu'elle avait d'argent dans la poche de sa culotte, prit ses gants et sa cravache et jeta un dernier regard autour d'elle.

Pour la dernière fois donc, elle voyait cet endroit étrange et magnifique, qui lui paraissait encore irréel bien qu'elle y eût vécu plusieurs semaines. La porte de la prison s'ouvrit. Si El Diablo avait gagné la veille, aujourd'hui la situation se renversait. Il ne rentrerait que très tard, elle en était certaine, car depuis quelques jours, il n'avait pas fait sa tournée d'inspection. Elle connaissait maintenant ses habitudes, ses visites régulières aux haciendas et aux mines. A moins d'un événement insolite, comme la chasse au jaguar, son emploi du temps ne variait pas plus qu'une horloge. La jeune fille regarda sa montre : avec un peu de chance, ils seraient aux abords de Jacara quand El Diablo regagnerait la caverne et alors il serait trop tard, beaucoup trop tard pour se lancer à sa poursuite.

Elle sourit aux gardes en passant devant eux et ils retirèrent leurs chapeaux pour la saluer, en souriant de toutes leurs dents.

– Belle journée pour se promener, dit-elle.

Ils hochèrent la tête et la suivirent d'un regard appréciateur tandis qu'elle descendait l'escalier vers Pedro et les chevaux.

Pedro avait sellé pour elle la jument noire qu'elle montait d'habitude. L'animal, excité par la perspective de la promenade, fit quelques écarts avant de trotter paisiblement. Ils quittèrent le camp et gagnèrent la plaine.

Pedro se dirigea vers le nord. Skye comprit qu'ils devaient prendre cette direction tant qu'ils étaient en vue des gardes. Ils allaient sans hâte apparente et, à la dérobée, elle observa son compagnon, se demandant soudain si elle avait raison de lui faire confiance.

Il était difficile de le juger d'après les apparences. Il avait des cheveux noirs, soigneusement brillantinés, une figure ronde bronzée par le soleil, une petite moustache qui ombrageait des lèvres charnues et des yeux hardis où on ne lisait pas la moindre crainte, ce qui surprit la jeune fille étant donné les risques qu'il courait.

Elle était si nerveuse qu'un simple oiseau *bien-teveo* jaune qui s'envola devant eux en sifflant son « je te vois », la fit sursauter. Quand ils furent à un mille du camp, elle retint son cheval.

– Quand irons-nous vers le sud? demanda-t-elle.

– Nous aborderons la montagne un peu plus loin, señora, répondit Pedro. Les hommes d'El Cabeza gardent la passe du camp et l'autre route vers l'est.

– Le chemin est-il difficile?

– Oui, pour ceux qui ne le connaissent pas, mais, pour moi, il n'a rien d'impossible, répliqua Pedro fièrement. Je l'ai fait plusieurs fois et c'est pourquoi je me suis dit : « Moi, Pedro, j'aiderai la señora à s'enfuir, car personne d'autre ne peut l'aider. »

– C'est très chic à vous, dit Skye, reconnaissante. Comment saviez-vous que je voulais m'échapper?

Pedro eut le sourire entendu d'un homme sûr de son intelligence.

– El Cabeza m'a envoyé avec Juan chercher le courrier de la señora. J'ai vu le beau bateau qui appartient à la señora, j'ai parlé avec le capitaine. Il est très aimable. Il a posé beaucoup de questions sur la señora, l'endroit où elle est, si c'est une grande estancia, appartenant à des gens vraiment bien, si la señora est heureuse. El Cabeza avait dit à Juan ce qu'il devait répondre et le capitaine a eu l'air très content de ce qu'il entendait. Mais, en revenant, j'ai réfléchi à tout ça et je me suis souvenu de Yokseyi qui a été battu parce qu'il avait accepté de l'argent de la señora. Il a été trop bête : il a essayé de passer en se cachant des gardes. Moi, je suis bien trop malin pour faire cette sottise.

– Oui, oui, je comprends. Dépêchons-nous! dit Skye, que la volubilité du gaucho agaçait.

Elle éperonna sa jument et la mit au galop. La conversation devint impossible jusqu'au moment où, très loin du camp, ils abordèrent la montagne.

Lors de ses promenades avec El Diablo, Skye avait remarqué la formation bizarre de ces montagnes. Le camp était situé à l'endroit où elles barraient le pays du nord au sud de leur crête étroite, relativement peu élevée, et qui s'abaissait insensiblement jusqu'à la plaine. La chaîne principale formait une barrière entre le Mariposa et le Brésil; elle s'élevait jusqu'à des hauteurs dénudées, chaotiques et désertiques comme un gigantesque escalier vers le ciel et brillait de couleurs variées, du rouge au violet foncé, sous le soleil brûlant. Pedro guida la jeune fille à travers des buissons d'héliotropes, de calcéolaires et de cactus qui couvraient les premières pentes, puis ils atteignirent un sentier rocailleux, si raide parfois que Skye se cramponnait à sa selle de peur de tomber en arrière, ou contournant des failles si profondes qu'elle n'osait pas les regarder. Les fleurs avaient disparu.

Ces montagnes, Skye ne l'ignorait pas, étaient le repaire des bêtes sauvages et elle se demandait si elle n'apercevrait pas un puma se sauvant dans l'ombre, ou les loups et les renards qui abondaient dans ces parages. Seul, le jaguar pouvait être dangereux : les autres fuyaient dès qu'ils décelaient la présence de l'homme dans leurs solitudes.

Elle jetait aussi de fréquents regards en arrière, tremblant d'être poursuivie. El Diablo était-il déjà sur leur piste? Il lui fallait bien s'avouer qu'elle mourait de peur d'être capturée à nouveau.

Le sentier tournait et virait; parfois, un glissement de terrain causé par les pluies d'hiver obstruait le passage, de sorte que Pedro hésitait et contrôlait la direction avant de continuer. Il arrivait aussi que le sentier se séparât en deux et il fallait choisir entre la droite et la gauche.

– Nous devrions aller plus franchement vers le sud, maintenant, remarqua soudain Skye, la voix tendue par l'anxiété.

– Pedro connaît le chemin. La señora n'a pas besoin de s'inquiéter, répondit le gaucho.

Elle préféra se taire pour ne pas le vexer. Il était de bonne humeur et c'était rassurant : presque tout le temps, il sifflotait entre ses dents ou chantait.

Après plusieurs heures, le sentier monta si rudement que la jeune fille suggéra de mettre pied à terre et de marcher un peu pour laisser les chevaux se reposer. Pedro y consentit et elle remarqua alors sa démarche avantageuse, qui mettait en valeur la largeur de sa poitrine et la minceur de ses hanches. Il était certainement très vaniteux et la dure vie du camp, le travail qu'El Diablo imposait à tous ses hommes ne devaient lui plaire qu'à moitié.

– Vous êtes courageux de m'aider ainsi, dit Skye à son compagnon. Projetez-vous de vous marier avec l'argent que je vous donnerai?

Il rit très fort.

– Me marier? Oh! non, señora. J'ai été marié quand j'étais tout jeune, mais j'ai quitté ma femme. Elle était jalouse, elle me faisait tout le temps des reproches et elle demandait toujours de l'argent. Un jour, j'en ai eu assez et je suis parti. Nous vivions à Seña, une ville du Sud; je suis venu chercher du travail à Jacara.

– En avez-vous trouvé?

– Si, si, il y a toujours du travail pour Pedro et de jolies femmes qui sont gentilles avec lui. Mais, si je reste trop longtemps au même endroit, je m'ennuie. C'est pourquoi je suis venu avec El Cabeza. Et maintenant, je repars. Pourquoi pas? Le monde est grand.

– Où irez-vous à présent? demanda la jeune fille, plus pour être aimable que par intérêt.

Il haussa les épaules.

– Rio... Buenos Aires... Montevideo? A moins que la señora ne m'emmène à New York.

– Je crois que vous auriez tort de quitter l'Amérique du Sud, dit Skye précipitamment.

Elle n'avait aucune envie de s'encombrer de cet homme. De plus, elle projetait déjà, quand elle l'aurait payé et serait loin de Jacara, d'effacer toute cette aventure de sa mémoire. Elle retournerait à la civilisation et oublierait tout. Non, ce n'était pas vrai, rectifia-t-elle, elle ne pourrait jamais oublier. Mais du moins personne ne saurait jamais rien de sa honte ni de ses humiliations. Non, personne au monde!

Elle jeta un regard en arrière. Il fallait continuer. Si jamais ils étaient suivis? Pedro essuyait la sueur sur son front et, passant ses doigts sur son visage, elle constata qu'elle aussi était couverte de transpiration et de poussière. Mais le moment n'était pas à la coquetterie.

– Dépêchons-nous! dit-elle. Maintenant, nous pouvons sûrement gagner la plaine sans danger?

– Si, si, señora, c'est ce que je compte faire, dit Pedro.

Il avait répondu d'un ton si léger que la méfiance de Skye s'éveilla brusquement. Elle était déjà en selle qu'il était encore à terre et elle demanda sévèrement :

– Vous n'avez pas perdu votre chemin, au moins?

– Non, bien sûr que non, señora. Ayez confiance en Pedro. Mais les sentiers changent avec les pluies et ne sont pas toujours faciles à trouver.

Skye regarda le ciel. Le soleil brillait encore, mais il

baissait sur l'horizon. L'appréhension la gagna : déjà, ils auraient dû être loin des montagnes et, pourtant, elle ne voyait devant elle que des rochers, des défilés, qui exigeraient de longs efforts pour y conduire les chevaux.

– Croyez-vous que vous puissiez avoir manqué le bon sentier? demanda-t-elle, maîtrisant sa voix avec peine. Ne devrions-nous pas revenir un peu en arrière?

– Non, non, señora, Pedro va trouver le chemin. Vous pouvez avoir confiance en Pedro.

Il lui adressa un sourire encourageant et remonta sur son cheval. Ils repartirent, avançant aussi vite qu'ils le pouvaient et se dirigeant, autant que Skye pouvait s'en rendre compte, vers le sud; mais elle n'en était pas très sûre.

Par la position du soleil, elle tenta de déterminer l'endroit où ils se trouvaient, mais le sentier tournait si souvent qu'elle fut bientôt désorientée. Pedro, sans nul doute, commençait à se tracasser : il ne sifflait et ne chantait plus et une part de sa belle assurance avait disparu. Il s'épongeait le front plus fréquemment. Finalement, le sentier s'interrompit brusquement. Les restes d'une avalanche leur barraient la route.

– Il faut revenir sur nos pas, dit Skye avec fermeté.

Elle essayait de ne pas laisser paraître l'angoisse qui l'envahissait. Elle était si confiante au début de l'après-midi, si sûre que, cette fois, elle était sauvée, qu'il était encore plus amer d'admettre l'effondrement de ses illusions. Mais elle n'était pas encore vaincue : un chemin traversait sûrement la montagne et, s'ils s'étaient trompés, il s'agissait peut-être seulement d'un détour d'un mille ou deux. Ils retrouveraient la fourche et tourneraient à gauche et non à droite, ou vice versa.

Ils revinrent sur leurs pas et découvrirent effectivement un embranchement. Le visage de Pedro s'éclaira.

– Voilà le bon chemin! s'écria-t-il. Il était facile de le laisser échapper. Mais Pedro ne se trompe pas souvent. Voyez, ce sentier-ci est meilleur, moins pierreux; nous avancerons plus vite et nous serons bientôt à Jacara.

– Je l'espère, dit Skye.

– Je crois que vous pourriez donner à Pedro un peu plus de cinq cents dollars. Oui?

– Nous en parlerons quand nous serons à Jacara.

– Vous lui donnerez peut-être huit cents dollars?

– Comme je l'ai dit, nous en discuterons quand nous serons là-bas.

– Pedro préférerait que la señora promette tout de suite huit cent cinquante dollars.

Le ton de sa voix et une lueur dans ses yeux firent que Skye accepta sans autre protestation.

– Très bien, dit-elle, huit cent cinquante dollars, mais vous ne les aurez que quand nous serons à Jacara.

Il la faisait chanter mais elle n'en avait cure. Elle était obsédée par l'idée d'être sûre d'avoir vraiment échappé à El Diablo. Elle imaginait son visage quand il rentrerait au camp et découvrirait que l'un de ses hommes l'avait adroitement trompé. Elle regrettait de ne pouvoir assister à sa colère et devinait les questions qu'il poserait aux gardes, les éclairs dans ses yeux, la crispation de ses lèvres. Oui, il serait fou de rage, mais elle ne serait pas là pour supporter sa fureur.

Une soudaine avalanche de jurons proférés par Pedro la ramena au présent. Elle n'était pas encore délivrée d'El Diablo : le sentier s'interrompait encore une fois. Pedro éclata en imprécations contre la montagne, les pluies d'hiver, le pays, le climat, en fait contre tout, excepté contre lui-même.

– Retournons sur nos pas, dit Skye avec lassitude.

Elle était très fatiguée, elle avait mal à la tête, elle avait mal partout, elle avait soif et, si la faim ne la tourmentait pas encore, elle savait cependant qu'elle avait un urgent besoin de nourriture.

Pedro fit tourner son cheval.

– C'est difficile de trouver le chemin de Jacara, dit-il. Quand nous y serons, la señora donnera à Pedro mille... non, deux mille dollars?

Elle le regarda. Comment n'avait-elle pas remarqué sa cupidité? Elle avait été folle de se confier à lui, cet incapable vantard dont le seul talent consistait à lui extorquer de l'argent!

– Je refuse de vous promettre plus que ce qui est convenu, dit-elle froidement.

– Je crois que la señora ferait mieux de se raviser, dit-il.

Et, tout à coup, Skye eut peur.

Elle ne savait pas pourquoi, il ne faisait rien que la regarder, mais son expression, et peut-être l'immobilité de ses mains, singulièrement petites et couvertes de poils noirs, la submergeaient d'effroi. Elle aurait voulu se sauver, elle regrettait désespérément le camp, la sécurité de la caverne, avec les gardes devant la porte et El Diablo prêt à revenir.

Pedro attendait la réponse.

– Bien, deux mille dollars, dit-elle lâchement, mais nous ne sommes pas encore à Jacara.

– Pedro trouvera le chemin, déclara-t-il, joyeux de nouveau et retrouvant son sifflotement.

Une fois de plus, ils revinrent en arrière, une fois encore ils trouvèrent un autre sentier et celui-là leur permit d'avancer pendant quelque temps, avant que Skye ne s'aperçût que le soleil disparaissait derrière la montagne. Il faisait plus frais et les ravins s'emplissaient d'ombre. Avec épouvante, elle comprit qu'ils seraient bientôt plongés dans une complète obscurité.

– Il fera nuit dans quelques minutes, dit-elle à Pedro. Qu'allons-nous faire?

– Le chemin descend, répliqua-t-il avec optimisme.

Dix minutes plus tard, le sentier montait de nouveau. La gloire du couchant ressemblait au drapeau rouge du danger.

– Il faut que nous trouvions une grotte ou un abri quelconque pour y passer la nuit, dit la jeune fille.

– Si, si, nous allons faire ça, approuva Pedro.

Ils cherchèrent des yeux autour d'eux un possible refuge. Ce fut Pedro qui aperçut un ruisseau qui tombait en cascadant au flanc de la montagne.

– Suivons-le, cria-t-il, il nous conduira à la plaine!

– Il est trop tard, répondit Skye, il fera nuit dans un instant. Il faut que nous nous arrêtions par ici; nous repartirons quand la lune se lèvera.

Ils mirent pied à terre et conduisirent les chevaux au ruisseau pour les faire boire. A ce moment, Skye vit que sous un rocher en saillie, à demi cachée par de grosses pierres, se découpait une ouverture.

– Allez voir ce que c'est, dit-elle à Pedro, et regardez bien s'il n'y a pas de serpent.

El Diablo lui avait parlé du danger qui les guettait dans ce genre d'endroit : le serpent à sonnettes ou *vivora de la cruz,* vipère dont les écailles forment une croix sur la tête.

Pedro se dirigea sans se presser vers l'ouverture : il était visiblement mécontent parce qu'elle donnait des ordres et qu'il n'avait pas tenu sa promesse. Mais les sentiments de Pedro laissaient Skye totalement indifférente. Sans doute la ferait-il encore chanter avant d'arriver à Jacara, mais peu lui importait s'ils y parvenaient. Elle dessella les chevaux et les entrava avec les rênes comme elle l'avait vu faire par les gauchos; les animaux avaient l'habitude d'être attachés ainsi et, broutant déjà l'herbe qui poussait près du ruisseau, ils se montraient dociles et peu enclins à s'éloigner.

La jeune fille entendit Pedro gratter une allumette et en vit la lueur. Il revint à elle.

– C'est bien une grotte, dit-il; elle est propre, mais elle sent le renard.

– Cela vaudra mieux que de dormir à la belle étoile, déclara Skye. Je regrette de n'avoir pas emporté un manteau.

Elle frissonnait.

– Pauvre señora, dit Pedro avec compassion. J'ai là quelque chose qui vous réchauffera.

Il tira une bouteille de sa poche et la lui tendit.

– C'est bon, dit-il d'un ton encourageant.

Skye retira le bouchon et respira le contenu de la bouteille. C'était un vin fort en alcool qui lui rappelait l'eau-de-vie irlandaise. Elle rendit la bouteille à son compagnon en souriant.

– Non, merci. J'aurai chaud dans la grotte.

Pedro rejeta sa tête en arrière et avala une bonne gorgée de liquide, puis il reboucha soigneusement la bouteille.

– Faites attention, señora, il fait noir là-dedans. Je vais vous éclairer, j'ai des allumettes.

– Nous pourrions faire du feu.

Il acquiesça sans enthousiasme.

– Allons vite chercher du bois avant qu'il ne fasse trop nuit.

Ils se trouvaient à présent à une moindre altitude et

les pentes étaient couvertes de buissons. Skye eut tôt fait de ramasser une grande brassée de bois sec qu'elle déposa devant la grotte et, tandis que le ciel s'assombrissait rapidement, elle en recueillit encore deux autres. Ensuite l'obscurité l'empêcha de continuer.

Elle était épuisée et c'était pour elle une vraie torture que d'aller et venir sur le sol inégal, de se pencher et de porter ses lourds fardeaux. Elle fut exaspérée de voir que Pedro n'en avait pas apporté moitié autant qu'elle, mais elle domina son irritation et le pria d'allumer le feu.

– Vous pourrez ramasser d'autres branches à la lumière des flammes, ajouta-t-elle.

Il prépara le feu habilement et l'alluma avec une seule allumette. La flamme s'éleva, toute jaune dans la nuit.

– Ah! voilà qui va mieux! approuva la jeune fille avec un petit soupir. Et cela empêchera les renards de rentrer chez eux : je n'ai aucune envie de partager mon lit, même s'il est dur, avec une bête sauvage.

Pedro buvait encore au goulot de sa bouteille.

– La señora a-t-elle peur? demanda-t-il en s'essuyant la bouche du revers de sa manche. Pedro la protégera.

– Non, je n'ai pas peur le moins du monde, répliqua Skye. C'est dommage que nous n'ayons pas apporté de provisions mais, puisque nous n'en avons pas, mieux vaut oublier que nous avons faim. Dormons; dès que la lune se lèvera, nous repartirons.

Elle tendit ses mains vers le feu et la chaleur dissipa le frisson qui la faisait trembler un instant plus tôt. Pedro s'approcha.

– Je protégerai la señora, dit-il d'un ton obséquieux.

– Très bien. Dormez à l'entrée de la grotte, dit Skye sèchement, et veillez sur le feu. Bonsoir!

Elle entra dans la grotte avec précaution. L'excavation n'était pas très profonde et le feu en illuminait le sol de sable, les murs et un tas d'ossements blanchis qui s'élevait au fond. Pedro avait incontestablement dit la vérité en parlant d'odeur de renard. Pourtant, cette grotte était au moins un abri contre le froid.

Soudain, la lumière du foyer se voila. Skye se retourna et s'aperçut que Pedro l'avait suivie.

– Que voulez-vous? demanda-t-elle.

– Je suis venu m'occuper de la señora, dit-il d'une voix à la fois rauque et caressante.

– Je vous ai dit que vous n'aviez pas à entrer ici. Sortez immédiatement!

Il n'était pas grand, mais sa tête atteignait presque le haut de la grotte et il avait l'air de la remplir. Skye, soudain, se sentit terriblement petite.

– Entendez-vous? dit-elle. Sortez! Je veux être seule.

Il n'y avait aucune frayeur dans sa voix, mais seulement une autorité sans réplique. Pedro n'en fut nullement impressionné : il tendit les mains.

Brusquement, il la saisit dans ses bras. Skye poussa un cri de terreur et se débattit avec tout ce qui lui restait de forces. Elle enfonça ses ongles dans les joues mal rasées, frappa la poitrine de Pedro, mordit même sa main, mais, avec affolement, elle sentit que, peu à peu, il la maîtrisait. Le sol se déroba sous ses pieds et elle tomba en hurlant. Elle appela, hurla de nouveau, puis suffoqua.

Soudain, un bruit de pas résonna au-dehors, puis un coup de feu claqua. Pedro s'effondra lourdement contre elle.

Avec une énergie décuplée par l'horreur, Skye se dégagea et, comme elle se relevait péniblement, elle vit une silhouette se profiler au seuil de la grotte, aisément reconnaissable à la puissance des larges épaules et au port orgueilleux de la tête. Sans hésiter, elle comprit qui l'avait sauvée.

Trébuchant, haletant, sanglotant à demi, elle courut à lui. Son cœur battait à tel point qu'elle put seulement balbutier :

– Vous êtes venu... Dieu merci! Vous êtes venu!

Elle s'accrocha à lui, cachant son visage contre son épaule. Le cauchemar des dernières minutes l'avait anéantie, elle tremblait tant qu'elle pouvait à peine se tenir debout. Et pourtant, El Diablo ne l'entourait pas de ses bras.

– Voyez si cet homme est mort, dit-il d'une voix brève à quelqu'un derrière lui. Et sellez ces chevaux.

Confusément, tandis qu'elle s'appuyait contre lui et cherchait à dominer ses nerfs affolés, Skye comprit qu'il était très en colère et qu'il l'avait capturée à nouveau, mais tout lui était égal. Elle était seulement heureuse, bien plus qu'elle n'aurait su l'exprimer, de ce qu'El Diablo fût arrivé à temps.

10

Skye claquait des dents et, pendant plusieurs minutes, elle ne fut même pas capable de penser clairement. Elle ne pouvait que se cramponner à El Diablo, avec la conviction qu'il représentait le seul asile dans ce monde d'horreurs et de dangers, qu'elle n'avait jamais imaginé au cours de sa vie tranquille.

Pourtant, dans une sorte de brume, elle se rendait compte de ce qui se passait autour d'elle. Elle entendit une voix qui disait :

– Oui, il est bien mort.

Puis les sabots des chevaux résonnèrent sur le chemin.

El Diablo lui prit le bras : c'était la première fois qu'il la touchait depuis son apparition. Il la fit pivoter et elle se trouva face au feu et aux gauchos. Elle distingua les regards curieux qui se fixaient sur elle et, tout à coup, elle prit conscience de sa tenue, de son chemisier déchiré. El Diablo l'entraîna vers les chevaux et prit sur la selle du sien le poncho qu'il emportait toujours avec lui. Il en couvrit les épaules de la jeune fille. Avec reconnaissance, elle serra autour d'elle le vêtement de laine fine qui, déjà, la pénétrait de sa douce chaleur. Puis elle fut soulevée de terre et assise sur sa selle. Un homme vint prendre la bride de la jument pour la conduire.

Un instant, Skye se demanda comment ils réussiraient, en pleine nuit, à suivre le sentier tortueux et bordé de profonds ravins, mais elle s'aperçut bientôt qu'ils descendaient de la montagne en suivant le ruisseau. La lune se levait et les étoiles brillaient davantage. Peu à peu, la jeune fille, s'accoutumant à l'obscurité, distingua les formes des buissons et des arbres découpées sur l'indigo lumineux du ciel. El Diablo allait en tête : lui et ses hommes avançaient sans hésiter, trouvant comme les chats l'endroit où poser leurs pieds.

Les buissons devinrent plus épais et, après environ vingt minutes, la petite troupe atteignit la plaine. Ainsi, Pedro avait presque réussi dans son entreprise, songea Skye. Jacara ne pouvait être très loin maintenant.

Mais, brusquement, elle se sentit exténuée et comprit qu'elle ne pourrait pas aller plus loin. Déjà, elle ne se tenait en selle qu'au prix d'un très grand effort de volonté. Soudain, la perspective d'une longue route lui devenait impossible à envisager.

Elle n'avait à peu près rien mangé de la journée; des heures de cheminement difficile sous l'ardent soleil, l'inquiétude et, enfin, l'épouvante de ce qui avait suivi la laissaient brusquement sans force. Elle s'était retenue des deux mains à sa selle pendant que le gaucho conduisait la jument; mais voilà que ses doigts se relâchaient sans qu'elle pût l'empêcher. Elle ouvrit la bouche pour dire : « Je ne peux pas continuer », mais les mots moururent sur ses lèvres. Elle s'affaissa en avant, avec l'étrange impression que la nuit l'absorbait.

Longtemps après cela, lui sembla-t-il, elle sentit de l'eau fraîche couler sur ses lèvres; quelque chose de froid et d'humide se posait sur son front. Elle aurait aimé bénéficier encore de cette bienheureuse inconscience, mais la main qui la faisait boire insistait.

– Buvez! disait une voix autoritaire.

Elle était trop faible pour désobéir. Elle entrouvrit les yeux et vit El Diablo penché sur elle. Son bras entourait ses épaules.

– Je... je suis désolée, murmura-t-elle.

– Vous sentez-vous mieux?

Elle se sentait à peine vivante. Son évanouissement restait si proche qu'elle pensait pouvoir y retomber à volonté, mais il y avait en El Diablo quelque chose de si impérieux qu'elle se força à dominer sa faiblesse.

– Je... vais être très bien, mentit-elle.

Avec désespoir, elle pensa qu'elle allait remonter à cheval. Comment tiendrait-elle? Mais elle n'avait pas besoin de s'inquiéter : El Diablo la prit dans ses bras et, comme si elle ne pesait pas plus qu'un bébé, il la déposa sur le devant de sa selle et monta derrière elle. Il mit son bras gauche autour de sa taille et la tint serrée contre lui. Ainsi la portait-il quand elle avait tenté de lui échapper, après l'avoir arrachée de son cheval en plein galop.

Elle se souvint de sa répulsion d'alors. Comme elle avait détesté cette proximité et ce bras qui la tenait prisonnière! Maintenant, il était le bienvenu. Elle posa sa joue contre l'épaule d'El Diablo et ferma les yeux; la veste de tweed sentait le cigare et un vague parfum de bruyère et de tourbe qui semble attaché définitivement au tweed écossais dans le monde entier. Ce parfum lui rappelait son père, quand il l'emportait, enfant, dans son lit et, plus tard aussi, lorsqu'elle se précipitait dans ses bras en rentrant de l'école ou en revenant de ses séjours en Amérique. Elle eut l'impression soudaine que ce parfum masculin lui avait manqué depuis qu'elle était orpheline. Et il était là de nouveau.

Les chevaux avançaient rapidement, mais elle ne ressentait aucun heurt. Une seule chose importait pour le moment : le bras d'El Diablo, qui signifiait la sécurité. Comment et pourquoi, elle n'avait aucune envie d'y réfléchir. Elle était sauvée et cette unique pensée lui suffisait.

Elle dormit sans doute. Beaucoup plus tard, elle eut conscience d'être enlevée du dos du cheval. Une crampe dans la jambe qui touchait la selle lui arracha un cri. Elle s'aperçut qu'El Diablo la portait dans l'escalier qui montait à la terrasse.

Elle voulut dire : « Nous sommes arrivés à la maison. » Mais ses lèvres ne réussirent pas à former les mots. Ses paupières pesaient comme du plomb, elle ne pouvait les relever. Très vaguement, elle se rendit compte qu'elle était allongée sur son lit et sentit qu'on la déshabillait. Ses bottes furent retirées de ses pieds, de douces mains lui enlevaient ses vêtements. Elle gémit faiblement pour protester, mais déjà une légère couverture la recouvrait et elle s'abandonna comme une enfant à la douceur de son oreiller. Il lui sembla que des lèvres effleuraient sa bouche, sans qu'elle en fût certaine. Elle avait l'impression d'être plongée dans un sombre et interminable tunnel et tout le reste se perdit dans le lointain.

Elle s'éveilla en sursaut, terrifiée, et se dressa sur son lit; elle était seule, les premiers bruits de l'aube l'avaient tirée de son sommeil. Le camp s'éveillait. Elle se leva, alla à la fenêtre et tira les rideaux; le soleil montait à l'horizon, chassant avec une incroyable célérité les ombres mauves de la nuit.

A travers la grille, Skye contempla la scène familière, les cabanes et les tentes en contrebas, les chiens et les chèvres, les enfants qui se bousculaient.

Elle s'aperçut qu'elle avait très faim et était encore fatiguée, mais pas vraiment épuisée, et elle était sûre de se sentir beaucoup mieux quand elle aurait mangé. Les rayons du soleil envahissaient déjà la chambre; bientôt, El Diablo prendrait son petit déjeuner. Il se levait en même temps que ses hommes, à l'aube.

Il fallait qu'elle le voie avant qu'il ne sorte, il lui était impossible de rester couchée à se demander s'il était furieux contre elle, à trembler dans l'attente de ce qu'il dirait ou ferait après cette escapade. Si elle devait subir une punition, n'importe quel châtiment physique, si cruel qu'il fût, était préférable à la torture morale de l'incertitude.

Vivement, elle remplit la cuvette d'eau. Elle eut quelque peine à éliminer la couche de poussière accumulée pendant la journée précédente mais, quand ce fut fait, elle se sentit propre et plus à l'aise. Elle s'habilla d'une robe de mousseline grise, ornée d'un grand col qui la faisait ressembler à une modeste puritaine.

Le miroir encadré d'argent reflétait un visage très blanc et des yeux qui semblaient trop grands dans le mince ovale de la figure. Skye fit de son mieux pour s'embellir, mais elle savait bien que sa nervosité, plus que les événements passés, était cause de sa pâleur. Et elle avait affirmé à Jimmy que nul homme ne lui faisait peur, pas même El Diablo! Comme elle était insouciante à cette époque, et inconséquente, et stupide! Maintenant, elle avait peur d'El Diablo, oui, et de bien d'autres choses encore. Elle s'était crue invulnérable, elle pensait que le monde était à ses pieds et que, d'un geste, elle pouvait le conquérir. Eh bien! c'est elle qui avait été conquise, non par le monde, mais par un homme, un homme plus fort que toutes les règles de la civilisation, qu'elle croyait si importantes, et plus fort que l'argent, qu'elle supposait assez puissant pour acheter tout ce dont elle avait envie.

Elle crut entendre un bruit dans la grande salle et courut au rideau qui fermait la porte, déchirée entre son désir de voir El Diablo et sa terreur à l'idée de l'accueil qu'il lui réservait. Elle tremblait de peur, elle se l'avouait sans détour à présent et, avec un courage proche de l'héroïsme, elle tira le rideau.

La table était mise pour le petit déjeuner, mais la pièce était vide. El Diablo devait finir de s'habiller, elle l'entendait siffler à mi-voix dans sa chambre, un air sans mélodie qui ressemblait au chant d'un oiseau.

Elle s'approcha de la fenêtre et attendit. Le soleil chauffait ses joues et elle aurait voulu qu'un rayon magique vînt dissoudre la boule dure qui paralysait sa gorge. Quand El Diablo entra enfin, elle ne l'entendit pas et il était tout près d'elle quand elle se rendit compte de sa présence. Elle sursauta et se retourna, les yeux dilatés d'effroi, les lèvres frémissantes.

– Déjà debout? demanda-t-il. J'espérais que vous dormiriez plus longtemps, ce matin.

Sa voix était calme et affable et ses yeux ne reflétaient aucune colère. Skye sentit son cœur s'apaiser.

– Je... voulais vous dire... merci, articula-t-elle avec peine. Si vous... n'étiez pas venu...

La voix lui manqua et elle fit un pauvre petit geste de la main, plus éloquent cependant que des paroles.

– Oubliez tout cela, dit brièvement El Diablo.

Elle le regarda avec stupeur.

– Vous... n'êtes pas fâché?

– Contre vous? Qu'attendiez-vous donc?

Elle détourna les yeux de crainte de voir la fureur incendier son visage.

– Vous m'aviez prévenue... Vous m'aviez dit que... vos hommes étaient ainsi, murmura-t-elle, mais... je ne vous croyais pas.

Il ne répondit pas tout de suite. Elle sentait son regard fixé sur elle.

– Cet homme est mort, dit-il enfin. N'y pensez plus.

– Et vous... n'allez-vous pas me punir?

– Je crois que vous avez été suffisamment punie déjà.

Le soleil fut soudain plus doré. Skye se détendit si subitement qu'elle faillit perdre l'équilibre, comme si un soutien lui faisait défaut, tout à coup.

– Asseyez-vous, ordonna El Diablo du ton autoritaire qu'elle connaissait si bien, vous avez besoin de manger quelque chose.

Elle obéit avec gratitude et tomba plutôt qu'elle ne s'assit sur la chaise qu'elle occupait d'ordinaire pendant les repas. Comme par magie, les Indiens entrèrent en courant avec du café, des œufs, des petits pains croustillants et une grande coupe de fruits. Skye but une tasse de café et, aussitôt, son énergie coutumière revint.

– Racontez-moi comment vous avez pu arriver... à temps, dit-elle enfin.

El Diablo posa son couteau et sa fourchette.

– Il m'est souvent arrivé de suivre mon instinct au mépris du bon sens, répliqua-t-il. Je ne l'ai jamais regretté. Hier, peu après le déjeuner, Pedro m'a demandé de rentrer au camp, il se prétendait malade et incapable de poursuivre la route, à cause de douleurs abdominales. Sur le moment, je l'ai cru. Dans ce climat, les gens souffrent souvent d'une forme très douloureuse de dysenterie. Je l'ai autorisé à nous quitter. Seulement, comme il s'en allait, il m'a paru particulièrement joyeux. Nous avons continué sans lui et mes hommes se sont mis à rire sous cape. J'en ai entendu un qui disait : « Je vous parie que l'estomac de Pedro n'est pour rien dans ses malaises! »

» Ils ont ri de plus belle et ont fait des remarques à propos de Pedro et de ses aventures amoureuses. Je n'écoutais qu'à moitié : je connais trop bien le type Pedro, une pierre qui roule et qui ne se fixera jamais nulle part, un vantard vaniteux qui avait pourtant assez de succès auprès de certaines femmes.

» Il m'a semblé que je recevais l'ordre de rentrer. Je me rappelais un regard jeté sur vous par Pedro un jour où nous nous promenions à cheval et ce regard me hantait. J'essayais de rire de cette obsession, mais elle n'en était que plus forte. Vous êtes jeune, jolie, riche. Or, Pedro ne s'était pas joint à nous à cause d'une injustice ou d'une rébellion contre le gouvernement. Seule, sa mauvaise réputation l'empêchait de demeurer à Jacara.

» Mon désir de revenir au camp devint si violent que je n'y résistai plus : nous sommes arrivés une heure et demie après votre départ.

– Une heure et demie seulement? s'exclama la jeune fille.

– Oui, et je n'ai pas eu beaucoup de questions à poser pour savoir quel chemin vous aviez pris. Pedro connaissait le sentier à travers la montagne, mais je le connais encore mieux que lui. J'ai pris trois de mes plus fidèles compagnons et je suis parti aussitôt. J'ai envoyé d'autres hommes sur la route directe de Jacara pour qu'ils vous interceptent si vous parveniez à gagner la plaine avant que je ne vous rattrape.

– Ainsi, je n'avais pas la moindre chance?

– Vous en aviez une, très mince : votre avance sur nous. Mais un chemin de montagne est beaucoup plus lent qu'une route de plaine.

– Oui, vos hommes m'auraient certainement empêchée de passer, soupira Skye. Dire que, cette fois, j'étais si sûre de réussir!

El Diablo sourit.

– Vous êtes une lutteuse très persévérante.

– Continuez l'histoire, supplia la jeune fille.

– Elle est presque finie. Je pense que vous vous êtes perdus, le chemin était beaucoup plus mauvais que je ne croyais, les pluies l'avaient effacé à de nombreux endroits.

– Oui, nous nous sommes perdus plusieurs fois.

– Je commençais à m'inquiéter sérieusement quand j'ai vu votre feu, reprit El Diablo. Nous en étions à peu près à un quart de mille quand les flammes ont attiré notre attention. J'ai compris ce qui s'était passé, vous étiez obligés de camper à cause de la nuit. En fait de guide, Pedro ne valait rien.

– Je suis confuse d'avoir eu confiance en lui, dit Skye. Pourquoi aviez-vous au camp un homme comme celui-là?

– Je suis obligé d'employer tous ceux qui se présentent, répondit El Diablo. De plus, ces hommes agissent souvent comme des enfants, ils rendent ce qu'on leur a donné : les lois injustes, les mauvais maîtres et les gouvernements corrompus fabriquent de mauvais hommes.

Racontez-moi votre version des faits!

Elle lui fit le récit de l'apparition de Pedro avec les fleurs et de sa suggestion d'une fuite possible.

– C'était une idée astucieuse, dit El Diablo, je le reconnais. C'est dommage qu'il n'ait pas eu l'adresse et l'intelligence nécessaires pour la mener à bien.

– Je ne peux pas supporter de penser à lui! s'exclama la jeune fille.

– Je vous ai entendue crier, remarqua El Diablo. Et aussi, je vous ai entendue appeler quelqu'un.

Skye baissa les yeux; ses longs cils caressaient ses joues.

– M'entendez-vous?

Elle ne répondit pas.

– Ainsi, reprit-il très doucement, vous vouliez que je vienne à votre secours?

– Qui d'autre aurait pu venir? demanda-t-elle ingénument.

– Personne, évidemment, répliqua-t-il, la voix durcie. Et je ne suis, une fois de plus, qu'un meurtrier.

– Cette fois, je ne vous le reproche pas, dit vivement Skye.

Il sourit.

– Il est très facile de condamner les actes qui ne vous rendent pas service, observa-t-il.

Skye repoussa sa chaise.

– J'ai dû vous paraître bien ridicule, le premier jour, quand j'ai fait une telle histoire à propos de ce pendu, dit-elle. Je commence à apprendre bien des choses dont j'ignorais tout.

El Diablo se leva et la rejoignit.

– Ne vous cassez pas la tête inutilement, conseilla-t-il. Mais ne serait-ce pas une bonne idée que de me croire et de m'obéir quand je vous avertirai d'un danger?

Skye soupira à nouveau.

– Je m'imaginais que, ce matin, je serais à bord de mon yacht, dit-elle avec mélancolie. Si j'y étais arrivée hier soir, je serais bien loin du Mariposa maintenant et vous ne pourriez plus me retrouver.

– N'avez-vous pas encore appris que je n'abandonne jamais une chose à laquelle je tiens, que je ne perds jamais ce que je veux garder?

Elle leva les yeux vers lui car sa voix avait changé. Il lui tendit la main mais au même moment, on frappa à la porte et il quitta la jeune fille pour répondre à l'appel. Skye entendit Juan, le compagnon le plus fidèle d'El Diablo, qui disait :

– Six hommes s'approchent du camp, señor. Ils sont en uniforme et portent un drapeau blanc.

– Bien. Vous savez ce que vous avez à faire?

– Si, señor.

– N'oubliez pas de leur bander les yeux avant de leur faire traverser la passe.

– Si, señor.

El Diablo referma la porte.

– Qui est-ce? demanda Skye, incapable de faire taire sa curiosité.

– Des hommes d'Alejo. Je prévoyais leur visite aujourd'hui. J'ai été prévenu hier qu'une délégation devait m'être envoyée. C'est ce que j'attends depuis très, très longtemps.

Il frappa dans ses mains et les Indiens vinrent desservir la table.

– Préparez du maté et du vin, leur dit El Diablo.

Quand ils furent sortis, il se tourna vers Skye.

– Que vais-je faire de vous? demanda-t-il. Ces hommes vont entrer ici, c'est le seul endroit où je puisse les recevoir. Faut-il que je vous attache et que je vous bâillonne?

– Non! Oh! non! s'écria la jeune fille. Je vous

promets, je vous donne ma parole d'honneur que je resterai dans ma chambre et que je ne dirai pas un mot.

– Puis-je vous faire confiance?

– Je vous le jure! répondit Skye. Croyez-vous que je me confierais à Alejo après ce que vous m'avez dit de lui?

Il considéra ses yeux limpides, la douceur chaude de ses lèvres et, lentement, il s'inclina vers elle.

– Je vous crois, dit-il.

Skye se glissa dans sa chambre. Elle y était depuis deux minutes quand elle entendit des pas dans la grande pièce. La voix d'El Diablo s'éleva :

– Vous pouvez retirer les bandeaux de vos yeux, messieurs.

Tout doucement, la jeune fille s'approcha du rideau qui séparait les deux pièces. Elle avait remarqué un petit trou dans le cuir dont il était fait, un bouton de sa robe s'y étant accroché quelques jours plus tôt. Elle se pencha et vit parfaitement trois hommes debout devant El Diablo.

L'un était assez âgé, les autres jeunes. Ils portaient l'uniforme bleu et blanc de l'armée mariposienne, orné d'une prodigieuse quantité de galons d'or. Tous trois étaient abondamment décorés et des capes noires doublées d'écarlate étaient jetées sur leurs épaules.

– Veuillez vous asseoir, messieurs, dit El Diablo.

Les Indiens avancèrent des sièges et disposèrent sur la table le vin et le maté.

– On s'occupera de vos hommes, reprit El Diablo, mais, à mon grand regret, ils conserveront leurs bandeaux. Je vous fais confiance, messieurs : si, par hasard, vous reconnaissiez un visage ici, je sais que vous l'oublieriez aussitôt.

– Oui, oui, dit l'homme âgé avec humeur. Notre affaire est d'une autre importance.

– J’en suis certain.

Le chef de la délégation se racla la gorge.

– Puis-je me présenter? Je suis le colonel don Pelayo et j’ai l’honneur d’avoir été prié par El Supremo de prendre contact avec vous au sujet d’une question de grande importance.

– Et cette question?

– El Supremo estime que le moment est venu de passer l’éponge sur nos différends et d’unir nos intérêts. Les finances du pays ne permettent plus au gouvernement de continuer ainsi : il faut trouver un compromis. El Supremo m’a donné tout pouvoir pour vous remettre ce papier où sont portées ses suggestions.

Le colonel tendit le papier à El Diablo qui le prit.

– Vous le comprenez, señor, ce ne sont là que les grandes lignes de ce qui doit être discuté en détail.

– Je comprends très bien.

– El Supremo vous propose donc de le rencontrer demain au palais, poursuivit le colonel.

El Diablo leva les sourcils d’une manière que Skye connaissait fort bien.

– Quelle garantie aurai-je de ma sécurité et de celle de mes hommes? demanda-t-il.

– El Supremo y a pensé, répondit le colonel. Il suggère qu’une conférence soit tenue dans la cour du palais. Tous ceux qui le désirent pourront y assister. Vous siégerez sous les regards de votre escorte et de toute la ville. Vous pourrez amener avec vous autant d’hommes que vous le voudrez, señor.

– J’accepte ces conditions, dit El Diablo brièvement. Je vais étudier les indications consignées sur ce papier et j’aurai ma réponse prête pour demain.

Skye remarqua la satisfaction qui se répandit sur les

visages des trois officiers quand El Diablo eut accepté le lieu de la rencontre. Les visiteurs burent le maté et le vin que leur présentait leur hôte.

– Vous avez ici une bien confortable retraite, remarqua le colonel, détendu maintenant que s'achevait sa mission.

– C'est mon domicile depuis que le général Alejo a confisqué mon estancia et la terre que je cultivais, répondit El Diablo.

Le colonel toussa derrière sa main.

– El Supremo avait sans doute une bonne raison pour agir ainsi, murmura-t-il.

– La raison qu'on m'a donnée était que les réceptions que je donnais là n'étaient pas d'intérêt public. Pourtant, les amis qui venaient s'entretenir avec moi se préoccupaient uniquement de l'avenir du Mariposa.

– El Supremo reconnaît votre dévouement pour votre pays, admit sèchement le colonel.

– J'en suis fort heureux. Pour votre part, colonel, vous savez aussi bien que moi qu'il y a beaucoup à faire si le Mariposa veut survivre. Notre pays est le plus arriéré de toute l'Amérique du Sud, je puis le dire sans crainte d'être contredit et, cependant, notre peuple bénéficie de belles traditions, d'un sol naturellement riche et d'un climat réputé comme l'un des meilleurs du monde. L'un de vous, messieurs, peut-il affirmer qu'avec de tels avantages il n'est pas possible de faire infiniment plus pour le peuple que ce qu'on fait actuellement?

Il y eut un silence gêné et les deux jeunes officiers jetèrent des regards en coin à leur chef, attendant sa réponse. Le colonel se caressait le menton.

– Je suis officier dans l'armée, dit-il enfin, mais je suis mariposien aussi. Je ne suis pas assez aveugle pour nier qu'une grande part de ce que vous dites est exacte.

Nous avons commis des fautes, nous ne pouvons plus nous en permettre.

Pendant quelques secondes, les deux hommes se regardèrent dans les yeux, puis les officiers se levèrent.

– Je transmettrai votre message à El Supremo, dit le colonel.

– Et je viendrai au palais demain après-midi, répondit El Diablo, mais pas avant 4 heures, de manière que le général Alejo puisse achever sa sieste.

Des rires discrets saluèrent cette innocente plaisanterie, puis El Diablo indiqua du geste les bandeaux.

– Il serait plus agréable pour vous de les ajuster vous-mêmes, messieurs, dit-il courtoisement.

Les visiteurs bandèrent leurs yeux, après quoi El Diablo ouvrit la porte et fit entrer des gardes : il y en avait deux pour guider chacun des officiers jusqu'au bas des marches où les attendaient leurs chevaux.

El Diablo les regarda partir, les suivant des yeux jusqu'au moment où ils atteignirent les terrasses qui conduisaient à la passe. Ils avançaient en file indienne, suivis par une douzaine d'hommes qui les escortèrent jusqu'à bonne distance du camp.

Lorsque El Diablo se détourna enfin de la porte, il trouva Skye à côté de lui.

– Je n'ai aucune confiance en eux! s'écria-t-elle.

Le pli soucieux qui barrait le front d'El Diablo s'effaça.

Il demanda avec un sourire énigmatique :

– Vous inquiéteriez-vous de ma sécurité?

– Il y a anguille sous roche, insista-t-elle. Pourquoi Alejo deviendrait-il tout à coup aussi prévenant?

– Il a besoin d'argent, dit El Diablo. Il a de grandes difficultés pour payer l'armée et son ministre des Finances a donné sa démission il y a huit jours. C'est pourquoi j'étais certain qu'il prendrait contact avec moi.

– Mais vous n'irez pas à Jacara demain?

– Bien sûr que si.

– Mais voyons! Ils vous feront prisonnier, ils ne laisseront pas passer une pareille occasion. Vous ne vous en rendez pas compte?

– J'aurai une escorte nombreuse, dit El Diablo. Vous avez entendu? Je peux amener autant d'hommes qu'il me plaira. Et j'ai beaucoup d'amis et de partisans à Jacara. Ne vous tourmentez pas, ma chère enfant, vous ne vous débarrasserez pas de moi si facilement.

Skye le regarda vivement.

– Je ne pensais pas à cela, dit-elle avec pétulance.

– Ce qui me chiffonne, c'est ce que vous ferez pendant ce temps-là, dit El Diablo. Je pense que je vous laisserai ici.

La jeune fille se récria :

– Non! Vous ne pouvez pas faire une chose pareille. Je veux voir ce qui se passe. Laissez-moi venir avec vous. Il faut que je vous accompagne.

– Pour vous sauver dès que je serai occupé à discuter de ces questions d'importance nationale? demanda-t-il avec ironie.

– Non, je ne me sauverai pas, je vous le promets. Si vous me laissez venir, je jure que je ne fuirai pas, même si l'occasion s'en présente... En tout cas, pas demain.

El Diablo souriait de son ardeur.

– Ne m'avez-vous pas dit que cette rencontre est un guet-apens? Désirez-vous courir les mêmes risques que moi?

– Je n'ai pas peur du danger, rétorqua Skye, mais j'aurais peur de rester seule ici. Je ne pourrais pas le supporter...

Elle tendit la main et la posa sur son bras.

– Je vous en prie, emmenez-moi, dit-elle d'une petite voix. Je vous en prie!

Il hésitait.

– Evidemmcnt, je serais plus tranquille à votre sujet en vous ayant à portée de voix, dit-il, mais, par ailleurs, pensez à ce qu'on dira si j'arrive à Jacara en compagnie d'une blonde Anglaise dont le yacht est ancré dans le port, sans elle, depuis pas mal de temps. Ma réputation sera perdue.

Il riait de sa taquinerie, mais Skye restait sérieuse.

– Je me déguiserai, dit-elle. Personne ne trouvera étrange de vous voir avec une femme. On pourrait s'étonner qu'elle soit blonde, mais je mettrai un foulard sur ma tête et un sombrero : le chapeau cachera en partie ma figure. Et je peux porter des lunettes noires.

– Cela irait peut-être, dit-il sans conviction.

– Nous pouvons essayer, supplia la jeune fille. Personne ne me connaît à Jacara et je serai perdue dans la foule de votre escorte.

– Je pense qu'il faut que j'y consente, dit enfin El Diablo. Et maintenant, j'ai beaucoup de choses à faire et à préparer. Il faut que vous restiez ici aujourd'hui. Est-ce entendu?

– Si je viens avec vous demain, je ferai tout ce que vous voudrez aujourd'hui.

Il rit.

– Je n'ai pas l'habitude de faire de marchés, dit-il, mais je n'oublierai pas votre proposition.

Ses yeux la parcoururent, puis il prit sa cravache et se dirigea vers la porte.

– *Adios,* dit-il.

– *Adios,* répondit Skye.

Elle éprouva un étrange sentiment de solitude quand la porte se referma derrière lui.

11

De la fenêtre, Skye regarda El Diablo descendre les marches. Son ombre lui fit penser à un point d'interrogation.

Quand il fut en bas, près des chevaux sellés qui attendaient, la jeune fille le vit s'arrêter, hésiter, puis parler à l'un des hommes qui se disposaient à partir avec lui. Sans doute avait-il donné un ordre, car son interlocuteur mit ses mains en porte-voix devant sa bouche et appela :

– Josné! Josné!

L'écho de l'appel se répercuta dans les grottes. Un petit homme parut au seuil de l'une d'elles et dégringola le long des terrasses pour rejoindre El Diablo.

C'était un bossu et Skye se demanda quel genre de travail il pouvait fournir à son chef. Ils demeurèrent un instant côte à côte : Josné comme déjeté et El Diablo, par contraste, paraissant encore plus beau et plus robuste.

Ensuite, il se mit en selle et, suivi des gauchos, il s'éloigna du camp dans un nuage de poussière rouge qu'irradiait l'air ensoleillé.

Avec un soupir, Skye s'assit sur le divan. Elle regrettait de n'être pas avec les cavaliers, dans la joie et la liberté qu'elle éprouvait toujours sur la pampa fleurie. Même aux moments où elle détestait El Diablo le plus férocement et où elle maudissait sa captivité, elle ne pouvait s'empêcher d'apprécier les délices de la plaine et des collines.

Elle s'étira. Peut-être était-il préférable pour elle de rester tranquille et de se reposer aujourd'hui : la journée du lendemain serait certainement agitée.

On frappa à la porte et Neengai entra.

– Voulez-vous voir le tailleur, señora?

– Le tailleur? répéta Skye, croyant avoir mal compris.

– *Si, si señora,* le tailleur. Il faudrait prendre vos mesures.

– Que signifie...? commença la jeune fille.

Puis elle se souvint des limites linguistiques de la jeune Indienne et se reprit :

– Qu'il entre, dit-elle, je vais lui parler.

Neengai ouvrit la porte et introduisit Josné, le bossu. Il salua poliment et Skye vit que c'était un homme d'âge moyen, au visage marqué des mille rides de la souffrance, au regard humble et doux.

– Que désirez-vous? demanda-t-elle.

– *Buenos dias, señora.* El Cabeza m'a commandé un costume pour vous, des bombachas et une veste courte.

Skye comprit et sourit. C'était bien d'El Diablo d'avoir songé à cela. Si elle partait avec lui le lendemain, il serait sage, en effet, qu'elle soit vêtue correctement, portant les mêmes vêtements que les gauchos.

– Vous sera-t-il possible de me faire ce costume pour demain matin? demanda-t-elle.

– *Si, si señora*; au besoin, je travaillerai toute la nuit. Tout sera prêt, à condition que je puisse prendre les mesures de la señora maintenant.

– Vous êtes très adroit si vous pouvez travailler aussi vite, dit la jeune fille. Mais il me faudrait des bottes, si je porte des bombachas, des bottes courtes en veau souple.

– El Cabeza y a pensé, señora, il m'en a parlé. Il y a ici plusieurs jeunes garçons qui n'ont pas porté leurs plus beaux vêtements depuis leur arrivée : il en est certainement parmi eux qui possèdent des bottes neuves. Je vais m'en informer dès que j'aurai pris les mesures de la señora.

Le bossu tira un mètre ruban de sa poche et commença aussitôt son travail.

★

Il faisait chaud et Skye se sentit fatiguée. Elle décida de s'étendre sur son lit : peut-être dormirait-elle et elle serait toujours mieux là que sur le divan de la grande salle. Dans sa chambre elle retira sa robe de mousseline. Mais une épingle était restée dans l'ourlet d'une manche et lui écorcha le bras.

La petite plaie n'était pas grave, mais elle saignait. Skye pensa qu'il serait prudent d'y mettre de l'iode ou quelque désinfectant. Pendant tout leur voyage dans les Caraïbes, Jimmy, qui prenait grand soin de sa santé, passait son temps à lui décrire les dangers de l'infection.

« Que vous êtes timoré! » lui disait-elle alors en riant.

Mais il tenait à ses idées.

« Un de mes amis est mort sous les tropiques pour avoir négligé une petite coupure à un doigt, lui dit-il. Je n'oublierai jamais combien il a souffert. Il faut faire attention, Skye, il ne faut rien risquer dans les pays chauds. »

Elle se souvenait de cet avertissement, à présent, et elle pensa qu'ayant négligé bien à tort les avis de Jimmy en d'autres circonstances, elle ferait aussi bien de l'écouter aujourd'hui. Elle fouilla dans les tiroirs de sa table coiffeuse mais, ne trouvant pas ce qu'elle voulait, elle passa une robe d'intérieur et se rendit dans la chambre d'El Diablo : il avait sûrement des produits pharmaceutiques quelque part.

Elle était souvent entrée dans cette chambre pendant

l'absence d'El Diablo et la pièce n'avait plus rien de surprenant pour elle, avec son grand hamac de palmes tressées, aussi souple que le plus fin chapeau de Panama, le plus confortable des lits dans un climat chaud. Il y avait là plusieurs autres meubles, une commode et une armoire où il rangeait ses vêtements, meubles espagnols gracieux, un peu solennels et très anciens. Skye savait qu'ils venaient de l'estancia d'où Alejo avait chassé El Diablo.

Pas plus que dans la chambre de la jeune fille, il n'y avait là de porte donnant sur l'extérieur. Une fenêtre grillagée donnait de la lumière. Skye inspecta la table et le dessus de la commode sans trouver ce qu'elle cherchait. Elle ouvrit les tiroirs de la commode : ils contenaient des cravates, des mouchoirs, du linge, et elle allait regarder dans l'armoire, quand elle avisa une petite table à côté du hamac, munie d'un tiroir, trop exigu sans doute pour contenir un flacon. Mais puisqu'elle avait commencé ses recherches, elle pouvait aussi bien regarder là.

Elle tira le tiroir : il était fermé à clé. Elle tira de nouveau, plus par impatience que dans l'espoir d'un succès et, à sa grande surprise, un morceau de bois, qui tenait la serrure en place, se détacha et tomba.

La table était aussi ancienne que le reste du mobilier. Elle était ravissante, artistement marquetée, et la jeune fille songea avec confusion que sa brusquerie venait d'endommager là un objet d'art centenaire. Elle ramassa le morceau de bois, se demandant si elle ne pourrait pas le recoller et, comme elle cherchait l'endroit d'où il venait, elle s'aperçut que le tiroir était rempli de papiers.

Sa curiosité s'éveilla. Que pouvait posséder El Diablo de si important et de si secret pour le garder près de son lit plutôt que dans son bureau de la grande salle?

Elle tira le tiroir un peu plus. Il y avait là des documents légaux, semblait-il. Comme elle les feuilletait négligemment, elle aperçut ce qui ressemblait étrangement à un passeport anglais. Elle s'en saisit.

Sans doute se mêlait-elle de choses qui ne la regardaient en aucune façon, se dit-elle. Mais elle décida que tout était permis dans les circonstances où elle se trouvait. Un détail caché pouvait devenir pour elle une arme précieuse contre El Diablo. Et pourquoi aurait-elle eu des scrupules à employer une méthode, généralement répréhensible, si elle en retirait un avantage sur son adversaire?

C'était bien un passeport anglais, on ne pouvait se méprendre sur la couverture bleu foncé où s'ouvrait une petite fenêtre découvrant le numéro et le nom du propriétaire.

Skye resta figée sur place en déchiffrant le nom inscrit. Puis, brusquement, elle ouvrit le livret. La photographie d'El Diablo lui apparut.

Il était certainement beaucoup plus jeune à l'époque où le cliché avait été pris; pourtant, on ne pouvait pas ne pas reconnaître les traits énergiques, les yeux enfoncés sous les sourcils, le menton carré, la bouche impérieuse et la manière dont les cheveux sombres étaient plantés, très haut sur le front. Oui, la photo était celle d'El Diablo.

Et le nom était Guy Tremayne.

Il était écrit clairement sur le passeport. Sous l'image, la signature, identique à l'actuelle signature d'El Diablo, indiquait le même personnage.

C'était bien la dernière chose à laquelle se fût attendue la jeune fille. Fébrilement, elle tourna les pages pour découvrir d'autres détails. El Diablo était né à Bredon, dans le Worcestershire. Il avait eu trente-quatre ans en octobre dernier.

Il était de nationalité britannique!

Skye poussa une exclamation, presque un cri. El Diablo anglais! Depuis le début, elle l'avait cru mariposien mais, soudain, elle se rendait compte de sa sottise. Comment n'avait-elle rien deviné?

En apparence, il possédait indiscutablement de nombreuses caractéristiques de la race mariposienne et le soleil l'avait si bien tanné qu'il était aussi brun, sinon davantage qu'un Mariposien dont les ancêtres étaient espagnols. Mais Skye comprenait que si sa peau n'avait pas été continuellement exposée aux intempéries, elle eût été aussi blanche que la sienne.

Elle aurait dû voir qu'il n'était pas tout à fait tel qu'il le paraissait superficiellement : sa manière de parler, par exemple; non seulement sa maîtrise de la langue anglaise, mais les expressions qu'il employait. Elle se souvint de la gaffe qu'il avait commise un soir en parlant de Rowland Ward.

Elle pouvait à peine le croire. Il semblait détester l'Angleterre à un tel point! Il n'en parlait jamais sans sarcasmes ou sans commentaires déplaisants. Cent fois, il avait fait des remarques désobligeantes sur les Anglais, principalement sur les Anglaises. Il y avait là un mystère mais, pour le moment, Skye était fascinée par le fait : El Diablo était britannique! Et cela, sans qu'elle pût expliquer l'impression subtile qu'elle ressentait, rendait sa situation infiniment pire. Elle ne pouvait supporter l'idée que son geôlier fût de même race qu'elle.

La main sur les yeux, Skye essayait de réfléchir posément, de déceler la raison pour laquelle la nationalité d'El Diablo changeait tout, rendait leurs relations plus insupportables, plus intolérables qu'elles ne le semblaient précédemment. Puis, brusquement, comme si l'action la délivrait de ses pensées, elle prit tous les papiers du tiroir.

Le document légal était muni d'un sceau; écrit en espagnol, il était difficile à traduire. Finalement, elle comprit qu'il avait trait à un changement de citoyenneté d'El Diablo : il était devenu sujet mariposien. Elle lut le papier plusieurs fois, mais le sens de certains détails lui échappait : « ... était de sang mariposien », mentionnait un paragraphe.

Elle fronça les sourcils. Ce ne pouvait être cela, elle avait dû mal traduire. Mais une chose restait certaine : Guy Tremayne était devenu Guido Tremayna, sujet et citoyen du Mariposa.

Skye replia le papier. Elle ouvrit une enveloppe où elle trouva la photographie d'une femme, signée par un photographe célèbre de Mayfair. La femme était jeune et jolie avec des cheveux blonds et des yeux gais et provocants. Elle était certainement anglaise et sûrement ce qu'on appelle une dame. Et pourtant, elle donnait l'impression de savoir fort bien tirer parti de sa beauté.

Longuement, Skye considéra l'image. Cette femme était-elle la cause de l'aversion d'El Diablo pour l'Angleterre? De son mépris pour toutes les Anglaises? Cette inconnue lui inspirait une étrange répugnance. Impatiemment, elle examina ce qui restait dans le tiroir. Tout au fond se trouvait une boîte étroite et longue et, comme elle la prenait, un petit papier tomba par terre. Elle le ramassa : c'était une coupure de journal.

Elle lut avec une incrédulité grandissante :

« La *Gazette de Londres* annonce la remise de la Croix de guerre aéronautique, pour action héroïque, au chef d'escadron Guido Tremayna, un Mariposien servant dans la R.A.F. dans le Centre-Est. »

Il était inutile d'ouvrir la boîte pour savoir ce qu'elle

contenait : le ruban rayé noir et blanc et la croix convoitée par tous les aviateurs combattants.

El Diablo se moquait peut-être de l'Angleterre, mais il s'était battu pour son pays à l'heure du danger! Le Mariposa étant resté neutre pendant la guerre, rien ne l'obligeait, lui, Mariposien, à rejoindre la R.A.F. Pourquoi l'avait-il fait? Skye enrageait de ne trouver aucune réponse à cette question.

Il semblait impossible de penser à tout cela de sang-froid. C'était incroyable, effrayant et, en même temps, plus gênant qu'elle ne pouvait l'exprimer. Jamais elle ne réussirait à le regarder en face, maintenant qu'elle connaissait son secret.

« Guido Tremayna... Guy Tremayne... »

Elle se répéta les noms à haute voix. Comment n'avait-elle rien deviné? Comment avait-elle été aussi stupide, aussi aveugle? Et pourtant, comment un Anglais avait-il pu se conduire ainsi?

Elle se souvint de sa cruauté, de son pouvoir despotique sur elle et sur tous ceux qui le servaient; elle se rappela ses mots d'amour et la honte la brûla d'une façon intolérable à l'idée qu'il était anglais. Un jour, elle lui avait crié :

– Vous êtes un barbare!

– Pourquoi pas? avait-il répliqué.

– Dans n'importe quel pays civilisé, vous seriez mis en prison ou dans une maison de fous en agissant comme vous le faites.

– Nous ne prétendons pas être civilisés, au Mariposa, avait-il riposté.

Mais il ne faisait que se moquer d'elle et il savait très bien pourquoi.

Il affichait un profond mépris pour ce qu'il appelait « les terrains de jeux » d'Europe et d'Amérique, comme pour les mondains qu'il traitait de dégénérés à moitié idiots. Un jour, voyant la joie de Skye tandis qu'ils parcouraient la plaine à cheval, il avait demandé :

– Y a-t-il rien de plus beau que cela?

– Rien... répondit-elle tout bas.

– Pourquoi ne dites-vous pas franchement que vous préférez les lumières de Broadway ou les cabarets autour de Piccadilly Circus? C'est cela votre vie, n'est-ce pas? Avec les imbéciles de Mayfair et leurs commérages continuels sur les uns et les autres, les uns avec les autres. Comme vous devez regretter ces conversations ineptes avec de jeunes coqs à tête creuse!

Dans sa voix résonnait une surprenante colère.

– Je n'aime pas les jeunes coqs, qu'ils aient la tête creuse ou non, avait-elle répondu. Mais pourquoi seraient-ils pires en Angleterre qu'ailleurs?

Il haussa les épaules.

– Vous trouveriez le même genre de buveurs de cocktails à Jacara, admit-il. Ici, à la campagne, tout et tous sont différents. Mais, naturellement, vous ne pouvez pas le comprendre.

Un instant, elle avait eu envie de lui dire qu'elle comprenait très bien, mais elle ne voulut pas lui donner la satisfaction de constater qu'elle partageait son opinion. Au contraire, elle répondit sur un ton qu'elle espérait cinglant :

– Je n'ai aucune envie de comprendre, ni vous ni votre manière de vivre.

Il avait ri de cet essai de le rabrouer et toute conversation sérieuse était devenue impossible. Skye était si absorbée par ses impressions qu'elle n'avait pas songé à trouver étrange qu'il parlât avec tant de hargne. Maintenant, ce qu'elle savait expliquait beaucoup de choses. Cependant, s'il avait une telle horreur de tout ce qui était anglais, pourquoi l'avait-il choisie pour femme? S'agissait-il de quelque revanche obscure? En l'asservissant, estimait-il qu'il châtiait les Anglaises détestées dont il parlait avec tant d'aigreur? La femme blonde de la photo était-elle à l'origine de cette rancune?

Skye soupira. Tout cela était bien difficile à démêler. Il n'en restait pas moins certain qu'elle était maintenant plus intimidée, plus effrayée par El Diablo. Elle regrettait presque d'avoir appris la vérité sur lui.

Pourtant, quand il rentra tard, ce soir-là, elle crut qu'elle s'était trompée. Son air d'autorité, de décision, la grâce preste de ses mouvements étaient aussi peu anglais que possible.

– Tout est arrangé, dit-il en jetant sa rebenque et ses gants sur une chaise.

Il prit le menton de Skye entre ses doigts et l'embrassa légèrement sur la bouche.

– Il est tard, mais je vais me changer en quelques minutes et nous dînerons.

Il n'attendit pas sa réponse et gagna sa chambre avant qu'elle eût trouvé un mot à dire. Sa familiarité désinvolte pénétrait la jeune fille d'indignation : pour lui, elle n'était que la femme qui doit attendre le bon plaisir de son maître. Ses sentiments n'avaient aucune importance, il n'y pensait même pas. Il la traitait comme un potentat oriental traite les femmes de son harem.

Et pourtant, il était anglais.

Elle brûlait d'envie de lui jeter cet argument à la figure, de lui lancer de nouvelles insultes. Mais elle savait qu'elle avait trop peur pour oser lui dire qu'elle l'avait espionné qu'elle avait eu l'audace de forcer un tiroir fermé à clé.

Elle regarda la cravache et frissonna. Sur son dos, les marques se cicatrisaient, mais quand bien même elles disparaîtraient tout à fait, elles ne s'effaceraient jamais de sa mémoire. Nerveusement, elle se leva et traversa la pièce. Elle avait fait cela cent fois depuis qu'elle attendait le retour d'El Diablo, il lui était impossible de rester tranquille, impossible de conserver assez de sang-froid pour considérer la situation à la lumière de sa découverte.

La voix vibrante d'El Diablo la fit tressaillir. Il revenait, les cheveux encore mouillés de la douche, le cou d'un brun doré contre la soie blanche de sa chemise du soir. Elle resta silencieuse comme il s'avançait vers elle.

Elle portait une robe de voile bleu-mauve, avec une ceinture de lamé rose et argent.

– Venez dîner, dit-il. C'est peut-être le dernier repas que nous prendrons ici.

– Que voulez-vous dire? demanda la jeune fille, effrayée.

– Qui sait ce que demain nous réserve?

– Voulez-vous dire qu'Alejo...?

– Je ne veux rien dire du tout, sauf que notre cher dictateur peut avoir un plan astucieux derrière la tête. S'il me faisait prisonnier, cela pourrait résoudre ses problèmes. On connaît des hommes qui ont accepté des choses singulières dans les prisons de Jacara.

– Si vous vous méfiez de lui, pourquoi allez-vous là-bas? demanda-t-elle.

– Ma chère, je n'ai pas le droit de négliger le moindre rameau d'olivier qui s'offre, tout suspect qu'il puisse être. De plus, il peut s'agir d'un changement sincère. Alejo veut parvenir à une entente à propos des montagnes et je ne pense pas qu'il ait envie de se battre pour les conquérir, pas plus que nous ne souhaitons nous battre pour les défendre. Je peux vous affirmer que j'ai pris toutes les précautions nécessaires.

– Mais si les choses venaient à se gâter? Si vous... étiez pris? demanda Skye tout bas.

– Eh bien! vous seriez libre, répondit El Diablo. J'ai donné mes instructions à Juan et à tous ceux sur lesquels je peux vraiment compter; si quelque regrettable incident survenait, ils vous reconduiraient immédiatement au yacht. Vous feriez bien alors de prendre la mer aussi vite que possible et je n'ai pas besoin de vous conseiller, dès que vous serez loin du Mariposa, de m'oublier, moi et tout ce qui s'est passé ici.

– Ce ne sera pas aussi facile qu'il y paraît, dit Skye.

Il leva les sourcils.

– Non? Eh bien, vous n'aurez qu'à imaginer qu'Alejo me fait torturer avec un cigare allumé ou tout autre petit truc employé par les tyrans à l'endroit de ceux qui ne peuvent leur rendre la pareille, et vous éprouverez la satisfaction de tenir votre vengeance.

– Taisez-vous! cria la jeune fille. Cela me rend malade de penser à quiconque, même à vous, subissant la torture.

– Finalement, vous n'êtes pas aussi dure que vous le prétendez, dit El Diablo en riant.

– Ai-je prétendu être dure?

– Mais bien sûr. L'incomparable miss Standish pouvait aller partout et faire n'importe quoi grâce à des armes précieuses entre toutes : ses dollars et un passeport britannique.

L'ironie du ton faillit la mettre en colère, mais elle se contint.

– Avez-vous décidé que ce dernier dîner serait particulièrement désagréable? demanda-t-elle calmement.

Il repoussa sa chaise comme pour l'examiner plus à son aise.

– Je crois vraiment que vous me manqueriez, dit-il. Il ne m'est pas arrivé souvent de dire cela à une femme avec une once de vraisemblance.

– Je devrais être flattée! dit Skye, sarcastique.

Elle s'aperçut qu'il ne l'écoutait guère. Il pensait au lendemain.

– J'irai au palais avec cent hommes, dit-il après un instant de silence. Je ne veux pas jouer les agresseurs. J'en laisserai cent autres au-dehors. Naturellement, Alejo le saura et il y regardera peut-être à deux fois avant de me jouer un mauvais tour.

– Seulement deux cents hommes en tout?

– Je ne veux pas en emmener davantage. S'il s'agissait d'une ruse pour nous attirer hors du camp et attaquer les montagnes en mon absence? Je ne crois pas que ce soit là l'idée d'Alejo, car ses troupes seraient déjà prêtes à l'action et on ne m'a signalé aucun mouvement suspect. Cependant je ne peux pas me permettre de courir le moindre risque. J'arrive à un moment où je ne sais plus en qui je puis avoir confiance et qui je peux croire.

Sa voix était soucieuse et Skye en fut étrangement émue. Pour la première fois, elle se rendait compte de la tension d'esprit qu'il subissait. Comme il y avait peu de chose pour le soutenir dans sa lutte contre le chef reconnu du pays! Ainsi qu'il le disait, il lui était difficile de reconnaître les vrais dévouements ou de trier les renseignements qui lui parvenaient.

Ils se levèrent de table et les Indiens vinrent desservir. Le dîner avait duré plus longtemps que d'habitude et, déjà, le bruit et la musique dans le camp cédaient la place au silence de la nuit.

– Il faut que nous partions de bonne heure, demain, dit El Diablo. Jacara n'est pas très loin, mais ce serait une erreur d'y arriver avec des hommes et des chevaux fatigués. Nous couperons le trajet par un repas et nous ferons une petite sieste avant d'aller au palais.

Skye vint s'asseoir sur le divan et, quand les Indiens furent sortis, El Diablo prit place à côté d'elle.

– Et maintenant, je veux tout oublier et ne plus penser qu'à vous, dit-il. Savez-vous que c'est là votre rôle? Les femmes sont faites pour apaiser les hommes, les délivrer de leurs soucis du jour afin qu'ils soient prêts et frais pour ceux du lendemain.

– Un rôle de marionnettes! rétorqua la jeune fille en s'éloignant de lui autant qu'elle le pouvait.

Il rit de sa voix indignée, l'entoura de son bras et l'attira à lui.

– Que préférez-vous vous entendre vanter? dit-il. Votre cerveau ou votre beauté? Votre cerveau, je suppose, c'est là une des contradictions de votre sexe. Et pourtant, il n'est pas un homme sincère qui puisse prétendre être tombé amoureux du cerveau d'une femme.

Il appuya la tête de la jeune fille contre son épaule.

– Je ne sais pas de quoi votre cerveau a l'air, dit-il, et je crois que cela m'est égal, mais votre corps est ravissant.

Il caressa la fine colonne de son cou et, comme elle se débattait, la serra plus fort contre lui. Son bras devint dur comme une barre d'acier contre laquelle se brisaient les efforts de Skye.

Il remarqua :

– Toujours indocile? Je me demande si je vous dresserai jamais à accepter l'inévitable?

– Jamais! cria la jeune fille.

– Comme c'est étrange! dit-il, pensif. Comment peut-il y avoir un tel pouvoir de résistance dans une si petite personne? Il m'arrive, quand je vous tiens dans mes bras, de penser que je pourrais très bien vous tuer par erreur. Vous êtes si mince et si frêle, j'ai quelquefois peur de vous écraser. Et pourtant, vous luttez toujours, vous me crachez votre venin à la figure, vous me bravez avec une audace qui demande vraiment un grand courage.

Il parlait lentement, doucement, comme s'il parlait pour lui-même plutôt que pour elle. La jeune fille fit un effort désespéré pour distraire son attention.

– Je vous en prie, dites-moi quelque chose.

– Que voulez-vous savoir?

– Ce qui se passera après la journée de demain. Je vous ai donné ma parole d'honneur de ne pas essayer de me sauver pendant que nous serons à Jacara et je tiendrai ma promesse, vous le savez. Mais si Alejo accepte vos conditions? Si la montagne est mise en valeur comme vous le désirez, qu'arrivera-t-il?

– A vous ou à moi?

– A moi.

Il se pencha et l'embrassa. Elle tenta de s'écarter, mais il la serra davantage contre lui. Elle n'osa pas le regarder : elle redoutait son regard brûlant.

– C'est là ma réponse, dit-il d'une voix grave. Je ne veux pas renoncer à vous tant que vous aurez un tel pouvoir sur moi, même si je tombe de fatigue.

– Mais nous ne pouvons pas continuer ainsi, gémit-elle.

– Qui nous en empêcherait? Quelqu'un vous attend-il en Angleterre? Avez-vous promis d'être à un endroit quelconque à une date précise?

Il connaissait sa réponse d'avance et il rit en voyant son expression dépitée.

– Vous vous êtes bien arrangée pour qu'on vous laisse libre, dit-il. Votre croisière dans l'inconnu vous a conduite à l'aventure que vous souhaitiez et qui ne vous amuse plus maintenant. N'êtes-vous pas un peu ingrate?

Il la taquinait, mais il y avait dans sa voix cette inflexion passionnée qui terrifiait la jeune fille.

– Laissez-moi partir.

Elle avait prononcé ces paroles dans un souffle, mais il les entendit. Il allongea le bras et, d'un geste imprévu, il souleva les jambes de Skye et les posa sur le divan, de sorte qu'elle y fût étendue, sa tête reposant sur un coussin. Penché sur elle, il la contempla.

Elle tenta de se redresser, mais il mit sa main sur son épaule pour la retenir.

– Combattez-moi tant que vous voudrez, dit-il contre ses lèvres. Vous êtes trop faible. Ce que je veux, je le prends.

– J'espère qu'Alejo vous torturera! gronda Skye hors d'elle.

– S'il m'attrape, il le fera certainement, dit El Diablo en souriant.

12

Les vêtements confectionnés par Josné le bossu allaient parfaitement bien. Skye se tourna et se retourna devant le miroir au cadre d'argent pour se voir sur toutes les faces et dut admettre que même un tailleur anglais n'aurait pas mieux réussi.

Les bottes qu'il lui avait procurées étaient un peu grandes, mais pas assez pour la gêner; elle avait donné à Neengai quatre dollars de plus que le prix demandé par leur propriétaire. En tendant les billets à la jeune Indienne, elle songea que son argent lui servait à quelque chose pour la première fois depuis son arrivée au camp. Et pourtant, il avait été la cause de larmes, de douleurs, de tortures et de mort. Le souvenir de

Yokseyi et de son dos ensanglanté la tourmentait souvent et elle avait encore la nausée quand elle pensait au cadavre de Pedro dans la grotte, tandis que l'écho du coup de feu d'El Diablo résonnait entre les parois.

Tant d'horreur... la mort d'un homme... et elle ne s'était pas séparée d'un *cent.* Elle pensa soudain qu'elle haïssait son argent. Elle ne l'avait jamais désiré et la nouvelle de l'héritage l'avait remplie d'appréhension plus que de plaisir. Maintenant, elle en était sûre, l'argent est une malédiction.

Que lui avaient apporté ses dollars qu'elle souhaitât vraiment? Des vêtements luxueux, des bijoux, des distractions? Par nature, elle n'aimait rien de tout cela. Elle voulait la liberté et son yacht ne l'avait conduite qu'au Diablo.

Elle s'éveilla soudain de sa rêverie : Neengai attendait pour achever de l'habiller. Le temps passait.

– Mon foulard vert, Neengai, dit-elle.

Elle l'enroula autour de son cou. Un autre foulard de même teinte enserrait sa tête, dissimulant ses cheveux. Noué au-dessus d'une oreille, il lui donnait l'air d'un jeune pirate.

Par-dessus le foulard, elle plaça le chapeau que Josné avait apporté avec les bombachas noirs et la veste courte. Il était de feutre noir et raide, avec une calotte basse et de larges bords; une jugulaire passait sous le menton. Skye se souvint d'avoir vu les grooms du polo argentin, à Hurligham, porter le même genre de coiffure et cela la fit sourire.

Comme Hurligham semblait loin, avec ses élégants spectateurs, assis au pâle soleil anglais, les bavardages et les cancans se croisant au-dessus des tasses de thé! Une rangée de voitures somptueuses attendaient leurs propriétaires pour les ramener à Londres où ils se rendraient aux réceptions de la soirée. C'était plutôt différent du Mariposa où elle s'habillait dans une caverne vieille de plusieurs siècles, non pour un bal costumé, mais pour une entrevue qui se solderait peut-être par la mort.

Elle dut rire tout haut, car Neengai dit de sa voix chantante :

– La señora est contente.

Un instant étonnée, Skye répondit franchement :

– Aurais-tu de la peine si je ne revenais pas?

Il y avait de l'anxiété dans la voix de la jeune fille.

– Beaucoup, beaucoup, señora. Je suis heureuse de vous servir. Et j'espère que la señora est satisfaite de moi?

– Je suis tout à fait satisfaite, répondit Skye et je te remercie de tout ce que tu as fait pour moi. Je reviendrai bientôt, tu peux en être sûre.

Elle avait parlé avec une assurance instinctive : tout à coup, elle fut certaine de revenir. Elle n'avait formé aucun projet de fuite puisqu'elle avait donné sa parole à El Diablo, mais elle avait l'impression que peut-être il y aurait quelque chose de changé concernant leur avenir, sinon dans leurs relations : El Diablo n'avait pas l'air tellement sûr du résultat de sa rencontre avec le dictateur.

Une dernière fois, elle se regarda dans la glace. Il y avait peu de chance pour que quelqu'un la reconnaisse; pour plus de sûreté, elle emportait dans sa poche des lunettes noires qu'elle mettrait au dernier moment. De nombreux gauchos en portaient, non par crainte du soleil, ils y étaient habitués, mais parce que les lunettes fumées les faisaient ressembler, croyaient-ils, à des Américains du Nord, ce qu'ils trouvaient extrêmement chic.

– Je suis prête, dit Skye en souriant.

Enfilant ses gants, elle sortit de sa chambre.

Le camp bruissait d'agitation. Les hommes qui devaient le garder en l'absence d'El Diablo arrivaient depuis la veille au soir. Des mitrailleuses avaient été postées aux abords de la passe et en d'autres points stratégiques de la montagne. Les deux cents hommes qui venaient à Jacara étaient décidés à s'y faire remarquer : ils portaient leurs plus beaux habits et leurs amis leur avaient prêté ce qui manquait.

Les harnais, les selles et les étriers brillaient de tous leurs ornements d'argent, astiqués au point que, au soleil, on pouvait à peine les regarder. Les éperons, les manches des cutchillos étincelaient aussi. Les hommes avaient mis leurs ponchos les plus gais et c'était une troupe haute en couleur qui sauta en selle, accompagnée par les vivats de ceux qui restaient en arrière. Seul, El Diablo portait ses vêtements habituels, sa veste de tweed et une culotte de velours côtelé. Ses harnais et ses étriers étaient cependant incrustés d'argent : les gauchos auraient estimé qu'il perdrait la face s'il avait utilisé des objets plus simples. Bien que, dans une partie du pays, les vieilles coutumes fussent en voie de disparition, ils considéraient tous au fond de leur cœur l'argent comme un signe d'importance. Et cependant, El Diablo n'avait besoin de rien de semblable pour être visiblement le chef, songea Skye, comme il prenait la tête de la colonne et sortait du camp.

Il avait l'air grave en jetant un dernier regard sur l'organisation de la défense. Il s'arrêta encore pour donner ses ultimes instructions aux sentinelles; il était anxieux, c'était certain, et Skye savait qu'il avait dû résoudre de multiples problèmes au dernier moment. L'expédition exigeait une préparation parfaite, en plus de la mise en place d'un dispositif de défense en cas d'attaque. Nombreuses donc furent les consignes. Toute la nuit, il y avait eu un constant va-et-vient de cavaliers venant de l'hacienda où se trouvait le téléphone et beaucoup venaient de Jacara.

Tout reposait sur les épaules d'un seul homme, songea soudain Skye et, peut-être parce que, pour la première fois, elle se préoccupait plus d'El Diablo que d'elle-même, elle éperonna son cheval et le rejoignit.

– Tout va bien? demanda-t-elle.

Il lui jeta un regard et son expression s'adoucit.

– Tout ce que je puis espérer, c'est de n'avoir rien oublié, dit-il.

Le ton de sa voix restait soucieux et, pour détendre l'atmosphère, elle rappela délibérément son attention sur elle.

– Aimez-vous mes bombachas? demanda-t-elle. Vous êtes chic d'y avoir pensé.

Il la regarda plus attentivement.

– Vous ressemblez à un charmant garçon, dit-il. Mais rappelez-vous que c'est la femme en vous qui m'intéresse.

La veille encore, elle aurait réagi violemment à cette provocation, mais aujourd'hui, voyant les lignes inquiètes autour de ses yeux, elle sourit.

– Croyez-vous vraiment qu'on me prendra pour un garçon?

– Pas quand vous souriez ainsi.

Elle rit.

– Vous m'avez dit une fois qu'il était trop tôt pour faire un drame, déclara-t-elle. Aujourd'hui, je crois que l'heure n'est pas aux compliments.

Il se mit à rire.

– Je finirai peut-être par vous apprendre à les recevoir avec grâce!

– En minaudant, l'éventail à la main, avec toute la coquetterie féminine requise? demanda-t-elle avec ironie.

Il éclata de rire avec une gaieté sans arrière-pensée et Skye comprit que pour un instant, tout au moins, elle lui avait fait oublier son anxiété. Elle se demanda si les autres femmes qu'il citait constamment savaient le faire rire ainsi.

La voix d'El Diablo la tira de ses réflexions :

– Il fera chaud aujourd'hui, à moins que la brise de mer ne souffle.

– Comme ce serait bon de faire un tour sur le yacht! soupira la jeune fille.

– Ainsi, c'est à cela que vous pensez? s'exclama-t-il, indigné. Puis-je vraiment croire en votre parole?

– Si bizarre que cela vous paraisse, vous le pouvez, répondit-elle. J'ai été élevée dans le respect de l'honneur.

– Je crois que j'aurais mieux fait de vous laisser au camp, grommela El Diablo, enchaînée au mur comme les esclaves au début du siècle.

– En ce cas, que deviendrais-je si Alejo vous faisait prisonnier?

– C'est justement à cause de cela que je vous emmène, répliqua-t-il sérieusement.

– Mais il ne faut pas que vous soyez prisonnier. Il n'y a aucun risque à cela, n'est-ce pas?

– Je ne crois pas. J'ai mon escorte, les hommes qui resteront en dehors du palais, et Alejo n'ignore pas que mes partisans sont nombreux dans la ville. Ce serait tenter le diable que de s'emparer de moi.

– J'ai tout de même peur, murmura la jeune fille.

– Pour moi?

– Non, bien sûr que non! Pour moi! dit-elle précipitamment, bien qu'elle eût effectivement pensé à lui.

Il rit tout bas comme s'il l'avait fort bien comprise, puis leur conversation fut interrompue par un cavalier qui venait à eux. Il était le premier de plusieurs autres qu'ils rencontrèrent de loin en loin et qui apportaient les dernières informations, les derniers bruits qui couraient dans les rues de Jacara.

Vers midi, El Diablo commanda la halte.

Ils mirent pied à terre à l'ombre d'un bouquet d'arbres, non loin d'une rivière. Les hommes avaient apporté des vivres et l'un d'eux s'était chargé d'un repas, préparé par Alphonse, le cuisinier, pour Skye et El Diablo.

La jeune fille découvrit qu'elle avait très faim et très soif.

Elle s'assit près d'El Diablo, à l'ombre d'un majestueux ombou, à quelque distance des gauchos, et elle mangea de bon appétit. Le vin léger lui parut être un véritable nectar.

Ils gardèrent le silence à regarder les chevaux qui broutaient l'herbe en agitant leur queue de droite et de gauche pour chasser les mouches, tandis que les oiseaux et les papillons parsemaient de taches colorées le vert des arbres et de la pampa.

– Quel dommage d'aller en ville par une journée semblable ! remarqua Skye.

– Aimez-vous vraiment tant que cela la campagne ? demanda El Diablo.

– J'ai toujours eu l'impression d'étouffer dans les villes, surtout en été, dit-elle. L'année dernière, j'ai terriblement souffert de passer l'été à Londres. Tante Hilda avait loué une maison et il a fallu y rester. Nous avons couru de réception en réception. Elle espérait, avec optimisme, que je rencontrerais un mari.

– Pourquoi ne l'avez-vous pas fait ?

– J'ai horreur des hommes.

– Pour quelle raison ? demanda El Diablo.

– Une raison est-elle indispensable ?

– Évidemment. Il n'est pas normal pour une femme

de détester le sexe opposé. Qui vous a blessée?

– Comment savez-vous si je l'aie jamais été? demanda Skye, sur la défensive.

– Vous avez répondu en partie à ma question, déclara-t-il. Qui vous a fait du mal et quand cela?

Elle détourna la tête.

– Un homme a-t-il tenté de vous faire violence?

Skye secoua la tête.

– Non, rien de ce genre.

– Alors, quoi? Dites-le-moi, je suis très curieux.

– Je ne vois pas pourquoi, murmura la jeune fille. S'il y avait... quelque chose, ce ne serait pas la seule raison de mon aversion pour les hommes. Ils se rendent odieux de cent manières, mais je suppose que toute fille, dans sa vie, s'aperçoit une fois au moins de leur bestialité, de leur déloyauté.

Sa voix se teintait d'amertume. El Diablo vit ses yeux s'assombrir et ses lèvres se crisper.

– Quel âge aviez-vous? demanda-t-il doucement.

– Tout juste dix-sept ans. Je crois que j'avais l'air plus jeune, je ne connaissais rien du monde ou à peu près : on me reléguait à la salle d'étude et les salons ne m'étaient pas ouverts. Tante Hilda était très vieux jeu. Et puis, il est venu faire un séjour.

– Qui cela?

– David Standish, un cousin éloigné. Il avait été blessé dans un accident automobile et venait passer sa convalescence chez nous. Il était bien plus âgé que moi, il avait vingt-huit ou vingt-neuf ans. Il était le premier homme que j'aie jamais vraiment approché.

– Vous êtes tombée amoureuse de lui?

– Je pense que vous appelleriez ça ainsi. Il était brillant, amusant, beau, enfin tout ce qu'un homme devrait être. Je restais assise à ses pieds, à l'adorer véritablement. Je me rends compte aujourd'hui que cela devait le divertir; il me répétait que j'étais jolie, personne ne me l'avait encore dit. Il ne me quittait pas, me comblait d'attentions et tante Hilda n'y trouvait rien à redire : je suppose qu'elle me considérait comme une enfant et croyait que je ne pouvais prendre au sérieux toutes ces sottises. Mais, pour moi, il ne s'agissait pas de sottises : mon univers se transformait. J'étais devenue adulte du jour au lendemain.

Skye poussa un soupir. Elle revivait ces jours passés, revoyait les pelouses vertes qui descendaient jusqu'à la rivière, les delphiniums sur la rive et David qui marchait lentement en la tenant par le bras, et la taquinait, la faisait rire.

– Continuez, ordonna El Diablo.

David, lui aussi, parlait sur un ton péremptoire et elle aimait cela.

– C'est tout. Je croyais qu'il m'aimait, j'étais si sotte, tellement inexpérimentée! Que pouvais-je croire d'autre? Le soir de son départ, il m'a embrassée, pas du tout fraternellement, et je croyais qu'il comptait m'épouser. J'ai failli le dire à tante Hilda, et puis j'ai décidé de garder ce secret pour nous deux. C'était si beau que nul ne devait le connaître avant un peu de temps.

– Et que s'est-il passé?

– L'annonce de ses fiançailles a paru trois jours plus tard. Tante Hilda était au courant depuis toujours, mais il ne voulait pas qu'on en parle avant que sa fiancée ne soit rentrée des Indes où son père était magistrat.

La voix de Skye s'éteignit. Elle regardait au loin et ne voyait ni les hommes, ni les chevaux, ni l'herbe fleurie, ni la rivière bleue. Au lieu de tout cela, elle avait devant les yeux un pot de confiture d'oranges. Elle en fixait l'étiquette :

« Marmelade dorée Robinson ». Elle la lisait et

la relisait tandis que ronronnait la voix de tante Hilda :

– Il faut que nous trouvions un joli cadeau pour David. Peut-être voudra-t-il que tu sois demoiselle d'honneur? Après tout, les Standish ne sont plus très nombreux.

« Marmelade dorée Robinson ». Skye entendait son cœur crier : « Non! Non! Non! » Et elle ne disait rien.

– Pauvre petite fille. Ainsi, c'est cela qui vous est arrivé?

Elle avait presque oublié la présence d'El Diablo à son côté. Elle tressaillit.

– C'est idiot, n'est-ce pas? dit-elle durement. Mais quand on est jeune, on prend les choses terriblement à cœur.

– Oui, quand on est jeune! répéta El Diablo.

Ils se regardèrent, puis Skye se détourna.

– Maintenant, vous savez pourquoi je me méfie des hommes, dit-elle avec une fausse insouciance. Et vous n'avez rien fait qui puisse me faire changer d'avis.

– J'ai probablement achevé ce que David avait commencé, répondit El Diablo, mais il est d'autres hommes sur la terre.

– Je ne pense pas qu'ils soient différents.

– Qui sait? Peut-être, un jour, un être exceptionnel paraîtra-t-il. Ce sera celui que votre tante Hilda appellerait un « Monsieur Très Bien ».

Skye éclata de rire.

– Comment avez-vous deviné cela? s'exclama-t-elle, oubliant momentanément que son compagnon était au courant de la façon de parler de tante Hilda ou de toutes les Anglaises de cette génération. Sans doute possédait-il d'innombrables relations identiques à tante Hilda et peut-être la femme de la photo avait-elle été pour lui « Mademoiselle Très Bien ». Seulement, quelque chose avait dû aller de travers.

Elle eut envie d'interroger El Diablo sur lui-même : après tout, ne lui avait-elle pas révélé ce qu'elle n'avait jamais confié à personne? Mais comme elle essayait de trouver le courage de parler, cet instant de paisible intimité s'acheva : un cavalier arrivait de Jacara et El Diablo s'entretint avec lui jusqu'au moment où il fallut repartir.

Malgré une forte brise, il faisait très chaud. Bientôt, ils aperçurent la mer émeraude et bleue jusqu'à l'horizon; puis ils distinguèrent dans le soleil doré le palais qui dominait le port. Sous les arbres, les maisons blanches aux toits plats et les tours des églises donnaient à la ville une beauté féerique. Il semblait impossible que la traîtrise, la cruauté et l'injustice puissent avoir leur place parmi tant de splendeur et Skye pensa qu'elle savait bien peu de chose, vraiment, sur le Mariposa et les Mariposiens, quand son yacht était entré si joyeusement, avec tant de confiance, dans le port.

Elle jeta un regard à El Diablo qui cheminait, les yeux fixés sur la ville. Il fronçait les sourcils, ce qui accentuait sa ressemblance avec un faucon et lui donnait une expression quelque peu sinistre.

Il prenait cet air-là quand il était décidé à faire quelque chose. Il avait eu ce visage en la regardant lors de leur première rencontre. Avec quelle netteté elle se souvenait des mots murmurés par le jeune guide effrayé qui se signait devant le pendu : « El Diablo... » Ils approchaient de Jacara. La ville n'était plus un décor lointain, mais une proche réalité. Ils avançaient sur la route rouge parmi les maisons et les jardins, entre des passants assis sur leurs ânes et de petits garçons qui essayaient de leur vendre des melons, des figues, des bananes, et même des oiseaux en cages. En atteignant les faubourgs, El Diablo commanda une autre halte et, tandis que ses hommes époussetaient la poussière de leurs bottes, essuyaient la sueur sur leur front et rajustaient leur chapeau, il leur donna ses dernières instructions. Il irait en avant et les autres suivraient par trois, juste derrière lui. Skye resterait au milieu de la troupe, avec un homme à sa droite et à sa gauche.

– Nous marcherons lentement, dit-il, pour que nos amis puissent nous voir. J'espère qu'ils nous suivront à la réunion au palais.

– Pour sûr que nous avons des amis en ville! s'écria un gaucho.

– Attends pour être sûr d'un ami qu'il combatte à ton côté, répondit El Diablo, citant un proverbe mariposien, ce qui les fit tous rire.

Les hommes s'assurèrent que leurs pistolets étaient bien chargés. C'est une tradition rigoureusement observée qu'un gaucho ne doit jamais porter une arme non chargée. Skye frémit : il existait une loi au Mariposa interdisant à tous le port d'armes à feu, mais elle était transgressée comme beaucoup d'autres. Elle se rappela avoir tapoté le revolver accroché à sa ceinture en discutant avec l'officier d'Alejo qui tentait de la dissuader de s'enfoncer à l'intérieur du pays.

Comme s'il lisait dans sa pensée, El Diablo se tourna vers elle et tira son propre revolver de sa poche.

– Vous feriez mieux de prendre ceci, dit-il.

Elle leva les yeux, trop surprise pour tendre la main.

– Pourquoi?

– Vous pouvez en avoir besoin.

Elle devina qu'il redoutait une embuscade. Pourtant, instinctivement, elle hésitait à prendre l'arme.

– J'ai confiance en vous, au moins pour aujourd'hui, dit-il avec un léger sourire. Vous ne me tirerez pas dans le dos.

Elle prit le revolver et le glissa dans la poche de ses bombachas. Il était lourd contre sa jambe et, soudain, elle eut peur. Ceci n'était pas un jeu, c'était sérieux. Elle songea à Jimmy, à son horreur s'il avait pu savoir ce qu'elle faisait à la minute présente. Mais, pour rien au monde, elle n'aurait voulu manquer cela.

Elle imagina son propre état de nervosité si elle était restée au camp, la longueur sans fin de la journée, son désir insupportable de voir El Diablo revenir. C'eût été une torture de rester en arrière et une chaude gratitude l'envahit pour El Diablo qui l'avait emmenée. Elle n'était pour lui qu'un souci de plus, elle s'en rendait parfaitement compte, et ils couraient l'un et l'autre le risque qu'elle fût reconnue. Elle se souvint de ses lunettes noires dans sa poche et les mit. Seul, maintenant, son teint clair la différenciait de ses compagnons; sa taille n'avait rien d'extraordinaire, de nombreux gauchos étaient plutôt petits et les longues heures qu'ils passaient à cheval, la rudesse de leur vie, les rendaient maigres, dépourvus totalement de chair superflue.

Elle tira son chapeau pour qu'il couvre davantage sa figure. Une semaine plus tôt, elle aurait souhaité plus que tout qu'on la reconnaisse et qu'on l'aide à fuir, mais aujourd'hui, sur un détail au moins, elle soutenait El Diablo : elle partageait sa haine pour Alejo et les injustices de son gouvernement.

Elle pensa à Josné, aux Indiens privés de leur sol, aux fermiers qui perdaient leurs haciendas et au peuple mariposien dont les richesses nationales devaient être exploitées par une puissance étrangère. Non, malgré son ressentiment contre El Diablo, elle était à son côté dans ce combat contre la tyrannie.

Il regarda sa montre.

– Il est temps de nous mettre en route, dit-il calmement.

Les hommes se rangèrent par trois, comme il l'avait dit, et la colonne s'ébranla. Les maisons des faubourgs furent remplacées par des boutiques et la route par les rues macadamisées des quartiers modernes de Jacara. Ils rencontrèrent d'élégantes et rutilantes voitures américaines, celles qui servaient au dictateur et à ses amis pour se rendre en ville ou au champ de courses.

Chaque ministre avait droit à l'une de ces luxueuses automobiles et, quand celles-ci devenaient trop vieilles pour d'aussi importants personnages, elles passaient aux échelons inférieurs des ministères, jusqu'à ce que, jugées indignes des autorités, elles soient vendues à des prix astronomiques aux habitants de Jacara.

El Diablo gardait délibérément le milieu de la chaussée de sorte que les voitures devaient s'arrêter pour laisser passer la cavalcade.

– El Diablo! El Diablo!

Le nom, d'abord murmuré, fut peu à peu clamé de toutes parts. Des gens s'élancèrent sur les trottoirs, poussant des exclamations enthousiastes, et suivirent la troupe, depuis les larges artères jusqu'aux rues étroites, bordées d'anciennes maisons espagnoles aux balcons historiés. Derrière les façades à colonnes, Skye savait qu'on trouvait des patios remplis de fleurs et des couloirs pavés de marbre. C'était là l'élégance des siècles envolés et elle avait l'impression de remonter le temps.

La vieille ville entourait le palais. Les rues montaient et l'affluence, toujours plus grande, ralentissait l'allure des cavaliers. Des enfants couraient dans les ruisseaux, des femmes se penchaient aux balcons et jetaient des fleurs que les gauchos attrapaient et glissaient derrière leur oreille.

– El Diablo! El Diablo!

Les murs résonnaient de son nom. Skye ne pouvait voir son visage, mais elle était sûre qu'il souriait. Cette réception triomphale prouvait, sans doute possible, sa grande popularité dans la ville.

Alejo en serait furieux, pensa la jeune fille. Les dictateurs n'aiment pas les rivaux, mais cela fortifierait la position d'El Diablo quand il s'agirait de traiter le marché.

Une rose fut lancée et vint tomber sur la selle de Skye. Elle leva les yeux et vit qu'une jolie fille brune venait de la jeter d'un balcon où elle se trouvait avec plusieurs autres jeunes personnes. Fidèle à son rôle, Skye agita la main en remerciement, tout en prenant la rose, et les jeunes filles rirent joyeusement.

Mais, à cet instant, un cri s'éleva :

– Attention! danger!

Une voix d'homme, affolée, monta très haut, dominant les rires et les vivats de la foule.

– Danger! Reculez!

Skye vit celui qui criait, un jeune homme qui courait vers eux, descendant la rue sans chapeau. Instinctivement, elle serra ses rênes plus énergiquement et retint son cheval. Devant elle, le dos d'El Diablo s'était raidi brusquement.

Un coup de feu claqua. Le jeune homme s'écroula et roula sur le pavé.

Il y eut une seconde de silence atterré, puis les cris jaillis de centaines de poitrines furent noyés sous le bruit tragique de la fusillade. On tirait du bout de la rue, les balles sifflaient au-dessus de la tête de Skye; elle entendit, derrière elle, un homme pousser un cri rauque.

El Diablo fit tourner son cheval.

– En arrière! commanda-t-il.

Au milieu des cris et de la bousculade, Skye essaya d'obéir et, soudain, devant ses yeux, la catastrophe se produisit : le cheval d'El Diablo s'abattit sous lui. Sans une seconde d'hésitation, elle se laissa glisser sur le sol. Les gauchos tiraient par-dessus sa tête, ils avaient tous pris leur pistolet et répondaient au feu dirigé contre leur troupe. Poussée par une force irrésistible, Skye courut à El Diablo. Elle vit qu'il était touché.

Il avait glissé de sa selle et roulé au bord de la rue. Dans le vacarme, les hurlements de la foule, les détonations, Skye ne pensait plus qu'à El Diablo étendu près de son cheval mort, la tête dans la poussière, le sang coulant de son front. Elle arriva près de lui en même temps que Juan.

– Portez-le dans une rue transversale, s'entendit-elle dire à un autre gaucho.

Ils le relevèrent et l'emportèrent en courant dans une ruelle blottie entre deux vieilles maisons.

Skye arracha ses lunettes noires et les jeta dans le ruisseau. El Diablo avait les yeux fermés et le sang coulait de sa blessure, formant une rigole rouge sur un côté de son visage. Une tache de sang s'élargissait sur l'épaule de sa veste.

Les hommes soufflèrent un instant.

– Est-il mort? demanda Skye, haletante.

Juan secoua la tête.

– Non, non, señora, mais il faut que nous l'emportions loin d'ici. Ces démons voulaient le tuer et ils pourraient bien essayer encore.

– Emmenez-le sur mon yacht, cria la jeune fille, il y sera en sûreté. C'est peut-être le seul endroit de Jacara où il ne risquera rien.

– La señora a raison, dit Juan.

Les hommes portèrent El Diablo inconscient et suivirent la ruelle. Derrière eux la bataille continuait dans un bruit assourdissant. Les gauchos, loin de reculer, faisaient front.

Rapidement, la petite troupe atteignit un escalier de pierre et le descendirent jusqu'à une rue en contrebas. Comme ils y arrivaient, une charrette couverte d'une bâche et conduite par un jeune garçon s'arrêta près d'eux.

– Avez-vous besoin d'un coup de main? demanda le garçon.

Avec reconnaissance, ils montèrent tous dans la voiture et prièrent le conducteur de les emmener sur le quai. Le trajet s'effectua en silence; Skye tentait vainement d'étancher le sang sur le front d'El Diablo.

– Portez El Cabeza à bord, dit-elle à Juan, tout en donnant des billets de banque au conducteur de la charrette.

Mais comme les gauchos soulevaient El Diablo pour lui faire franchir, en plein soleil, la passerelle qui conduisait au pont du *Liberty*, elle remarqua avec épouvante la pâleur cireuse de son visage. Juan s'était sûrement trompé : El Diablo était mort.

Et, au désespoir inexprimable qui l'envahit, elle comprit soudain qu'elle l'aimait.

13

Rien n'avait jamais fait autant de plaisir à Skye que le flegme tout écossais du capitaine Maclean quand il parut sur le pont au moment même où les rescapés y parvenaient.

– Bonjour, miss Standish, dit-il sans manifester la moindre surprise. Quelqu'un est-il blessé?

La fusillade retentissait au loin. Une foule de femmes et d'enfants terrifiés descendaient en courant les rues en direction du port et Skye devinait que son apparition subite, en costume de gaucho, à côté d'un homme ruisselant de sang, devait sembler, à tout le moins, assez singulière et dramatique; pourtant, le capitaine Maclean était aussi paisible que s'ils s'étaient rencontrés par hasard sur la plage de son Aberdeen natal.

– Prenez la mer immédiatement, capitaine Maclean, dit-elle. Il faut que nous quittions Jacara au plus vite.

– J'ai deux hommes à terre, remarqua-t-il.

– Tant pis, ils nous rejoindront par chemin de fer à Montevideo : c'est là que nous devons aller. Il nous faut un médecin.

Le capitaine jeta un regard sur El Diablo.

– Transportez-le en bas, dit-il aux gauchos en un laborieux espagnol, je verrai ce qu'on peut faire pour lui.

Lentement et avec peine, en dépit de leur force, car El Diablo pesait lourd, ils le descendirent par l'étroit escalier. Skye ouvrit la porte d'une cabine confortable située en face de la sienne; elle était luxueusement meublée et les rideaux de soie rose des hublots étaient assortis au couvre-lit et aux housses des fauteuils.

Les hommes déposèrent le blessé sur le lit. Le sang coulait plus fort de son front et le capitaine y appliqua une serviette de fine toile. Skye sentit de nouveau son cœur battre, assaillie par l'angoisse et la même question monta à ses lèvres sèches, passant avec peine dans sa gorge serrée :

– Est-il mort?

Le capitaine Maclean prit le pouls d'El Diablo.

– Non, dit-il, le choc lui a fait perdre connaissance. Il a quelque chose à l'épaule aussi.

Il parlait avec autorité et Skye se rappela avec joie

que le commandant de n'importe quel bateau doit avoir des notions médicales assez étendues. Elle avait vu le capitaine soigner des blessures, car il arrive des accidents même sur le bateau le mieux dirigé. Elle se tourna vers lui avec un cri d'espoir.

– Vivra-t-il?

– Je ne vois pas de raison pour qu'il en aille autrement. Je vais vous envoyer Evans pour qu'il s'occupe de lui pendant que je fais mettre le bateau en route, si cela vous convient, miss Standish?

– Oui, oui, il faut nous en aller d'ici le plus vite possible. Il n'y a pas une minute à perdre.

Elle regarda les hommes qui se tenaient gauchement près du lit de leur chef évanoui et devina qu'ils se demandaient ce qu'il allait advenir d'eux.

– Retournez au camp, dit-elle à Juan. Battez-vous contre le général Alejo s'il le faut, mais ne le laissez pas prendre possession des montagnes. El Cabeza vous rejoindra dès qu'il ira mieux, je vous le promets.

Elle vit un éclair d'espoir passer dans les yeux de Juan.

– El Cabeza reviendra? demanda-t-il

Elle hocha la tête.

– Oui, et ce sera bientôt, dit-elle avec plus d'assurance qu'elle n'en ressentait. Ne vous inquiétez pas pour lui; prenez la responsabilité de tout et rassemblez vos hommes en ville.

– Je comprends, señora.

Juan toucha le bord de son chapeau et les gauchos sortirent. Déjà, Skye sentait les machines vibrer sous ses pieds et elle poussa un soupir de soulagement. Enfin, ils allaient s'éloigner de Jacara, d'Alejo et de sa traîtrise, il n'y aurait plus rien à craindre de lui. Mais son principal souci demeurait : El Diablo, inerte et silencieux, si différent de ce qu'il était d'ordinaire.

Elle s'approcha de lui et toucha sa main. Tandis

qu'elle restait là, incertaine, sachant à peine ce qu'elle éprouvait, outre les battements effrayés de son cœur, Evans entra.

Par la suite, elle ne garda qu'un souvenir confus de leurs efforts pour retirer à El Diablo sa veste et sa chemise trempées de sang. Evans voulut la renvoyer de la chambre, mais elle exigea de l'aider et ce ne fut qu'en voyant le capitaine revenir avec sa trousse d'instruments chirurgicaux qu'elle comprit qu'elle ne supporterait pas de le voir opérer.

Très pâle, elle se retira dans sa propre cabine : la blessure béante ouverte dans l'épaule d'El Diablo l'avait presque fait s'évanouir.

Le front aussi devait être recousu mais, comme l'hémorragie diminuait, elle avait pu voir qu'il ne s'agissait pas là d'une blessure grave. Une balle l'avait frappé, l'assommant pour ainsi dire et déchirant la chair, mais elle ne l'avait pas atteint profondément.

Skye alla au hublot. Le yacht gagnait le large, Jacara s'éloignait, prenant une beauté presque irréelle dans la brume vibrante de l'atmosphère. Très haut sur la ville, les fenêtres du palais brillaient, irisées dans le soleil. Il était difficile de croire qu'une heure auparavant ils luttaient pour leur vie dans les rues inondées de lumière.

La jeune fille ferma les yeux. Elle revoyait El Diablo étendu sur le sol, visage tourné vers le ciel, une de ses mains tenant encore la bride de son cheval mort. Ce devait être à ce moment-là qu'elle avait su qu'elle l'aimait, à cet instant où il lui sembla qu'une balle perçait son propre cœur.

Et pourtant, sans le savoir, elle devait l'aimer depuis longtemps. Elle l'aimait déjà le soir ou, tenant un revolver, elle n'avait pas eu le courage de le tuer.

Une fois de plus, elle avait été aveugle et stupide. Elle l'aimait! Elle l'aimait!

Lentement, elle retira le costume que Josné avait fait si vite et si bien et revêtit la première robe qu'elle trouva dans son armoire. Elle aimait El Diablo. Elle ne pouvait penser à rien d'autre, elle était à peine consciente de ce qu'elle faisait. Elle ne voyait même pas son reflet dans le miroir de sa table coiffeuse.

Enfin prête, elle sortit de sa cabine et demeura immobile devant la porte qui lui faisait vis-à-vis, n'osant pas entrer. Elle était encore là quand le capitaine Maclean sortit.

– Est-ce que... tout va bien? balbutia-t-elle.

Il referma la porte derrière lui.

– Oui, tout s'arrangera, c'est moins grave que je ne pensais. Mais le blessé souffre maintenant et je lui ai donné un calmant pour le faire dormir. N'y allez pas, il ne vous reconnaîtrait pas et vous n'avez pas besoin de nouveau motif d'affolement.

– Je ne m'affolerai pas, dit-elle sans beaucoup de conviction.

Elle devinait que le capitaine se doutait de la raison qui lui avait fait fuir la cabine pendant qu'il faisait les pansements.

– A Montevideo, nous trouverons des médecins qui le remettront sur pied, dit-il avec entrain. Nous devrions y arriver au plus tard demain à midi.

Il se dirigea vers l'escalier et, comme il l'atteignait, il se retourna.

– Pouvez-vous me dire le nom du blessé? demanda-t-il.

Skye hésita.

– On l'appelle parfois El Cabeza, dit-elle enfin.

– Je crois qu'on lui donne aussi un autre nom, ajouta le capitaine avec un clin d'œil.

Ainsi il connaissait parfaitement l'identité du passager!

Elle attendit qu'il eût gagné le pont, puis elle entra sans bruit dans la cabine où gisait El Diablo. Les rideaux avaient été tirés, mais la lumière les traversait. Evans était assis au chevet du lit. Il se leva en entendant la jeune fille.

Elle lui fit signe de se rasseoir. C'était un petit homme maigre, paraissant plus âgé qu'il ne l'était et ayant passé toute sa vie en mer. Skye le savait aussi adroit qu'une femme, et, pour sa part, elle aurait préféré être soignée par lui que par n'importe qui d'autre. Avec l'aide du capitaine, ils avaient couché le blessé. Son front et son épaule étaient enveloppés de bandages et son autre épaule nue reposait contre le drap de lin fin.

Elle traversa la chambre et s'arrêta près du lit. Un peu de couleur avait reparu sur le visage d'El Diablo.

– Voulez-vous rester un moment près de lui, mademoiselle, pendant que je vais prendre une tasse de thé? demanda Evans à voix basse. Il ne se réveillera pas avant quelque temps, mais s'il venait à s'agiter, il vaut mieux qu'il y ait quelqu'un à côté de lui.

– Oui, je vais rester, dit la jeune fille.

– Je ne serai pas longtemps parti, promit Evans.

Il sortit sans bruit et Skye s'assit sur la chaise qu'il venait de quitter. El Diablo respirait régulièrement. Endormi, il avait l'air plus jeune et plus vulnérable; au fond, il n'avait pas énormément changé depuis qu'on l'avait photographié pour son passeport. Sans doute les lignes entre le nez et la bouche s'étaient-elles creusées, le dessin des lèvres avait-il pris de la fermeté et le menton plus d'énergie, mais c'était là peu de chose. Son expression, elle, s'était modifiée davantage.

Avec quelle violence elle l'avait combattu ! Et maintenant, ce qu'elle désirait le plus au monde, c'était de sentir encore ses lèvres sur sa bouche. Avec impatience, elle songea au temps qu'elle avait perdu. Comment n'avait-elle pas compris plus tôt que son inutile résistance se terminerait par la victoire de l'amour?

Soudain, il lui sembla qu'une main glacée lui broyait le cœur : elle entendait la voix d'El Diablo lui dire : « Je trouve insupportable la fade sensiblerie que la plupart des femmes baptisent amour. »

Skye cacha son visage entre ses mains. Que voulait-il dire par là? Était-ce vraiment la vibration profonde qu'elle sentait dans son cœur, cette joie soudaine qui dansait dans ses veines, qu'il détestait et méprisait? Serait-elle pour lui, maintenant, aussi déplaisante et importune que ces autres femmes, ces femmes qu'il lui jetait constamment à la tête pour l'humilier?

Avec terreur, elle se leva. Non, il ne pouvait penser cela, c'était impossible ! Et pourtant, en le regardant, si éloigné d'elle dans son sommeil, elle pensa désespérément qu'il avait dit la vérité : il n'avait que faire de l'amour.

Une jolie femme lui était un réconfort, un délassement, une distraction qu'il retrouvait le soir et qui lui faisait oublier les innombrables problèmes de la journée, les difficultés qui le harcelaient de toute part; il ne lui demandait pas autre chose que d'être séduisante et désirable. Il n'avait pas le temps de jouer la tragédie, comme il disait, il n'avait pas de loisirs à consacrer aux profondes émotions du cœur.

« Oh ! mon Dieu, que vais-je devenir? » gémit Skye.

Elle entrevoyait soudain l'abîme dans lequel elle était tombée. Elle intéressait El Diablo parce qu'elle était différente des autres. Certes, par ruse, il avait fait d'elle sa femme, mais elle avait refusé de l'accepter pour mari et, jour après jour, elle le combattait avec toutes les armes dont elle disposait. Mais, maintenant, elle serait dépouillée de cette différence stimulante, elle ressemblerait aux autres, à celles qui essaient de le conquérir, de lui faire partager leur amour, de commander à ses sentiments.

« Je t'aime! »

Skye murmura ces mots dans un chuchotement désespéré. Elle se pencha et, un instant, frôla de ses lèvres la main qui reposait sur le drap.

Elle était accablée de tristesse quand elle remonta sur le pont après le retour d'Evans. On ne voyait plus Jacara. Ils suivaient la côte et, dans le crépuscule, on en distinguait encore les contours et les couleurs.

Mais Skye ne regardait rien, ne pensait à rien, n'éprouvait plus que la souffrance lancinante de son cœur et cet effroi si nouveau pour elle. Ah! pourquoi s'était-elle crue différente des autres femmes? Pourquoi s'était-elle crue immunisée contre l'amour? Elle connaissait trop bien la réponse à ces questions. Elle répétait qu'elle détestait les hommes mais, en réalité, inconsciemment peut-être, elle attendait un être exceptionnel, supérieur aux autres. Les jeunes gens qui lui semblaient insipides et sans attraits à Londres et à New York n'étaient certes que de pâles répliques d'un homme véritable si on les comparait à El Diablo.

Comment n'avait-elle pas reconnu son pouvoir d'attraction dès le premier instant, quand il galopait vers elle, si plein de force, de virilité, si étrangement dominateur? Il lui avait fait horreur à ce moment-là et elle l'avait haï de toutes ses forces, de toutes les fibres de son être quand il l'avait épousée de force, gardée prisonnière et courtisée.

A présent, suivant des yeux la côte mariposienne qui

s'estompait dans le lointain, Skye se rendait compte de tout ce que cet homme lui avait enseigné. Combien elle était ignorante et sottement téméraire en arrivant à Jacara : une petite fille ridicule et gâtée, voilà ce qu'elle était. Aujourd'hui, elle se retrouvait riche d'expérience en bien des domaines et particulièrement dans le plus important : l'amour.

Non seulement elle savait que chaque instant lui apportait un désir plus grand de la présence d'El Diablo, mais elle avait appris à aimer bien d'autres choses, à commencer par les hommes et les femmes du camp, ceux des haciendas et des mines, et tout le peuple du Mariposa pour lequel El Diablo combattait. Et son existence dans la caverne, elle l'aimait aussi. Elle commençait à comprendre la vie au sein d'une communauté : aider plutôt que recevoir, donner plutôt que prendre.

– Je l'aime! dit-elle, tout haut, à la mer et au ciel.

Soudain, elle se demanda ce qu'elle avait à lui offrir en plus de son amour.

Skye baissa la tête, écrasée. Ce qu'elle découvrait d'elle-même était une humiliation pire que toutes les contraintes physiques subies jusque-là. Elle était humiliée dans son âme car, en cet instant de clairvoyance, elle comprenait qu'elle n'avait rien à offrir, sinon un joli visage et un corps parfait.

Et elle poursuivit sa descente dans le purgatoire de sa conscience.

Pendant toute la soirée, sur le pont ou au chevet d'El Diablo où elle remplaçait Evans, elle se jugea sans indulgence et se condamna, elle et le vide de son existence passée si complètement inutile. Son argent lui procurait la satisfaction de tous ses caprices, mais elle n'avait pas su en tirer le moindre avantage moral, le plus petit intérêt sérieux. Elle n'avait rien fait de ses millions, en bien ou en mal, et c'était peut-être là sa faute la plus impardonnable.

Le temps passait. Evans insista pour qu'elle allât dormir dans sa cabine; il la réveillerait, promit-il, et elle viendrait le relayer pour qu'il se repose à son tour. Elle trouvait dur d'abandonner El Diablo et, à contrecœur, elle finit par consentir à s'étendre sur son lit, mais son sommeil fut agité.

Elle rêva continuellement à peu près le même rêve qui venait et revenait : elle s'y trouvait toujours perdue, seule et terrifiée. Elle ouvrit les yeux au son du réveil : elle l'avait remonté de crainte qu'Evans ne manquât à sa parole; il était fort capable de vouloir garder pour lui seul tout le poids des soins au blessé. La jeune fille sauta à bas de sa couchette, heureuse d'échapper à ses cauchemars et, enfilant une robe de chambre, elle courut à l'autre cabine. Evans contemplait son malade.

– Il est un peu agité, mademoiselle, dit-il. Je ferais peut-être mieux de rester.

– Allez vous reposer, Evans, dit Skye, je saurai me tirer d'affaire. Si quelque chose m'inquiète, je sonnerai pour vous appeler.

– Vous me le promettez?

– Oui, dit Skye en souriant. Bien sûr, je vous le promets.

Il sortit de mauvais gré et la jeune fille prit sa place auprès d'El Diablo. L'effet du calmant diminuait et il remuait comme s'il ne se trouvait pas bien dans son lit, sa tête tournait sans cesse de côté et d'autre. La lampe de chevet était allumée, mais voilée de manière à ce qu'on pût voir son visage sans que la lumière le dérangeât.

Skye se leva pour arranger l'oreiller plus confortablement et, soudain, El Diablo ouvrit les yeux. Un instant, son regard demeura fixe tandis qu'il reprenait conscience peu à peu; puis, d'une voix basse et rauque, il demanda :

– Où suis-je?

– Sur le yacht, dit Skye. Vous avez été blessé et nous allons à Montevideo où nous trouverons un médecin.

– Blessé? répéta-t-il avec surprise. Oui, je me rappelle, maintenant. Ils ont tué Marcos qui venait nous avertir du guet-apens.

– C'est cela : il devait y avoir des hommes cachés un peu plus loin dans la rue.

– Les autres ont-ils pu s'enfuir?

– Je ne sais pas, admit la jeune fille. On a beaucoup tiré, car les nôtres se sont défendus. Je n'ai pensé qu'à vous mettre en sûreté. Juan et deux autres dont j'ignore les noms vous ont porté dans une petite rue, puis nous avons tous gagné le yacht dans la charrette d'un épicier.

– Il faut que je retourne à Jacara! s'exclama El Diablo.

Il essaya de se redresser, mais une douleur fulgurante dans son épaule le fit retomber.

– Ne soyez pas ridicule, déclara Skye. Comment pourriez-vous retourner à Jacara dans l'état où vous êtes? Il faut d'abord vous faire soigner à Montevideo.

– Mais mes hommes? Je dois être avec eux.

– Juan sait ce qu'il a à faire, dit Skye avec fermeté. Ils vont rentrer au camp et y attendre votre retour. Ils tiendront contre Alejo quoi qu'il arrive.

– Comment pouvez-vous en être si sûre? grommela le blessé.

– Juan me l'a dit. Vous pouvez avoir confiance en lui.

El Diablo hocha la tête.

– Oui, je peux avoir confiance en Juan, admit-il,

mais les autres le suivront-ils? C'est cela qui importe.

– Juan leur dira que c'est votre volonté et ils obéiront, répliqua la jeune fille avec assurance.

– Je devrais être avec eux. Le diable soit de cette épaule!

De sa main droite indemne, il toucha son épaule et, par hasard, il effleura son front.

– Ma tête aussi? demanda-t-il. Qu'est-il arrivé à ma tête?

– Une blessure en séton, occasionnée par une balle, vous a fait tomber en syncope. Il a fallu six points de suture.

– C'est pour ça que j'ai mal à la tête, soupira-t-il. Eh bien! ce n'est pas la faute d'Alejo si je ne suis pas mort. C'était cela qu'il voulait.

– Si ce garçon ne nous avait pas prévenus, dit Skye en frissonnant, je crois que nous avions peu de chance de nous en tirer, les uns et les autres.

– Nous n'avions pas la moindre chance d'en sortir, gronda El Diablo. Nous aurions été pris entre deux feux. Il était impossible de nous manquer dans la rue étroite où nous allions nous engager. Le plan était habile, j'aurais dû le prévoir.

– Mais comment l'auriez-vous pu?

– Je supposais que les choses ne se gâteraient qu'au palais. Je me suis trompé. Alejo a conçu un plan ingénieux : il fallait que nous soyons massacrés dans la rue et il aurait décliné toute responsabilité. Il nous attendait au palais, aurait-il dit, comment pouvait-il prévoir que nous avions tant d'ennemis dans la ville? Nous pouvons remercier le ciel que Marcos ait réussi à nous prévenir à temps.

– Marcos était votre agent au palais, je pense?

– L'un d'eux, dit El Diablo brièvement.

Encore une fois, il tenta de remuer, mais la souffrance lui fit fermer les yeux et serrer les dents.

– Quand arriverons-nous à Montevideo? demanda-t-il enfin.

– A midi, aujourd'hui même.

Il rouvrit les yeux et la regarda.

– Je pense que vous êtes en train de m'enlever, tout comme je vous ai enlevée, remarqua-t-il.

Skye sourit.

– Trouvez-vous cela très vraisemblable?

– Non. Je veux vous croire magnanime; autrement, vous m'auriez jeté à la mer et tout serait dit.

Il essaya de sourire et elle comprit qu'il cherchait ainsi à dissimuler sa souffrance. Elle tendit la main vers la sonnette.

– Que faites-vous? demanda-t-il avec méfiance.

– J'appelle Evans, le steward; il joue le rôle d'infirmier, mais c'est le capitaine Maclean qui a pansé votre épaule et recousu votre front.

– Maclean? répéta El Diablo. Ce nom me dit quelque chose.

Skye se mit à rire.

– Évidemment, vous lui avez adressé une fausse lettre de moi!

– C'est vrai, je me rappelle.

Il faisait visiblement un effort surhumain pour parler malgré la douleur qui lui déchirait l'épaule. Quand Evans arriva en courant dans la cabine, Skye lui dit vivement :

– El Cabeza est réveillé et il souffre beaucoup. Voudriez-vous demander au capitaine de lui donner de la morphine ou le calmant qu'il lui a déjà fait prendre?

– J'ai des comprimés ici, dit Evans.

Il prit une petite boîte dans le tiroir de la table de chevet.

– Je n'ai besoin de rien, grogna El Diablo.

Il avala cependant les comprimés et but l'eau qu'Evans lui présentait. Très vite, ses paupières s'appesantirent.

– Cela va mieux, murmura-t-il, beaucoup mieux. Bonne nuit, petite fille de glace.

Sa voix s'éteignit sur ces dernières syllabes, mais Skye avait tout entendu. Ah! s'il savait, songea-t-elle, que l'heure du dégel était venue. Il ne restait pas un atome de glace dans ses veines.

– Retournez vous coucher, mademoiselle, supplia Evans. Je serai plus tranquille si je reste ici et, s'il est calme, je sommeillerai près de lui.

Skye finit par céder à ses insistances. Elle regagna son lit et tomba aussitôt dans un sommeil sans rêves.

Elle s'éveilla de bonne heure le lendemain matin et rencontra sur le pont le capitaine Maclean.

– J'ai envoyé un message par radio au commissariat du port de Montevideo, lui dit ce dernier, pour qu'un chirurgien soit prévenu et nous attende à notre arrivée.

– C'est parfait, approuva la jeune fille.

– Voulez-vous que le blessé soit transporté dans un hôpital?

Skye répondit sans une seconde d'hésitation :

– Bien sûr que non!

Elle ne pouvait envisager de se séparer d'El Diablo.

– Je pensais que le médecin le soignerait plus facilement ailleurs qu'ici, remarqua le capitaine.

– Je n'y peux rien, dit la jeune fille, il faut qu'il reste à bord.

– Très bien, miss Standish.

Jamais le capitaine ne posait de questions, pas plus qu'il ne parlait inutilement et Skye fut heureuse de sa discrétion : elle n'aurait pas pu supporter de lui donner des explications en ce moment.

Fébrilement, elle marcha de long en large sur le pont. El Diablo dormait encore, elle s'en était assurée avant de monter, après avoir pris son petit déjeuner.

– Croyez-vous vraiment qu'il va bien? avait-elle demandé à Evans. Est-il normal qu'il dorme autant?

– Le sommeil est pour lui le meilleur remède, mademoiselle. C'est le choc qui est le plus dur à surmonter pour la plupart des gens, répondit le steward. J'étais sur un navire de la flotte pendant la guerre et, quand nous recevions un mauvais coup, les gars qui souffraient de commotion étaient bien plus mal en point que les blessés. Si ça vous intéresse, mademoiselle, le capitaine a fait un joliment bon travail sur son épaule.

– J'en suis heureuse, murmura la jeune fille.

Malgré les propos rassurants d'Evans et bien qu'elle eût toute confiance dans le capitaine Maclean, l'angoisse la tenaillait.

Ce fut avec soulagement qu'elle aperçut enfin les eaux brunes du Rio de la Plata qui se jetaient dans l'Atlantique. Et plus loin, elle distingua, couronnant un rocher, le vieux port espagnol construit pour la défense contre les Indiens, premier et dernier point de contact des voyageurs urugayens avec leur pays.

Un chirurgien attendait sur le quai et, sans autre explication, Skye le conduisit à la cabine d'El Diablo.

– Une sale blessure, señorita, dit-il à la jeune fille quand il remonta sur le pont, frottant l'une contre l'autre ses mains fraîchement lavées.

Avec sa tête chauve et ses grosses lunettes d'écaille, il ressemblait à une chouette bonasse.

– S'en remettra-t-il? demanda Skye.

– Parfaitement. Il y a quelques années, je n'aurais

peut-être pas été aussi affirmatif. Mais aujourd'hui, avec la pénicilline et les sulfamides, il n'y a pratiquement rien qui ne puisse être guéri à force de soins et de patience.

– Le facteur temps a une grande importance, déclara la jeune fille. Mon... ami doit rentrer le plus tôt possible au Mariposa.

– Au Mariposa? répéta le chirurgien. Il semble qu'il se passe toujours des choses extraordinaires dans ce pays! Mais il faudra que votre ami attende... quelques jours en tout cas. Je reviendrai le voir demain.

– Ne croyez-vous pas qu'il y ait autre chose à envisager? demanda Skye.

– Ma chère demoiselle, je vous promets que j'ai fait tout le nécessaire. Quand on pourra transporter le blessé sans qu'il souffre trop, j'aimerais avoir une radio. Je suis cependant convaincu que la balle n'a touché aucun os. Nous n'avons pas à nous inquiéter outre mesure.

– Merci, dit la jeune fille. Merci d'être venu.

– Ce fut un plaisir pour moi, señorita! dit galamment le chirurgien en s'inclinant devant elle avant de gagner la passerelle.

El Diablo ne partageait pas l'optimisme du praticien.

– Ce maudit imbécile a l'air de croire que je peux rester ici indéfiniment! s'exclama-t-il avec indignation quand Skye le rejoignit. Je pourrais très bien me lever maintenant, quoi qu'il en dise.

– Si vous essayez de faire une chose aussi absurde, Evans et moi vous en empêcherons, gronda la jeune fille. S'il le faut, nous vous attacherons sur votre lit.

Il la regarda et fit une grimace.

– Ainsi, maintenant, c'est vous qui donnez les ordres? dit-il. Attendez que je sois retapé.

Elle sentit son cœur bondir en entendant sa voix taquine, mais elle répondit sérieusement :

– Vous ne vous retaperez qu'en étant patient et vous savez combien c'est important, non seulement pour vous, mais pour tous ceux qui vous attendent au camp.

– Croyez-vous que je ne me tracasse pas pour eux?

– Dormez et n'y pensez plus pour le moment, dit Skye avec autorité. Evans affirme que rien ne peut vous faire plus de bien que le sommeil. Il s'y connaît en commotions et en blessures, je pense qu'il vous l'a déjà dit.

– Au diable Evans! grommela El Diablo. Embrassez-moi, cela m'empêchera peut-être de rêver d'Alejo.

Tremblante, craignant qu'il ne remarque son trouble et n'en devine la raison, Skye se pencha et appuya doucement ses lèvres sur celles d'El Diablo en un baiser léger comme le contact d'un papillon. Il se mit à rire et demanda :

– Ne pouvez-vous vraiment faire mieux? Vous êtes la plus mauvaise élève que j'aie jamais eue!

Elle rougit intensément à ce qu'impliquait la phrase, mais déjà les yeux du blessé se fermaient : il glissait de nouveau dans le sommeil.

« La plus mauvaise élève! » La comparerait-il donc toujours aux autres femmes, celles qui l'intéressaient jusqu'au moment où elles se mettaient à l'aimer?

Elle remonta sur le pont. Une chaise longue y était installée pour elle; elle s'assit et regarda la mer. Jamais, dans ses rêves les plus insensés, elle n'aurait imaginé pouvoir être à bord du *Liberty* avec El Diablo. Un désir soudain l'envahit : donner l'ordre d'appareiller. Ah! si elle avait le courage de s'en aller loin, aussi loin que possible! L'enlever, l'emmener avec elle dans un pays où personne ne le connaîtrait, où nul ne prendrait son temps, où ils seraient seuls, un ménage tout ordinaire!

Mais cette idée la fit rire. Comme il s'ennuierait vite! Elle était si absorbée dans ses pensées et ses souvenirs qu'elle n'entendit pas quelqu'un franchir la passerelle et des pas résonner sur le pont. Une voix bien connue s'exclama :

– Enfin, te voilà!

Elle se dressa d'un bond et tendit les mains avec un cri de joie.

Jimmy Donaldson était là, net et alerte dans un costume de tweed léger, son chapeau à la main. Le soleil brillait sur ses cheveux grisonnants.

– Jimmy, vous êtes bien la dernière personne que je m'attendais à voir! s'exclama-t-elle.

– Je me demande pourquoi? J'ai pris un avion à l'aurore dès que j'ai appris les nouvelles.

– Quelles nouvelles?

– Voyons, celles de cette révolution, naturellement! Je tremblais que tu n'y sois mêlée.

– Mais quelle révolution? demanda Skye. De quoi parlez-vous?

Jimmy la regarda comme si elle était devenue idiote, puis il s'assit dans son fauteuil.

– Ecoute, Skye, es-tu folle ou est-ce moi qui le suis? grommela-t-il. On a annoncé hier soir à la radio qu'il y avait eu une révolution à Jacara. J'ai craint que tu ne sois plongée dans des difficultés inextricables; j'ai sauté dans l'avion, très tôt ce matin, et j'étais à Jacara vers 11 heures. J'ai appris là que la révolution était terminée. Les rebelles ont gagné et se sont débarrassés du général Alejo.

– Comment? Alejo est mort? s'exclama la jeune fille.

– C'est ce qu'on m'a dit. Et ces bandits, tu sais, ceux que nous avions rencontrés en nous promenant? Ils ont pris possession du palais.

– Jimmy, murmura Skye, je ne sais plus où j'en suis. Redites-moi encore tout ça. Les hommes d'El Diablo ont pris le palais et la ville?

– Et tout le reste du pays, autant que je le sache. On m'a dit à l'aéroport que la ville entière s'était soulevée pour aider les bandits. Je te disais bien que l'autorité d'Alejo était précaire.

– Mais, si tout cela est vrai, il faut qu'il retourne là-bas tout de suite! s'écria la jeune fille. N'importe quoi peut se produire s'il n'est pas là!

– Si « qui » n'est pas là? demanda Jimmy. De quoi parles-tu?

– Ne comprenez-vous pas? El Diablo est ici, à bord du yacht.

– Bon sang!

Les yeux ronds, Jimmy la regardait.

– Il a été blessé, expliqua Skye; je l'ai emmené à Montevideo pour qu'il puisse voir un chirurgien. Il va bien... Enfin, il ira tout à fait bien dans quelques jours, mais il ne peut plus attendre, il faut qu'il reparte tout de suite. Il donnera ses ordres du yacht si on ne peut pas le transporter.

– Skye, dit Jimmy, es-tu devenue folle?

– Peut-être, répondit la jeune fille en souriant.

Jimmy n'en revenait pas.

– Si tu crois que je vais aider un bandit mariposien révolutionnaire, tu te trompes, dit Jimmy, catégorique, et tu ne l'aideras pas davantage. Fais descendre cet homme à terre et laisse-le se débrouiller. Tu ne vas pas te mêler de cette histoire, et moi non plus.

– Si, nous nous en mêlerons, déclara Skye avec calme. Écoutez-moi, Jimmy, je sais de quoi je parle. El

Diablo fera du Mariposa un pays heureux et prospère s'il en a la possibilité. Vous n'avez pas à le traiter avec mépris, ni à dire que c'est un bandit, ou même un Mariposien : il est anglais, aussi anglais que vous et moi, mais il ignore que je le sais.

– Anglais?

– Oui. Son vrai nom est Guy Tremayne.

– Guy Tremayne! répéta Jimmy, confondu. Je n'en crois rien. Tu inventes à plaisir.

– C'est rigoureusement exact. Savez-vous quelque chose de lui?

Jimmy donnait tous les signes d'une violente agitation.

– Seigneur! Guy Tremayne! Je pense bien que je sais qui c'est.

– Vraiment?

– Mais es-tu sûre de cela? T'a-t-il dit que c'était son nom?

– Mais non. Je vous répète qu'il ne sait pas que je suis au courant. J'ai vu son passeport. Il s'est fait naturaliser mariposien.

– Ainsi c'est là qu'il était? murmura Jimmy, abasourdi. J'avais fait une enquête, mais jamais je n'aurais pensé au Mariposa.

– Vous avez fait une enquête? répéta Skye, stupéfaite. Comment? Quand? Pourquoi? Non, ne me répondez pas tout de suite, il faut que je dise au capitaine Maclean de repartir pour Jacara. Ne comprenez-vous pas qu'il doit y retourner puisque Alejo est mort?

14

Jimmy était toujours assis sur le pont quand Skye revint vers lui en courant.

– Nous repartons pour Jacara dans un instant, dit-elle. Je n'ai pas pu en parler encore à El Diablo parce qu'il dort toujours, mais Evans me préviendra dès qu'il s'éveillera.

– Et, en attendant, tu vas me dire ce que signifie tout cela, grogna Jimmy. Comment as-tu rencontré cet homme et pourquoi est-il ici?

– Je vous expliquerai cela plus tard, répondit Skye évasivement. Dites-moi d'abord tout ce que vous savez sur Guy Tremayne.

Jimmy haussa les épaules.

– Je ne puis croire que nous parlions du même personnage, remarqua-t-il, mais en ce qui concerne mon histoire, elle est assez simple. Une de mes cousines éloignées, Pauline Donaldson, s'est mariée avec sir Rupert Tremayne quelques années avant la guerre. Elle n'avait pas tout à fait trente ans au moment de son mariage et il en avait près de soixante.

– Était-elle blonde?

– Oui, pourquoi?

– Pour rien, dit Skye, Continuez.

« La femme de la photographie! » songeait-elle. Elle avait découvert son identité.

– Elle était blonde et ravissante, reprit Jimmy. C'était la reine des salons de Londres; elle avait un énorme succès, tous les hommes en étaient amoureux.

– Oh! Jimmy, je ne savais pas cela. Est-ce à cause d'elle que vous ne vous êtes pas marié?

– Peut-être, bougonna Jimmy. Mais mes sentiments n'ont rien à voir dans cette affaire. Tout au plus m'ont-ils aidé à comprendre ce que Guy Tremayne a dû souffrir quand Pauline a épousé son oncle.

– Guy était amoureux d'elle?

– Follement amoureux, oui, je crois. Il avait dix-huit ans quand il l'a rencontrée pour la première fois. Elle était beaucoup plus âgée que lui et elle l'a fait marcher, comme elle faisait marcher tant de jeunes gens, d'une manière ou d'une autre. Elle était de ces femmes étranges, compliquées, qui aiment à être entourées d'amoureux transis, mais qui sont résolument décidées à ne rien leur accorder. D'après ce que je connais de Pauline, je serais prêt à jurer sur la Bible, s'il le fallait, qu'elle n'a jamais transgressé ce qu'on appelle les règles de la morale.

– Et pourtant, elle s'amusait à rendre les hommes amoureux?

– Je pense que c'était pour elle une sorte de manie, dit Jimmy avec un peu d'amertume. Et Guy Tremayne, d'après ce que j'en sais, n'a pas fait exception à la règle : il a été aussi envoûté que les jeunes idiots qui gravitaient autour de Pauline. Un jour, il l'emmena dans la maison de famille, à Bredon, pour la présenter à son oncle. Sir Rupert s'était occupé de lui depuis sa petite enfance. Mais là, Pauline a décidé d'épouser l'oncle et non le neveu.

– Cela a dû être un coup dur pour Guy, murmura Skye.

– Évidemment. Il aurait fallu qu'il s'éloigne, qu'il voyage et qu'il essaye de l'oublier, mais Pauline ne l'entendait pas de cette oreille-là et voulait le garder auprès d'elle.

– C'est abominable! s'exclama la jeune fille.

Jimmy soupira.

– Les femmes n'aimaient pas Pauline, mais, pour

les hommes, elle était irrésistible. Je n'ai pas assisté au mariage, je ne l'ai pas revue avant la fin de 1938, au moment où j'ai été nommé à l'ambassade de Buenos Aires. Elle m'avait écrit en me demandant de venir les voir, elle et son mari, avant mon départ.

– Buenos Aires était votre premier poste en Amérique du Sud, n'est-ce pas?

Jimmy hocha la tête.

– J'avais beaucoup à faire, comme tu peux t'en douter; mais il m'était impossible de refuser l'invitation, qui était pressante. Je me suis donc rendu à Bredon et, quand j'ai su ce qu'ils voulaient de moi, j'ai vu qu'en effet je pouvais leur être utile.

– Comment cela?

– Sir Rupert avait perdu toute trace de son neveu et héritier.

– Perdu sa trace? répéta Skye.

– Oui, dit Jimmy. Guy avait disparu, il s'était littéralement évanoui en fumée. Son oncle ne savait même pas de quel côté diriger les recherches, mais il avait une vague idée que le garçon pouvait être allé en Amérique du Sud, car sa grand-mère, la mère de sa mère, était mariposienne.

Skye poussa une exclamation.

– C'était donc cela qu'ils voulaient dire en parlant de sang mariposien?

– Qui parlait de cela?

– C'est sans importance, dit la jeune fille impatiemment. Continuez votre histoire.

– Sir Rupert était plutôt réticent sur la raison du départ de son neveu, mais j'ai pu rester seul avec Pauline et je lui ai arraché la vérité. C'est là qu'elle m'a raconté que Guy l'avait passionnément aimée et qu'elle l'avait désespéré en décidant d'épouser son oncle. Elle a été d'une franchise totale. Elle estimait qu'il était temps pour elle de se ranger : sir Rupert possédant un titre et une immense fortune, elle avait fixé son choix sur lui.

» Guy avait très mal pris la chose. J'ai compris que Pauline avait eu recours à tout son charme pour le retenir en Angleterre : cela l'amusait d'avoir à la fois son mari et le neveu de celui-ci à ses pieds.

– Qu'est-il arrivé ensuite? demanda Skye anxieusement.

– Pauline avait un défaut, je dirais même un vice, reprit Jimmy : c'était une joueuse invétérée. Les Donaldson ont du sang irlandais et Pauline, comme certains de nos ancêtres, aurait joué n'importe quelle somme. Elle n'a jamais pu résister au poker et, peu après son mariage, sir Rupert avait déjà dû débloquer des sommes considérables pour payer ses dettes. Il lui fit jurer de ne plus jouer.

» En avril suivant, il alla pêcher en Écosse et, comme Pauline était toujours en quête de distractions, elle accompagna des amis dans un tripot chic de Mayfair, un de ces endroits qui sont responsables de tant de misères morales et de ruines matérielles. Elle perdit plus de mille livres : comme tous les joueurs, les cartes à la main, elle oubliait tout et ne pensait plus qu'à l'attrait palpitant du jeu. Ce fut seulement au moment des comptes qu'elle comprit ce qu'elle avait fait : elle avait manqué à sa parole et il lui était impossible de payer ses dettes.

– J'ai l'impression qu'elle était stupide! remarqua Skye.

– Elle n'avait jamais eu d'argent à elle et tu ne sais pas ce que c'est que d'être sans le sou, dit doucement Jimmy.

Skye rougit du reproche voilé.

– Je regrette, dit-elle. On ne devrait jamais juger les fautes des autres et n'être sévère que pour les siennes propres. Qu'a-t-elle fait?

– Elle a tenté de gagner du temps, sachant qu'un jour viendrait où elle devrait tout avouer à son mari et implorer son pardon, mais elle remettait de jour en jour le pénible moment de la confession. Le propriétaire de la maison de jeu finit par perdre patience et par devenir désagréable et finalement, comme Pauline ne répondait plus à ses lettres de réclamations, il est arrivé un soir à Bredon et l'a menacée, si elle ne le payait pas sur l'heure, de demander l'argent à son mari.

» Je crois qu'à cette époque le ménage Tremayne passait par l'un de ces moments difficiles qui se présentent presque toujours chez les couples d'âges mal assortis. Sir Rupert n'était pas facile à vivre, il avait le caractère fougueux et violent de tous les Tremayne. Il était de plus tyrannique et Pauline pensa que, s'il apprenait par un étranger son manquement à sa promesse, il ne le lui pardonnerait jamais.

» Elle était complètement affolée à l'idée de sa colère. Laissant son visiteur dans un salon fermé à clé, elle courut trouver Guy et lui raconta toute l'histoire en le suppliant de l'aider.

» Naturellement, Guy ne demandait qu'à sauver Pauline des conséquences de sa folie. Il avait un peu d'argent, hérité de ses parents et placé en valeurs mais, ce soir-là étant un vendredi, la Bourse n'ouvrirait que le lundi suivant. Pauline supplia le propriétaire de la maison de jeu d'accepter un chèque antidaté et signé de Guy, mais l'homme fut intraitable. « Voilà plus de deux mois que vous m'amusez avec des promesses de paiement que vous ne tenez jamais, lady Tremayne, dit-il. Je veux de l'argent comptant ou un chèque signé de votre mari et je ne m'en irai pas d'ici sans l'un ou l'autre. »

» Pauline, en larmes, alla rejoindre Guy. Elle se rappela tout à coup que l'homme d'affaires de sir

Rupert lui avait apporté les rentes semestrielles de ses propriétés cet après-midi même : Elle avait vu son mari ranger les billets dans son coffre-fort. Il avait l'habitude de garder là de grosses sommes en attendant de les porter à la banque.

» Pauline et Guy décidèrent d'emprunter la somme nécessaire. Guy vendrait ses valeurs le lundi matin et remettrait l'argent aussitôt, de sorte que son oncle ne s'apercevrait de rien. D'autant plus qu'il ne devait pas aller à la banque avant le vendredi au plus tôt.

» Guy connaissait la combinaison du coffre et la dette de Pauline fut payée. Le propriétaire de la maison de jeu s'en alla.

– Pauline aurait mieux fait de prévenir son mari, murmura Skye.

– C'est ce qu'elle a pensé plus tard, mais, sur le moment, elle et Guy ne songèrent qu'à se féliciter de leur succès. Puis une bombe éclata sur leurs têtes : sir Rupert, ayant besoin d'un papier, le chercha dans le coffre et constata le vol. Il appela sa femme et son neveu dans son bureau, leur parla du cambriolage et leur annonça qu'il allait porter plainte.

» Guy n'avait qu'une chose à faire et il la fit : il avoua à son oncle qu'il avait emprunté l'argent pour une raison personnelle. Sir Rupert fut horrifié.

» – Comment peux-tu avoir besoin de mille livres? s'écria-t-il.

» Un seul regard sur le visage épouvanté de Pauline l'aurait sans doute éclairé, mais il ne pensait qu'à interroger Guy.

» – Vous serez remboursé lundi, répondit seulement celui-ci.

» – Ce n'est pas ça que je te demande! tonna sir Rupert.

» Connaissant les Tremayne comme je les connais, je sais que les choses ne pouvaient que mal tourner.

Les deux hommes étaient également indomptables et chacun en voulait à l'autre de son attitude. Guy trouvait insupportable que sir Rupert ne lui fasse pas confiance et les réponses évasives du neveu mettaient l'oncle en fureur. Peu à peu, le ton s'échauffa et des paroles impardonnables furent prononcées; sir Rupert traita son neveu de voleur et Guy finit par sortir de la maison en claquant la porte et en se jurant bien de n'y jamais remettre les pieds.

» Pauline était bouleversée, mais elle n'avait pas le courage d'avouer la vérité. Son mari s'efforçait de la réconforter.

» – Ne vous désolez pas, ma chérie, disait-il, ce jeune fou sait trop bien où il peut trouver le pain et le sel, il reviendra bientôt la tête basse.

» Mais Guy ne revint pas. Les mille livres arrivèrent le lundi et, quelques semaines plus tard, sir Rupert et Pauline découvrirent qu'il avait vendu toutes ses valeurs, arrêté son compte en banque, qu'il s'était débarrassé de sa voiture, avait vendu son appartement de Londres et s'était littéralement volatilisé.

» Quand elle vit sir Rupert se ronger d'inquiétude, Pauline s'effondra et avoua enfin la vérité. Son mari était dans un tel état qu'il n'eut même pas la force de se mettre en colère. Il fit une enquête pour essayer de retrouver Guy. Il pensait qu'il était peut-être allé chez des amis sur le continent. Il écrivit dans plusieurs directions et, quand il apprit que je partais pour l'Argentine, il me pria de me renseigner de ce côté.

– L'avez-vous fait? demanda Skye.

– J'ai fait ce que j'ai pu, dit Jimmy, mais ce n'était pas beaucoup. L'Amérique du Sud est bien trop vaste pour y retrouver un homme. J'ai fait parvenir des messages à toutes les ambassades, j'ai averti des amis en Patagonie et au Pérou, j'ai demandé à un homme d'affaires qui se rendait souvent au Mariposa d'ouvrir l'œil, je ne pouvais pas faire grand-chose d'autre.

– Et tous ces gens ne pouvaient-ils se douter qu'il avait changé de nom? dit Skye.

– Je n'y avais pas songé moi-même, reconnut Jimmy. Cependant, il n'a fait que le traduire en espagnol. Je crois que cela aurait fait plaisir à sir Rupert.

Jimmy se tut, car Evans était entré et s'approchait de Skye.

– Le monsieur est réveillé, mademoiselle. Il a faim. Je lui ai apporté ce que le docteur permet, mais il en veut davantage.

– Donnez-lui tout ce qu'il demande, Evans, dit la jeune fille. De toute façon, il n'en fera qu'à sa tête.

– Très bien, mademoiselle, répondit Evans d'un air réprobateur.

Skye se leva et se mit à marcher lentement sur le pont en attendant qu'El Diablo eût fini de déjeuner. Elle songeait à Pauline. L'histoire de Jimmy expliquait plus de choses qu'il ne le croyait et elle comprenait certaines manières d'être d'El Diablo qui l'avaient intriguée jusqu'alors. Sa haine des mondains, Pauline en était responsable. S'il méprisait les femmes et leur déniait le moindre sens de l'honneur, la moindre loyauté, elle en était responsable aussi.

Mais il l'avait aimée. Peut-être n'aimerait-il jamais une autre femme.

Skye se souvenait du nombre de fois où il lui avait fait entendre clairement que sa passion pour elle n'avait rien à voir avec l'amour.

– Ne pouvez-vous me laisser tranquille? lui avait-elle crié un soir, comme il la prenait dans ses bras après le dîner.

Il riait de ses efforts pour se libérer.

– Que voulez-vous que je fasse d'autre? avait-il

demandé avec ironie. La conversation? Les lèvres des femmes sont faites pour être embrassées.

– Celles des femmes que vous connaissez! répliqua-t-elle avec colère.

– A mon avis, il existe deux sortes de femmes : celles qu'on désire et celles qu'on ne désire pas.

– Votre avis serait burlesque s'il n'était pas insultant!

– Certainement pas en ce qui vous concerne, car vous êtes infiniment désirable.

– Que vous pensiez cela de moi est la plus grande insulte que je puisse imaginer! avait-elle crié.

Il rit de sa fureur.

– Pensez combien il serait humiliant pour vous de n'avoir aucune séduction, d'être une femme dédaignée, remarqua-t-il.

– Je remercierais Dieu à genoux si j'étais dédaignée par vous!

– Ce jour-là viendra, avait-il dit d'un ton rassurant.

– Il n'est que l'amour pour durer, avait dit Skye.

Par la suite, elle se demanda pourquoi elle avait prononcé ces paroles. Il la regarda d'un air étrange.

– L'amour? répéta-t-il lentement. C'est une chose dont ni vous ni moi n'avons à nous soucier.

Ce souvenir frappait Skye à présent et la faisait atrocement souffrir. Elle se souvint de Jimmy et, avec effort, s'arracha à ses pensées.

– Venez voir El Diablo, je vous en prie, dit-elle. Mais qu'allez-vous lui dire? Lui révélerez-vous que vous savez son nom?

– Pourquoi pas, bien que je n'aie que ton affirmation pour le prouver?

– Je sais. Et il a toujours refusé de me dire son vrai nom.

– Je ne vois pas pourquoi je me prêterais à ces

faux-semblants et à ces intrigues, dit Jimmy avec raideur.

Il avait soudain l'air terriblement britannique.

Elle le conduisit à la cabine du blessé. Quand ils entrèrent, Evans allait sortir avec un plateau. El Diablo était redressé sur son oreiller : il portait un pyjama bleu qui accentuait son teint bronzé : on imaginait difficilement qu'il fût de nationalité anglaise.

– Bonjour, jeune fille de glace. Vous aurai-je négligée? demanda joyeusement El Diablo en voyant entrer Skye.

Puis il s'aperçut qu'elle n'était pas seule. Ses yeux interrogateurs se posèrent sur Jimmy.

– Mon cousin, Jimmy Donaldson, vient d'apporter des nouvelles qui vont vous intéresser, dit la jeune fille en s'approchant du lit.

– Vraiment?

Elle sentit qu'une tension s'établissait entre les deux hommes.

– Le général Alejo est mort, annonça-t-elle. Vos hommes ont pris le contrôle de Jacara et nous repartons immédiatement.

– Ainsi, ils ont tué Alejo, dit El Diablo paisiblement.

Skye fut déçue par cette façon d'accueillir sa grande nouvelle. Elle avait espéré plus de surprise joyeuse et plus d'enthousiasme.

– Je ne crois pas que ce soit une grande perte, remarqua Jimmy.

– Nullement, acquiesça El Diablo, mais il faudrait quelqu'un pour diriger le pays.

– Je suppose que les gens comptent sur vous pour cela, répondit Jimmy sèchement.

– Dites-moi exactement ce qui s'est passé, commanda El Diablo.

Un instant, Skye eut peur que son cousin ne se

formalisât du ton mais, à son grand soulagement, Jimmy s'assit près du lit et raconta que, ayant entendu annoncer une révolution à Jacara, il s'y était rendu en avion, pour pousser ensuite jusqu'à Montevideo et y trouver Skye sur le yacht.

– Qu'est-il advenu de l'armée? demanda El Diablo.

– On ne se battait pas quand je suis arrivé, dit Jimmy. Les gens couraient dans les rues en agitant des drapeaux et se conduisaient comme s'ils bénéficiaient d'un jour de vacances. Les magasins étaient fermés et tout le monde semblait si joyeux qu'il était difficile d'obtenir des informations.

– Il ne peut y avoir eu beaucoup de sang répandu, dans ce cas, remarqua El Diablo.

– Autant que j'aie pu m'en rendre compte, il ne se passait rien de plus dangereux que ce qu'on voit en Angleterre un jour de fête nationale, dit Jimmy.

– Quand pourrons-nous être de retour? demanda El Diablo à la jeune fille.

– Demain matin.

– Pourrions-nous envoyer un télégramme à Juan pour lui annoncer mon retour?

– Bien sûr, dit Skye vivement. Où faut-il l'adresser?

– Si vous me donnez du papier et un crayon, je vais écrire le message.

Elle lui apporta un bloc et le maintint devant lui pendant qu'il écrivait plusieurs télégrammes. Elle lui vit faire la grimace en essayant de se remonter sur l'oreiller et sut qu'il souffrait malgré ses efforts pour le cacher. Il était encore très pâle : il est vrai qu'il avait perdu beaucoup de sang.

– Vous ne pourrez pas descendre à terre, dit-elle posément. Vous donnerez vos ordres du bateau et ceux qui voudront vous voir viendront à bord.

– Quelle sottise! grommela-t-il. J'irai très bien demain.

– Si vous voulez vous tuer, je refuse de vous emmener à Jacara, répliqua la jeune fille. Pour une fois, il faudra bien que vous m'écoutiez. Vous ne pourrez quitter le yacht qu'à la nage.

Il lui jeta un regard courroucé, puis, d'une manière inattendue, lui sourit.

– Ainsi, les cartes ont changé de main, dit-il à mi-voix.

– Vous êtes plus utile vivant que mort pour les Mariposiens.

Leurs regards se rencontrèrent et elle frissonna. Une onde chaude, merveilleuse, s'épanouissait dans son cœur. Elle aurait voulu lui tendre les bras, le supplier de prendre soin de lui, car il représentait autant pour elle que pour les Mariposiens.

– Très bien, je m'incline. Pour le moment, dit-il.

– Je ne sais vraiment pas tout ce que cela veut dire, déclara soudain Jimmy – ce qui fit sursauter Skye, car elle avait totalement oublié la présence de son cousin, – mais je suis tout au moins certain d'une chose : c'est que vous êtes le neveu de sir Rupert Tremayne. Vous lui ressemblez et, si je ferme les yeux, j'ai l'impression de l'entendre parler.

Il y eut un silence dramatique.

– De qui parlez-vous? demanda enfin El Diablo.

– De vous, riposta Jimmy. Je suis très content de vous voir, Guy Tremayne. Je vous cherche depuis bon nombre d'années, depuis la fin de 1938, pour être précis.

– Guy Tremayne n'existe pas! déclara El Diablo, rageusement.

– Je crois que si, bien qu'il ait changé de nom, riposta Jimmy. Savez-vous que votre oncle est mort?

Il y eut un silence.

– Non, dit enfin El Diablo. Quand est-il mort?

– En 1943. Une crise cardiaque. Il s'était surmené dans la garde locale. Jusqu'à la dernière minute, il a espéré vous voir revenir.

– J'en ai terminé avec l'Angleterre.

El Diablo se tut un moment avant de demander à voix basse :

– Qu'est devenue Pauline?

Skye crut que son cœur allait s'arrêter. Cette femme lui faisait horreur, cette Pauline qu'El Diablo avait tant aimée et dont la cupidité, la lâcheté l'avaient fait partir de la maison familiale.

– Pauline est morte aussi, dit Jimmy.

Ces mots, prononcés sur un ton paisible, n'en firent pas moins sensation.

– Morte? répéta El Diablo.

– Oui, tuée dans un bombardement en 1944. Elle était allée vivre à Londres après la mort de son mari, sous prétexte de travailler aux œuvres de guerre, mais je crois plutôt que cela l'amusait de voir du monde, de participer aux événements malgré le danger.

– Pauvre Pauline! dit El Diablo, avec une douceur qui augmenta encore le ressentiment de Skye à l'égard de sa rivale passée.

Il resta pensif un moment.

– Eh bien! reprit-il, le dernier fantôme du passé n'est plus. Maintenant, je suis libéré de l'Angleterre pour toujours.

– Ne pouvez-vous pardonner à ce pauvre homme après tout ce temps?

C'était Skye qui parlait, incapable de retenir les mots qui lui brûlaient les lèvres.

– Pardonner à mon oncle? répéta El Diablo. Que je lui pardonne ou non n'a pas beaucoup d'importance. Je ne peux pas l'imaginer mort, pourtant. J'ai gardé cette image de lui quand, à Bredon, il me maudissait en me prenant pour un voleur. Je l'ai détesté tout ce temps et depuis nombre d'années, il n'était même plus de ce monde. Quel rôle d'imbécile on joue parfois!

C'étaient là les paroles les plus révélatrices que Skye lui eût jamais entendu prononcer. Impulsivement, elle mit sa main sur celle du blessé.

– Comme vous avez dû souffrir! dit-elle doucement. Vous étiez trop jeune pour vous lancer seul dans la vie.

– J'ai pris quelques rudes coups, admit El Diablo, mais c'est grâce à cela que je suis devenu un homme. J'ai appris à n'avoir... confiance en personne.

Il avait hésité avant de parler de confiance et Skye comprit qu'il aurait aussi bien pu parler d'amour. C'est là l'œuvre de Pauline, se dit-elle avec rancune. Il l'avait aimée bien qu'elle fût gâtée jusqu'au cœur comme un mauvais fruit. De plus, elle était lâche et il ne pouvait lui pardonner cela car, avant tout, il respectait le courage. Et pourtant, peut-être avait-il continué à l'aimer sans espoir.

Skye n'osait regarder El Diablo, elle avait peur qu'il ne devine à quel point elle comprenait tout cela. L'amour, enfin triomphant en elle, lui donnait une intuition nouvelle. Mais, tandis qu'elle cherchait ses mots, il se tourna vers Jimmy.

– Merci de tout ce que vous m'avez dit, murmura-t-il. Mais je veux oublier le passé. Mon nom est maintenant Guido Tremayna, je suis mariposien et suis fier de l'être. Comme vous le savez certainement, ma grand-mère était une Veremundo, l'une des meilleures familles de ce pays depuis des siècles; un jour, elle s'éteignit et ses biens furent dispersés. Peut-être parviendrai-je à restaurer le renom de ma famille, qui sait? Mais, en attendant, nul, au Mariposa, n'ignore que je suis de la lignée Veremundo que tous respectent.

– Moi aussi, je respecterai vos désirs, dit Jimmy, mais n'oubliez pas, si vous êtes chargé du gouvernement du Mariposa, que l'Angleterre peut avoir beaucoup de bienveillance pour une jeune démocratie.

– Je le sais, répondit El Diablo. Et j'ai besoin de votre aide.

– Je vous la donnerai avec joie, déclara Jimmy.

A ce moment, Evans entra dans la cabine et chuchota un mot à l'oreille de Skye.

– Il faut que nous laissions notre blessé dormir, dit-elle à Jimmy. Evans nous reproche d'être restés beaucoup trop longtemps déjà près de lui.

– Je ne suis pas fatigué, protesta El Diablo.

Elle savait bien qu'il mentait.

– Dormez autant que vous pourrez aujourd'hui, dit-elle. Vous aurez beaucoup à faire demain.

Déjà il s'endormait quand ils se quittèrent.

Evans refusa de laisser Skye veiller dans la nuit, et elle le supplia en vain. Il préférait demeurer au chevet d'El Cabeza, affirma-t-il, plutôt que de s'agiter sur sa couchette en se demandant ce qui se passait.

– J'ai l'habitude de soigner les malades, mademoiselle, je peux dormir un œil ouvert, comme les chats. Je me suis un peu allongé, cet après-midi, vous n'avez pas à vous tracasser pour moi. Allez vous coucher, vous aurez toutes les raisons de rester éveillée demain, je crois.

Cela fit sourire la jeune fille. Tout l'équipage s'intéressait passionnément à ce retour à Jacara, elle ne l'ignorait pas. Les deux hommes qui étaient restés en arrière n'avaient pas donné signe de vie à Montevideo et le capitaine Maclean avait demandé par radio au commissaire du port de Jacara de prendre contact, si possible, avec les marins et de les prévenir du retour du yacht.

Il y aurait sûrement beaucoup de monde à leur arrivée, songeait Skye. Ce fut sur cette pensée qu'elle s'endormit et elle s'éveilla pour découvrir que ses prévisions étaient bien en dessous de la vérité : ce n'était pas « beaucoup de monde » qui se trouvait sur le quai lorsque le capitaine Maclean fit entrer le bateau dans le port, mais des milliers et des milliers de gens. La population entière de Jacara devait être là et, au premier rang, Juan et des centaines d'autres gauchos hurlaient des acclamations en agitant les bras. La jeune fille en eut la gorge serrée d'émotion.

15

Elle s'était levée de bonne heure pour être sur le pont au moment de l'arrivée. Elle courut à la cabine d'El Diablo et y entra en trombe au moment où Evans achevait de raser le blessé.

– Il y a une foule, une foule immense sur le quai, s'exclama-t-elle, et Juan est là avec vos hommes!

– Il faut que je me lève, dit El Diablo.

– Non, non, monsieur, c'est impossible! protesta Evans. La blessure de votre épaule va se rouvrir et vous rendrez inutile tout le bon travail que nous avons accompli. Ils n'ont qu'à venir vous voir.

– Pourquoi faut-il que cette idiotie vienne m'immobiliser juste en ce moment? gronda El Diablo.

– Qui sait? répliqua Skye. C'est peut-être parce que le peuple a cru vous perdre qu'il comprend combien vous lui êtes indispensable.

Elle était plus près de la vérité qu'elle ne le croyait.

Quand Juan et d'autres gauchos vinrent à bord, ils confirmèrent ce qu'elle avait dit. Croyant El Diablo mort, tous les habitants de Jacara avaient soudain décidé qu'ils en avaient assez d'Alejo et de sa tyrannie. Ils s'étaient joints aux hommes venus du camp et avaient marché sur le palais et fait reculer les gardes.

Ces événements prirent le dictateur totalement au dépourvu.

Toute la journée, des hommes vinrent voir El Diablo à bord du yacht. Ils buvaient le vin que Skye leur offrait sur le pont puis repartaient en courant pour transmettre les ordres de leur chef.

– Peut-être a-t-il pâti dans son corps, dit un fonctionnaire à la jeune fille, mais sa tête est en parfait état.

Elle rit pour dissimuler son anxiété.

El Diablo devait être exténué. Elle se demandait fébrilement de quelle manière elle pouvait intervenir, ce qu'elle devait dire pour interrompre le flot ininterrompu des visiteurs. Mais Evans prit l'initiative; pour lui, un blessé était un blessé, qu'il fût président ou simple manœuvre.

– Vous allez le tuer et que ferez-vous ensuite? demanda-t-il d'un ton bourru à ceux qui prétendaient encore ne pouvoir attendre pour entretenir El Diablo de questions urgentes. Il sera encore là demain si vous ne l'avez pas conduit à sa tombe entre-temps. Et à partir de 9 heures seulement.

Skye entendit ceux qui parlaient anglais traduire ces énergiques paroles à l'intention de ceux qui connaissaient seulement l'espagnol et, quand Evans vint à elle, elle lui demanda tout bas :

– Comment va-t-il?

– Il est mort de fatigue, mademoiselle. Je vais lui donner quelque chose à manger et il s'endormira sitôt la dernière bouchée avalée, vous verrez ça.

Mais El Diablo s'endormit avant même d'avoir avalé quoi que ce fût et Evans, indigné, dut remporter à la cuisine le plateau intact.

Le médecin mariposien, qui vint sur le yacht le lendemain matin à 8 heures, se déclara satisfait de l'état du blessé.

– Son Excellence est beaucoup mieux que je n'osais l'espérer, señorita, dit-il à Skye. Quand j'ai su ce qui était arrivé, j'ai pensé que, si les balles ne l'avaient pas tué, elles avaient dû causer d'irréparables dégâts. C'est un vrai miracle qu'il n'en soit rien.

– Oui, c'est un miracle, dit la jeune fille. Il s'est produit parce que le Mariposa avait besoin d'un vrai chef tel que lui.

– C'est vrai! s'exclama le médecin. Si cela vous était possible, señorita, pourriez-vous parler de l'hôpital à Son Excellence? Il est dans un état lamentable. Nous avons besoin de fonds pour la réparation des bâtiments, pour l'établissement de nouvelles salles et d'un nouveau laboratoire.

– Je ferai ce que je pourrai, promit Skye.

Ce fut la première des nombreuses requêtes du même genre. Toute la journée, Skye promit de plaider la cause d'institutions diverses, des orphelinats, des écoles, et des services d'hygiène. Ce furent des heures épuisantes. Les visiteurs affluaient sans cesse. Skye recevait tout le monde et luttait pour cacher son angoisse. El Diablo avait tenu à venir sur le pont; il était assis sous un auvent de toile, tenait des conférences, donnait des interviews, distribuait des ordres sans relâche. Le soir, son visage avait pris une couleur de cendre et il fallut presque le porter quand il redescendit dans sa cabine.

Skye le vit seul quelques minutes avant qu'Evans ne l'enfermât pour la nuit. Il avait l'air atrocement las et merveilleusement heureux en même temps.

– Les choses s'annoncent bien, dit-il à la jeune fille. Il y a beaucoup d'hommes de valeur pour faire le travail. Ils n'osaient pas se mettre en avant tant qu'Alejo était là.

– Ne souffrez-vous pas trop? demanda-t-elle.

Il lui prit la main.

– Vous inquiéteriez-vous de moi? demanda-t-il. Vous devriez être contente de ce que je suis trop occupé pour vous parler d'amour.

Elle rougit. Il lui serra la main plus fort.

– Vous êtes bien jolie, dit-il. Beaucoup de mes visiteurs m'ont dit combien vous avez été aimable avec eux.

– J'ai écouté leurs projets les plus chers, répliqua la jeune fille. Ils croient tous que j'ai une grande influence sur vous.

– Vous n'en avez pas?

Elle sourit.

– Je ne crois pas que même un bulldozer vous ferait varier d'un pouce, quand vous avez décidé quelque chose, dit-elle. Je ne vais certainement pas me risquer à essayer.

– J'ai dit à Juan de rapporter vos affaires du camp, remarqua El Diablo.

– Comment, vous avez même pensé à cela? s'exclama la jeune fille. Il est vrai que nous ne pourrons probablement pas y retourner avant quelque temps, ajouta-t-elle.

Il leva les sourcils.

– Nous?...

Elle détourna la tête, gardant les yeux fixés sur la main brune qui tenait la sienne, sur ces doigts allongés, ces ongles soignés. Ces doigts pouvaient, à sa connaissance, être si brutalement forts, si singulièrement doux.

– Jeudi, je prête serment comme président, dit-il

après un instant de silence. Il y aura une réception le soir au palais. Je veux que vous y veniez.

– Naturellement, je viendrai, dit Skye vivement. Mais jeudi, c'est dans trois jours. Serez-vous assez fort?

– J'irai parfaitement bien, déclara El Diablo. Pour le moment, j'admets que je suis fatigué.

Elle attendait qu'il lui ordonne de l'embrasser, mais Evans entra dans la cabine. El Diablo lâcha sa main.

– Dormez bien, Skye.

Elle était congédiée. Plus que tout, elle aurait voulu rester là, mais quel prétexte pouvait-elle invoquer?

Les trois jours suivants furent encore plus agités. El Diablo présidait des réunions qui se seraient prolongées indéfiniment si Evans n'était intervenu pour donner à manger à son blessé à intervalles réguliers.

– Je n'ai jamais vu de blessures se cicatriser aussi rapidement, disait le médecin à Skye.

Il venait matin et soir pour faire les pansements, au grand déplaisir d'Evans. Skye apprit que ce n'était pas El Diablo qui le réclamait, mais que les habitants de Jacara avaient pris l'initiative de l'envoyer à bord. Pour la première fois de leur vie, ils s'inquiétaient de la santé de leur président.

– Il a une santé magnifique, répondit Skye au médecin. C'est là l'explication.

– C'est vrai. Je ne crois pas avoir rencontré encore un homme aussi vigoureux.

Il était incontestable qu'El Diablo retrouvait sa forme passée et que son ardeur coutumière revenait. Un soir, seul avec ses amis, après une journée fiévreuse, il exposa à Jimmy ses projets de gouvernement. Jimmy, à partir de ce moment là, fut extrêmement optimiste quant aux possibilités de transformer ce pays peu évolué et pratiquement en faillite en un Etat moderne et prospère.

– Il a les idées qu'il faut, dit-il à Skye. Cela prendra peut-être du temps. Oui, évidemment, cela en prendra, mais il réussira. Rappelle-toi mon pronostic.

– Je me rappellerai, dit Skye en refoulant un soupir.

Elle commençait à se demander quelle place elle occuperait dans tout cela. El Diablo tirait des plans pour l'avenir du Mariposa, mais il semblait oublier le sien. Il était courtois, charmant, il la taquinait un peu quand, par hasard, ils étaient seuls ensemble, mais leurs relations de naguère avaient tellement changé qu'il était difficile pour elle de savoir où elle en était.

Tout invraisemblable que cela parût, il était depuis six jours à bord du *Liberty* et elle n'avait passé en tête à tête avec lui que quelques minutes. On lui avait rapporté ses vêtements du camp et elle avait presque pleuré en imaginant Neengai en train de les ranger dans les valises, dans sa chambre aux tapis bleus, déserte à présent.

Elle avait de la peine à rester naturelle devant El Diablo. Chaque jour, elle avait l'impression que son amour pour lui grandissait : le son même de sa voix la faisait frémir et prendre une meilleure conscience de ses sentiments. Jamais elle n'aurait cru pouvoir être toujours elle-même et, en même temps, si profondément métamorphosée.

Elle avait presque honte d'avoir tellement soif de sa présence quand elle était seule dans sa cabine, séparée de lui par un étroit couloir. Bien souvent, elle devait appeler à l'aide toutes ses forces de volonté pour ne pas courir à lui, lui dire qu'elle l'aimait, que plus jamais elle ne le combattrait ou tenterait de le fuir.

Mais les mots étaient impuissants à faire comprendre de telles choses. Peut-être, quand il la reprendrait dans ses bras, comprendrait-il instinctivement, car elle ne pourrait pas ne pas se blottir contre lui, ne pas s'abandonner à lui. Ah! si elle avait su voir clair en elle plus tôt! Comme elle avait été folle de poursuivre un combat qu'elle avait déjà perdu!

Malgré elle, son esprit revenait à ces femmes, non seulement Pauline qu'il avait aimée et qui l'avait trahi, lui faisant mépriser l'Angleterre et les Anglaises, mais aussi les autres, celles qu'il comparait si souvent à elle. Elles l'avaient aimé et leur amour l'excédait. Elle entendait toujours sa voix :

« C'est la fade sensiblerie que les femmes baptisent amour que je trouve intolérable. L'amour est une chose dont ni vous ni moi n'avons à nous soucier. »

Tout cela la hantait et la torturait.

– Mon Dieu, que vais-je devenir? gémit-elle tout haut.

Elle cacha son visage dans son oreiller, le serrant à deux mains comme si c'était le seul moyen de s'empêcher de courir à la cabine d'El Diablo. Elle voulait son amour. Pour la première fois de sa vie, elle savait ce que c'était que d'aimer un homme, de trembler et de vibrer rien qu'en pensant à lui.

16

Skye choisit une robe qu'elle n'avait encore jamais portée. Elle était de dentelle blanche, si fine et si délicate qu'après l'avoir passée par-dessus sa tête et fixée autour de sa taille mince, la jeune fille parut vêtue de la légendaire et féerique robe de toile d'araignée. Au-dessus du corsage dépourvu d'épaulettes, sa peau avait le doux éclat des perles.

Elle brossa ses cheveux jusqu'à ce que ses boucles deviennent comme de petites flammes dorées autour de sa tête et, pour seul bijou, elle accrocha à ses oreilles les boucles d'aigues-marines et de diamants qu'El Diablo lui avait données le soir de la fiesta.

Tout en les fixant, elle se rappela qu'elle s'était juré de les lui rendre. Elle savait que maintenant elle ne s'en séparerait jamais de son propre gré.

Quand elle fut prête, elle se regarda sur toutes les faces dans la glace, cherchant d'un œil critique le moindre faux pli. Ce soir, elle voulait être plus jolie qu'elle ne l'avait jamais été.

Mais c'eût été de l'aveuglement de ne pas reconnaître l'éclat de ses yeux, très grands et radieux, éclairés d'une flamme presque mystique. Sa bouche était tendre, chaude et rouge, et le souffle précipité qui passait entre ses lèvres trahissait les battements accélérés de son cœur.

Il semblait à la jeune fille qu'un siècle s'était écoulé depuis qu'elle avait vu El Diablo, la veille. Il avait quitté le yacht très tôt le matin, à l'indignation d'Evans; le steward essaya vainement d'expliquer à son blessé qu'il n'allait pas encore assez bien pour reprendre le fardeau d'une vie active. El Diablo lui avait ri au nez.

– Je me porte comme un charme, déclara-t-il. Grâce à vous.

Il était certain que, même si ses blessures n'étaient pas encore tout à fait cicatrisées, elles ne le gênaient plus vraiment.

Il avait dit au revoir à Skye devant tout le monde et, bien qu'elle eût cherché dans ses yeux quelque message particulier, elle avait dû se contenter d'un bref :

– Je vous verrai demain.

Elle pouvait à peine croire qu'il était parti. Elle le suivit du regard tandis qu'il s'éloignait du quai, dédaignant l'automobile que Juan avait amenée là au cas où son chef ne pourrait pas monter à cheval.

Il était parti. Elle n'avait, pour tout réconfort, que cette phrase insignifiante : « Je vous verrai demain. »

Ce matin, il avait prêté serment comme président. Il avait tenu à ce que la cérémonie se déroulât dans la cour du palais, afin que tous ceux qui le désiraient pussent y assister.

Skye avait entendu des acclamations retentir dans le lointain. Elle aurait voulu assister à la cérémonie, mais Jimmy s'y était opposé.

– N'y allons pas, c'est préférable.

– Pourquoi?

– Nous sommes des étrangers. C'est là un événement qui concerne le Mariposa et les Mariposiens. Laissons le président à son peuple.

– Je voudrais tant y aller, répétait Skye obstinément.

Jimmy l'observait. Elle était debout sur le pont et regardait la ville, son architecture mêlée d'antique et de moderne. Sa jeune cousine avait incroyablement changé, songeait-il, mais il eut la sagesse de garder cette réflexion pour lui. Il ne se doutait pas des paroles qui tremblaient sur les lèvres de Skye : elle mourait d'envie, comme cent fois déjà, de lui dire qu'elle était la femme d'El Diablo et non une étrangère et que c'était son droit le plus strict de se trouver aux côtés du président.

Mais elle avait beau formuler la phrase dans sa tête, ses lèvres refusaient de la prononcer, parce qu'El Diablo lui-même ne lui avait rien dit. Il n'avait fait aucune allusion à leur mariage depuis son embarquement sur le yacht et Skye se demandait avec épouvante si ce silence était définitif. Allait-il nier que le mariage ait jamais eu lieu?

À cause de ses doutes, de toutes ces questions sans réponse, elle avait obéi à Jimmy et était restée sur le bateau; mais, constamment, sa pensée suivait El Diablo en train de jurer fidélité à son peuple dans la grande cour ouverte du palais.

– Ce sera un bon président, remarqua-t-elle.

– J'en suis sûr, répondit Jimmy. Il est exactement ce dont le peuple a besoin : un aventurier doué d'idéal.

– Pourquoi le traitez-vous d'aventurier? demanda la jeune fille.

– Tous les grands pionniers en étaient, répliqua-t-il. Raleigh, Cecil Rhodes, ils avaient tous la tête dans les nuages et les pieds fermement plantés sur le sol. Si quelqu'un peut faire quelque chose au Mariposa, ce sera certainement notre ami Guido Tremayna.

Oui, El Diablo réussirait dans sa tentative, se disait Skye, tandis qu'après le dîner ils se rendaient au palais. Elle était prise du désir fou de dire à Jimmy tout ce qu'elle aurait voulu faire pour aider le nouveau chef du pays et aussi le peuple mariposien : dépenser son argent pour quelque chose qui en valût vraiment la peine, détruire ces horribles taudis et construire de nouvelles maisons, de nouveaux hôpitaux, de nouvelles écoles et tant d'autres choses qui manquaient tellement aux Mariposiens.

L'automobile avançait le long des rues étroites, entre les balcons, là où Alejo avait tenté d'assassiner son ennemi sans y parvenir. Le soleil était couché, mais le ciel restait lumineux et, sur ce fond, le palais étincelait comme un bijou, avec toutes ses fenêtres éclairées et sa cour inondée de lumière.

Une foule nombreuse se pressait devant les grilles ouvertes et, en descendant de voiture, Skye constata que la cour était pleine de monde. Les gens les plus divers s'y pressaient, commerçants aisés, mendiants, Noirs, gauchos et enfants aux pieds nus.

Il ne restait qu'un étroit passage libre sur lequel les invités avançaient lentement, jusqu'aux marches de marbre qui conduisaient au palais. Skye constata avec étonnement que nul ne franchissait les portes, en haut de l'escalier; tous attendaient, les diplomates couverts de décorations, les femmes en robe du soir, les officiers en uniforme et d'innombrables dignitaires portant les insignes de leurs fonctions.

– Que se passe-t-il? demanda-t-elle à Jimmy.

Mais, avant qu'il ait pu répondre, El Diablo sortit du palais.

Un grand cri monta de la foule à son apparition. Skye s'était vaguement demandé comment il s'habillerait pour la circonstance, sa première réception en tant que président du Mariposa : il portait le costume des gauchos.

Le geste fut vivement apprécié par l'assistance. Les acclamations redoublèrent. Les voix montaient sauvagement vers le ciel assombri.

Il n'y avait qu'El Diablo pour penser à une tactique aussi habile, se dit la jeune fille avec orgueil; le costume noir, sa courte veste ajustée et les larges bombachas lui allaient mieux que n'importe quoi d'autre. Il portait des bottes noires, luisantes, avec de grands éperons d'argent, et la ceinture traditionnelle, large de douze centimètres, où étaient accrochés un cuchillo et un revolver.

Le vif éclairage permettait de distinguer nettement la longue cicatrice rouge sang qui barrait son front, souvenir de la balle meurtrière d'Alejo. Et comme il se tenait là, immobile, haut et droit, plein d'autorité et parfaitement sûr de lui, Skye pensa que sans nul doute possible il était celui que les Mariposiens avaient attendu si longtemps, le seul homme qui pût conduire le pays vers un grand avenir.

Les acclamations s'apaisèrent quelque peu et El Diablo se mit à parler dans un microphone. Un silence, soudain, plana sur la foule.

– Mes compatriotes, mes amis, dit-il, je suis heureux de vous voir ici ce soir, car tous ceux qui viennent au palais sont vos invités et c'est en votre nom que je les accueille. C'est la première réception que je donne à Jacara; ce sera aussi la dernière pour très longtemps.

» Nous avons de grandes tâches à accomplir. Ainsi que je vous l'ai dit ce matin, vous et moi allons travailler ensemble pour que le Mariposa puisse prendre sa place parmi les grandes nations de l'Amérique du Sud. Ce soir, je désire connaître tous ceux qui ont eu de longs et bons rapports avec notre pays et auxquels nous pouvons faire confiance afin qu'ils nous aident à l'avenir. En votre nom, je leur souhaite la bienvenue et je voudrais qu'ils sachent que vous la leur souhaitez aussi.

Les cris et les acclamations reprirent aussitôt et continuèrent pendant qu'El Diablo recevait ses invités devant son peuple assemblé. Les convives passaient devant lui, les poignées de main s'échangeaient, puis ils entraient dans le palais.

Skye mit sa main dans celle d'El Diablo; elle trembla quand leurs doigts se rencontrèrent et quelque chose dans ses yeux, quand il la regarda, fit bondir son cœur d'une joie soudaine. Il tenait encore à elle, elle en était sûre. Il y avait en lui le même magnétisme, la même autorité qu'elle avait observés si souvent et combattus sans résultat.

Un autre invité s'avança et, accompagnée de Jimmy, elle pénétra dans le palais. Il était plus beau encore qu'elle ne se l'imaginait. Le temps et les dictateurs successifs n'avaient pas abîmé l'ancien style espagnol et l'architecture primitive. Les grandes salles fraîches, les plafonds sculptés, les murs couverts de boiseries splendides, peintes ou dorées, étaient demeurés les mêmes à travers les siècles.

Le palais comportait des cours intérieures et des patios fleuris, des vestibules pavés de marbre et de mosaïques, des lustres de cristal datant du XVIIIe siècle, étincelants de lumière, et des balcons d'où l'on pouvait voir la mer reflétant les étoiles et les rayons de la lune argentée.

Skye et Jimmy parcoururent les longs corridors, visitèrent les salles : il y avait tant à regarder, tant à admirer! Ils regagnèrent enfin les salons de réception où le nouveau président allait et venait parmi ses hôtes.

Aucun spectacle extraordinaire n'avait été prévu; dès le premier instant, El Diablo montrait au peuple du Mariposa que son régime serait austère. Selon toute apparence, la majorité des Mariposiens appréciait cela, même ceux qui avaient espéré être fêtés royalement pour gagner leur sympathie et leur appui.

Les femmes avaient d'autres raisons d'admirer El Diablo.

– Il est magnifique! dit l'une d'elles, non loin de Skye.

– Pourquoi pas? répliqua sèchement une vieille dame. C'est un Veremundo!

– Il est bien plus que cela, répliqua la plus jeune en souriant. C'est un homme!

« Comme elle a raison! » pensa Skye, le cœur battant.

Elle aurait voulu le rejoindre, rester à côté de lui, mais il était inutile d'essayer de l'approcher : tant de gens avaient de plus sérieux motifs de retenir son attention.

Quelque temps après, elle se rendit avec Jimmy dans un appartement qui était, d'après ce que leur dit un serviteur, le logis personnel du président.

Là aussi, les pièces étaient vastes, aérées et toutes avaient des balcons qui donnaient sur la mer. Le salon était plein de fleurs, la plupart ayant été envoyées au président pour lui souhaiter la bienvenue au palais. La jalousie pinça le cœur de Skye : tant de femmes allaient faire la cour à El Diablo, maintenant qu'il détenait le pouvoir!

« C'est un homme! » Elle entendait encore vibrer la voix de la jeune femme.

Elle arpenta fébrilement la pièce, ouvrant les livres qui traînaient sur les tables, prenant un journal pour le reposer aussitôt. Sa robe blanche lui donnait l'aspect d'un fantôme incapable de trouver la paix.

Jimmy avait gardé un singulier silence pendant toute la soirée. Elle leva les yeux vers lui et croisa son regard anxieux. Visiblement, il allait lui dire ce qui l'inquiétait.

– Ecoute-moi. Skye... commença-t-il.

– Taisez-vous! s'écria-t-elle impulsivement. Ne me demandez rien. Je ne peux rien vous dire encore.

Il eut le bon sens de comprendre et de la laisser tranquille. Skye se rendit sur le balcon et contempla le panorama féerique qu'offraient le ciel, la terre et la mer. Les lumières de la ville brillaient à ses pieds et celles des étoiles au-dessus d'elle. Elle se sentit soudain très insignifiante et toute désorientée. Puis elle se remémora certaines paroles d'El Diablo qu'elle s'était répétées pour se réconforter au cours des journées précédentes : « N'avez-vous pas encore compris que je n'abandonne jamais une chose à laquelle je tiens, que je ne perds jamais ce que je désire? » Il la désirait encore, elle en était sûre. Son regard brûlait de la même flamme quand il la regardait et il émanait de lui ce même fluide magnétique : elle ne pouvait s'y tromper.

Elle demeura là longtemps; la brise nocturne effleurait ses cheveux. Puis elle entendit une porte s'ouvrir et se refermer. Elle se retourna : El Diablo venait d'entrer. Il détacha la lourde ceinture qui entourait sa taille et la jeta sur le dossier d'une chaise, puis il la regarda.

Jimmy avait disparu.

Ils étaient seuls. Elle avait désespérément souhaité cela et, pourtant, une insupportable timidité la paralysait. Elle ne put parler que de choses sans importance.

– J'admirais la vue, dit-elle. La réception est-elle terminée?

– Oui, tout le monde est parti.

Elle quitta le balcon et rentra dans la pièce. La lumière des lampes brillait sur ses cheveux, sur la délicate fragilité de sa robe qui se découpait en ombre derrière elle. Il la regardait avec une étrange expression.

– Je suis heureux que vous ayez attendu, dit-il enfin. J'ai quelque chose à vous dire.

– Oui?

Elle avait peine à contenir la joie qui la submergeait.

– J'ai tout organisé avec votre cousin, dit El Diablo. Vous quitterez Jacara avec lui demain matin.

Pendant un long moment, elle le regarda, les yeux fixes, sans parvenir à comprendre. Enfin, d'une voix hésitante, elle répéta :

– Je quitterai Jacara?

– Oui. J'ai dit toute la vérité à M. Donaldson, je lui ai dit que je vous avais obligée à m'épouser contre votre gré. Il sera facile pour vous d'obtenir une annulation. Votre cousin s'occupera de toutes les formalités et je vous donnerai les témoignages nécessaires. Si l'affaire est menée discrètement, personne n'en saura jamais rien.

Skye sentait le sang se retirer de son visage. Il lui semblait qu'elle se pétrifiait et que tout mouvement lui devenait impossible, mais elle avait si peur de ce qu'elle risquait de dire ou de faire qu'elle parvint, au prix d'un effort désespéré, à se détourner de lui. Elle regarda la mer.

– Désirez-vous que je parte? demanda-t-elle.

Sa voix s'étranglait dans sa gorge.

– Vous êtes libre de partir. N'est-ce pas ce que vous vouliez?

Elle faillit pousser un cri. Ah! certes, elle avait prié le ciel de lui rendre la liberté. Elle avait désiré plus que tout être délivrée de lui et, maintenant que ses vœux étaient exaucés, il était trop tard.

Ainsi, le moment était venu où elle l'ennuyait. Elle prenait place parmi les femmes dont il s'était lassé. Il l'avait bien prévenue, il le lui avait dit depuis le début : quand elle aurait cessé de l'intéresser, il la libérerait.

Skye avait les mains tellement crispées que ses ongles entraient dans sa chair. Soudain, il lui sembla que la mer, le ciel et les étoiles basculaient sous ses yeux. De nouveau, elle entendit sa voix :

– Voulez-vous que nous nous disions adieu maintenant? Votre cousin doit vous renvoyer la voiture pour vous ramener au yacht.

La jeune fille tenta de répondre avec dignité, mais elle n'avait plus de voix : sa gorge contractée ne laissait passer aucun son. Elle ne pouvait que rester immobile et lutter contre les larmes qui l'étouffaient.

– Pourquoi ne dites-vous rien? demanda-t-il avec

rudesse. Je croyais que vous seriez ravie de n'être plus prisonnière.

– Ravie?

Sa voix se brisa sur ces deux syllabes et elle l'entendit se rapprocher d'un pas.

– Pourquoi parlez-vous de cette étrange façon? Skye... vous ne pleurez pas?

Elle était incapable de répondre. Il reprit, après un instant de silence :

– Je ne vous ai jamais vue pleurer. Tournez-vous.

Elle secoua la tête.

– Je vous ordonne de vous retourner, dit-il brutalement. Faudra-t-il que je vous force à obéir?

Alors, elle se retourna d'un mouvement brusque, comme une marionnette actionnée par des fils et, à la lueur de la lampe, il vit les larmes briller à ses cils et rouler sur ses joues, sans qu'elle fît rien pour les retenir.

– C'est bon, dit-elle d'une voix rauque, regardez-moi et amusez-vous. C'est cela que vous vouliez, n'est-ce pas? Vous faire aimer de moi, et puis me rejeter, comme vous avez rejeté toutes ces femmes qui étaient assez folles pour mettre leur cœur à vos pieds. Je croyais que je n'avais pas de cœur, je croyais vous haïr. Eh bien! vous avez gagné. Je vous aime. Et maintenant, riez. Riez donc!

Sa voix se cassa dans un sanglot, mais elle ne baissa pas les yeux.

– Vous ne savez pas ce que vous dites, déclara El Diablo.

– Je le sais parfaitement. Je vous aime. Je n'ai pas honte de le proclamer. Je vous aime!

– Vous vous trompez.

– Non, je ne me trompe pas, dit-elle avec colère. Je vous aime. Laissez-moi rester, ajouta-t-elle sur un ton suppliant.

– Non!

Les yeux d'El Diablo étaient noirs et durs comme l'agate.

Foulant aux pieds tout son orgueil passé, elle tendit vers lui des mains implorantes.

– Je ne vous gênerai pas, je ne demanderai rien, mais laissez-moi rester ici.

– C'est impossible, dit-il froidement.

– Mais pourquoi? Je n'exercerai aucun droit sur vous, personne n'a même besoin de savoir que je suis votre femme si vous le préférez.

El Diablo haussa les épaules.

– Il ne s'agit pas de cela, dit-il.

– Alors, laissez-moi rester à Jacara.

– Non!

Sur un ton de défi, cependant douloureusement pathétique, Skye dit lentement :

– Ainsi, vous avez... trouvé les imperfections de... votre esclave?

Comme il ne répondait rien, elle poursuivit avec amertume :

– A moins que vous n'en ayez choisi une autre... une autre esclave qui vous... amusera jusqu'à ce qu'elle aussi soit assez idiote pour vous offrir... une fade sensiblerie?

– Il n'est pas question de cela, dit-il impatiemment.

– Alors pourquoi... pourquoi?

– Les explications ne nous mèneront à rien, dit El Diablo avec lassitude. Vous partirez demain matin.

– Je vous en supplie...

Il l'interrompit d'un geste.

– Inutile d'insister davantage.

Elle vit que son regard demeurait inflexible et elle connaissait trop bien son obstination quand il avait décidé quelque chose. Acculée au désespoir, elle ferma les yeux. C'était fini. Et elle savait maintenant qu'elle ne pouvait pas vivre sans lui. Elle ne pourrait pas continuer seule sa route.

Le vide de l'existence qui l'attendait, avec l'unique et cruel soutien de ses souvenirs, lui était impossible à envisager.

Skye rouvrit les yeux. Il s'était éloigné d'elle et se tenait à l'autre extrémité de la pièce, devant la cheminée. Sans doute, pensa-t-elle avec un nouveau pincement au cœur, n'avait-il même plus envie de la regarder. Il ne pouvait même plus supporter sa vue. Tout était fini. Comme une somnambule, elle s'approcha de la ceinture de cuir qu'il avait jetée sur une chaise en entrant, comme en rêve elle sortit de son étui le revolver qui y était fixé. Au moment où elle tenait l'arme dans sa main, il leva les yeux.

– Vous voulez encore me tuer? demanda-t-il froidement.

– Non, pas vous, dit-elle. Moi.

L'instinct d'El Diablo l'avait averti du danger avant même qu'elle parlât. Il devina les mots avant qu'ils eussent franchi les lèvres de la jeune fille. Il bondit en avant et, avec une rapidité prodigieuse, il la rejoignit et détourna sa main au moment même où elle appuyait sur la détente. La balle traversa les cheveux de Skye en brûlant quelques boucles et alla se perdre dans le plafond.

Un moment, ils demeurèrent immobiles, les yeux dans les yeux. Le visage d'El Diablo était aussi blême que celui de Skye. Puis, comme il lui retirait le revolver, elle s'écroula à ses pieds, secouée par des sanglots convulsifs. Elle ressemblait à une fleur écrasée, sa robe blanche étalée autour d'elle, son visage caché dans ses mains, tout son corps abîmé dans un total anéantissement. El Diablo la regardait, la tête penchée, avec une expression que nul n'avait jamais vue encore sur ses traits.

Quelqu'un frappa violemment à la porte.

– Señor, señor, y a-t-il eu un accident?

El Diablo tressaillit comme s'il sortait d'une rêverie profonde. Il alla à la porte et l'entrouvrit.

– Non, tout va bien.

– Mais, señor, il y a eu un coup de feu!

– Mon revolver est parti par erreur, dit-il avec calme.

– Señor! Nous avons eu peur! Mais si tout va bien...

– Tout va bien. Vous pouvez vous en aller.

El Diablo referma la porte. On n'entendit plus dans la pièce que les sanglots d'une femme brisée.

– Pour l'amour de Dieu, Skye, ne pleurez pas ainsi!

Elle entendit sa voix venir de très loin à travers les ténèbres de son désespoir.

– Skye, demanda-t-il doucement, pouvez-vous vraiment... tenir tellement à moi?

– Vous imaginez-vous que... je fais un caprice?

– Non, je ne crois pas cela, répondit-il, mais vous ne savez pas ce que vous faites quand vous souhaitez rester ici... avec moi.

– Avec vous! répéta la jeune fille dans un souffle.

Elle releva la tête et, de nouveau, tendit ses mains vers lui.

– Je ne vous embarrasserai pas. Laissez-moi rester... même pour peu de temps.

– Croyez-vous que je puisse vous garder pour peu de temps seulement? demanda-t-il d'une voix enrouée par l'émotion. Si vous restiez, ce serait pour toujours. Comprenez-vous ce que cela veut dire? Vous qui désiriez si passionnément vous enfuir, vous qui aimez par-dessus tout la liberté, vous ne seriez plus jamais libre.

Skye poussa un profond soupir. Il lui semblait que la vie revenait soudain en elle.

– Je ne veux plus être libre, jamais, murmura-t-elle.

– Ecoutez-moi, reprit-il. Je vous ai épousée parce que cela m'arrangeait, mais je vous ai choisie parce que vous étiez anglaise, blonde et ravissante et parce que vous ressembliez un peu à une femme que j'ai aimée autrefois. Je vous ai choisie de sang-froid pour vous faire mal, comme on m'avait fait mal à moi. L'histoire n'est pas belle, mais il vaut mieux que vous sachiez la vérité.

Le cœur battant, Skye écoutait.

– Une femme s'est amusée de moi, continua El Diablo, comme je voulais m'amuser de vous. Elle a tout fait pour me rendre amoureux d'elle, follement, passionnément. D'abord, je lui avais demandé d'être ma femme; ensuite, quand elle a été mariée à un autre, je l'ai suppliée de fuir avec moi. Mais elle préférait faire de moi un simple divertissement.

» Plus tard, j'ai compris qu'elle était fausse et lâche. Je me suis enfin rendu compte de ce qu'elle était vraiment et je l'ai détestée. J'ai haï tout ce qu'elle représentait, la femme, et cette vie mondaine stupide, vide et corrompue. Et à cause de la souffrance qu'elle m'avait infligée, j'ai juré de me venger sur toutes les femmes. Quand je vous ai vue, un peu semblable à elle, et parce que vous étiez anglaise, j'ai décidé de vous faire souffrir à sa place. Je pensais conquérir votre amour, puis me gausser de votre chagrin, bafouer vos sentiments.

» Seulement, tout a été de travers. Vous n'êtes pas tombée amoureuse de moi, et, moi... je vous ai aimée.

El Diablo fit un pas vers la jeune fille. Assise par terre, elle le regardait, les yeux agrandis, les mains serrées sur sa poitrine comme si elle tentait de contenir les battements de son cœur.

– Je vous aime, Skye.

Sa voix était grave et sincère.

– Je vous aime comme je n'ai jamais aimé aucune autre femme auparavant et comme je n'en aimerai plus aucune à l'avenir. Mais justement parce que je vous aime, parce que je me connais et que je vous connais, je ne peux pas vous garder. Il faut que vous retourniez dans le monde auquel vous appartenez. Dans le calme et la sécurité de l'Angleterre, dans la confortable démocratie de l'Amérique.

– Pouvez-vous vraiment croire encore que je désire ce genre d'existence? demanda Skye, le souffle court.

– Vous croyez maintenant que vous ne la désirez pas, répondit doucement El Diablo, mais vous n'avez aucune idée de ce que votre vie serait ici, quand vous y serez enchaînée pour toujours. Ma vie à moi est dans mon pays, c'est là que se trouvent mon devoir et mon travail. Je ne quitterai jamais le Mariposa.

– Et c'est au Mariposa que je veux rester toujours aussi, dit la jeune fille.

– Avec moi? demanda El Diablo. Ma douce enfant, avez-vous oublié ce que je suis? Je ne vais pas changer tout à coup parce que je vous aime et que vous m'aimez. Je serai toujours violent et autoritaire, tyrannique et ombrageux. Vous m'avez vu sous mon plus mauvais jour : croyez-vous vraiment que vous pourriez être heureuse avec moi, semaine après semaine, année après année?

– Je vous aime, répéta Skye lentement. Je vous aime exactement tel que vous êtes, je ne voudrais pas que vous soyez différent et je ne vous aimerais pas si vous l'étiez, El Diablo.

Elle se releva tout en parlant et, les joues encore mouillées de larmes, elle lui sourit, du radieux sourire de l'arc-en-ciel au plus épais des nuées de l'orage.

Pourtant, il ne bougea pas.

– Je n'ose pas vous toucher, dit-il loyalement. Si je le fais, toutes mes bonnes résolutions s'en iront en fumée. Réfléchissez bien avant de vous décider, Skye, c'est votre dernière chance. Si vous me tentez maintenant, il sera trop tard pour le regretter ensuite. Je vous aime, Skye. Si vous restez près de moi ce soir, jamais, jamais je ne vous laisserai repartir.

– Jamais je n'aurai envie de repartir, murmura la jeune fille. Oh! mon chéri, ne comprenez-vous pas? Je n'ai jamais été vraiment vivante avant de vous connaître.

Il s'approcha d'elle enfin et lui prit le menton entre ses doigts. Elle tremblait en levant son visage vers lui.

– Dites-le encore! commanda-t-il. Répétez ces deux mots que je ne vous avais jamais entendu prononcer.

– Mon... chéri...

– Mon amour... mon cœur... ma petite fille...

A peine entendit-elle ces paroles, noyées dans la splendeur et l'émerveillement d'un monde éblouissant. Elle sentit les lèvres d'El Diablo sur sa bouche et ses bras se refermèrent sur elle. Dans le cœur de Skye, une flamme s'éleva, répondant à la flamme qui brûlait en lui. Il sembla à la jeune fille que leurs âmes s'unissaient totalement. Elle frémit et trembla. Il la serra contre lui, de plus en plus fort, embrassant ses yeux, ses joues, son cou et encore ses lèvres. Skye eut l'impression qu'ils ne faisaient plus qu'un; leurs souffles se mêlaient, leurs cœurs battaient au même rythme. Enfin, il la souleva dans ses bras. Mais elle étendit une main pour l'en empêcher.

– Votre épaule! cria-t-elle, prenez garde à votre épaule!

Il ne l'écoutait pas.

– Tu es à moi, mon amour, ma femme, mon trésor! murmura-t-il contre ses lèvres.

Il l'emportait vers le bonheur.

Les amours mexicaines (1052 ***)
Maltraitee par son oncle, Kamala se glisse en cachette dans un bateau en partance pour le Mexique.

Cœur captif (1062 **)
Sabina est déjà fiancee lorsqu'elle rencontre le fascinant Roi des Bohémiens.

Les roses de Lahore (1069 **)
Un secret honteux entache son nom : a-t-elle le droit d'aimer ?

Le message de l'orchidée (1072 **)
Un flot tumultueux de passions se dechaine lors de l'inauguration du canal de Suez.

Quand l'amour triomphe (1076 **)
Que faisait chez lui cette jolie fille serrant une bombe contre elle ?

Le corsaire de la reine (1077 ***)
Habillee en homme, elle prend la place de son frere a bord d'un vaisseau corsaire.

Séréna (1087 ****)
A la mort de son père, elle devient la propriete d'un noble debauche.

Par amour ou par pitié ? (1088 ***)
Epousee par pitie, Jacinda parviendra-t-elle cependant à trouver le bonheur ?

Au péril de l'amour (1097 ***)
Enlevée, conduite en Afrique, Sélina est vendue au plus offrant.

Messagere de l'amour (1098 **)
Chargée de mission par Elisabeth Ire, elle tombe aux mains des ennemis de la reine.

La fille de Séréna (1109 ****)
Dans la forêt, Caroline ne rencontre pas le loup, mais un lord seduisant.

La flamme d'amour (1110 **)
Messes noires, satanistes : dans quel monde est tombée l'innocente Vada ?

Sous le charme gitan (1120 **)
Une gitane peut-elle être transformee en jeune fille du monde ?

Un faux mariage (1121 ***)
Pour échapper à une « tigresse » il épouse la premiere venue.

Des fleurs pour mon amour (1133 ***)
Derriere la grâce de Lokita se cache un incroyable secret.

Les beaux messieurs de Pétrina (1134 **)
Scandaleuse, incorrigible, exaspérante, telle est Pétrina.

Samantha des années folles (1144 **)
Celui qu'elle aime est parti avec une autre.

Comtesse Natacha (1145 **)
Elle doit se vendre pour sauver son frere.

La splendeur de Ventura (1155 **)
Sous cet adolescent en haillons, qui reconnaîtrait la jolie Ventura ?

Le bonheur commence à l'aube (1156 **)
Un échange d'identite place Xénia dans une situation impossible.

Le valet de cœur (1166 ***)
Ravella court vers ce qu'elle croit être son bonheur.

Mon beau capitaine (1167 **)
L'amour la fera-t-elle renoncer au couvent ?

Seras-tu lady, Gardénia ? (1177 ***)
L'homme qu'elle aime veut l'entretenir, non l'epouser.

Fiancés sans amour (1178 ***)
Pour echapper à un mariage forcé, Alyna devra-t-elle se suicider ?

L'enchantement du désert (1188 **)
Peut-on impunément enlever et séquestrer une jeune fille ?

La première étreinte (1189 **)
Saura-t-elle rester pure dans le demi-monde ?

Barbara Cartland presente :

Le Cheik, par E.M. Hull (1135 **)
Prisonniere dans le desert, Diana doit céder à son ravisseur.

Candide Evangéline, par E. Glyn (1157 **)
Naïve et pure, elle se rêve femme fatale.

La lune au trésor, par J. Farnol (1179 **)
Il est des nuits magiques ou tout devient possible.

Editions J'ai Lu, 31, rue de Tournon, 75006 Paris

diffusion
France et étranger : Flammarion, Paris
Suisse : Office du Livre, Fribourg
Canada : Flammarion Ltée, Montréal

Achevé d'imprimer sur les presses de l'imprimerie Brodard et Taupin
7, Bd Romain-Rolland, Montrouge. Usine de La Flèche,
le 12 novembre 1981
6204-5 Dépôt Légal 4e trimestre 1981. ISBN : 2 - 277 - 21250 - 4
Imprimé en France